研究叢書41

モダニズム時代再考

中央大学人文科学研究所 編

中央大学出版部

まえがき

二〇世紀は「前衛芸術」の時代だったと言って、過言ではあるまい。芸術家たちが伝統によらずに、新しい様式を求めてこれほどまでに活動した時代は、歴史上そう滅多に見られるものではないからだ。現代美術とか現代音楽というと、かなり珍奇な、前衛的な芸術のイメージが付きまとう。文学の場合も例外ではない。とくに一九二〇年代を中心としてこの活動が顕著に見られるが、この活動を称して「モダニズム」という。モダニズムと伝統的な芸術との差は、様式的には確かに大きい。それだから、モダニズム芸術は当初は衝撃的な出来事であった。しかしあれから百年近くになろうとする現在、このモダニズム芸術も、私たちには少なくとも衝撃的ではなくなっている。ある意味で私たちは、モダニズム芸術に馴らされてしまったのだ。それと同時に、この芸術運動の意味が改めて問い直されている。現在の私たちは、それをするだけのちょうどよい距離にいる。

モダニズム芸術が問いかけ、そして目指したものは、調和が喪失した世界に、芸術を通して新しい秩序や調和を創造することだった。ヨーロッパ世界では一九世紀にキリスト教秩序への疑問が深刻になっていたのだし、二〇世紀初頭には第一次世界大戦を経験する。その後、二〇年もすればまた新たな第二次世界大戦の勃発である。モダニズム芸術は、ちょうどこの両大戦を挟んだ時期に花盛りだった。世の中の不安定さと、それと対決して自律性のある世界を構築しようという芸術家の悲壮なとも言える決意。そこにモダニズム芸術の独自性がある。

現代は、ポスト・モダンの時代と言われる。この言葉はもともとモダニズム建築を否定する立場の、ポスト・モダニズム建築から出ているが、芸術の分野ではモダニズム芸術を脱却する立場の芸術を指すことが多い。第二次大戦後の作家アイリス・マードックは、「結晶のような《クリスタライン》」二〇世紀小説よりも人生全体を捉える一九世紀小説をよしとしたし、マーガレット・ドラブルは、モダニスト、ヴァージニア・ウルフが攻撃したアーノルド・ベネットを好んだ。彼女たちの文学活動は、この反モダニズムの主張に基づいている。

しかしその後も、モダニストが対決し、克服しようとした、世界の不安は解決されてはいない。むしろポスト・モダニズムは「モダニズム」をも包含してしまって、「モダニズム」が問題視していた人類の進歩を信じる「近代」そのものの反省としてのポスト現象として、使われ出している。この時期にあって「モダニズム」を考える意味は大きいと言わなければならない。

しかし、「モダニズム」には一定の定義がある。モダニズム芸術が花盛りだった時期にも、他の手法で活動した作家たちがいる。その作家たちは、はたしてその時代と関わりがなかったのだろうか。私たちはこの時代を「モダニズム時代」と名づけ、モダニズム手法以外の作家を含め、その時代の特徴を今一度考えてみようと思った。表題を「モダニズム再考」ではなしに「モダニズム時代再考」としたのは、そのためである。

私たちが中央大学人文科学研究所のなかに、「二〇世紀英文学の思想と方法」の研究チームを発足させたのは二〇〇一年四月、以後二〇〇五年度まで二〇回の研究会を開催して討議を重ねてきた。その結果をまがりなりにも纏めたものが本書である。残念なことに、最近の大学は落ちついた研究を重ね、業績を発表するには、あまりよい環境ではなくなってしまった。過渡的な現象であろうが、大学の制度改革のために大学構成員としてなすべき仕事が、教育面を含めてあまりにも増大しているからである。そのため原稿の執筆が思うに任せぬ状態になっている。しかし欠陥はあろうが、何とか問題提起ができるまでに書物として纏まった。研究チーム発足時の責任者として関係各位に感謝申し上げるとともに、「二〇世紀英文学の思想と方法」第二期研究チームの責任者に、バトンを譲りたい。

二〇〇七年一月

「二〇世紀英文学の思想と方法」研究会チーム

深澤　俊

目次

序

モダニズム時代再考への序章

深澤 俊

モダニズム文学の全盛時代から、そろそろ百年にもなろうとしている現在、モダニズムの有様が私たちには明確な輪郭線となって現れてきた。「一九一〇年一二月ころ人間の性格が変わった」[1]として新しい小説の必要性を説いたヴァージニア・ウルフ（Virginia Woolf, 1882-1941）の心情は、いま振り返ってみても、この時代の精神状況をよく伝えている。トマス・ハーディ（Thomas Hardy, 1840-1928）に代表される神の喪失への戸惑いから出てきたものは、現実のなかで過去の秩序が崩壊しているさまをひたすら追求し、表現することだった。ハーディの場合は、彼の時代の思想を巧みに取り入れるかたちで、失われた絶対者に代わるかに見える「内在意志」（Immanent Will）のような代役を立てることによって、まがりなりにも秩序づけられているかのような『覇王』（*The Dynasts*, 1903-8）の世界を表現してみせたのだが、けっきょくのところ、この「内在意志」は作者の戸惑いの表現にはなっても、秩序の失われた状況を克服するものではなかった。それは、その後も数多く書かれたハーディの詩から明らかだろう。

ハーディの時代の芸術活動で大きな変化は、現実に失望した作家たちが、現実の束縛から逃れたり、あるいは現実にあえて背を向けたりして、自分の芸術世界を作ることに意欲を示しだしたことだろう。これは空想やファンタジーをも含む、想像力を推し進めることになる。かつて一八世紀の小説の勃興期に、小説家たちは市民階層の夢を叶えるかたちで小説世界を作りあげた。このときの小説家たちがとった態度は、書かれている内容が虚構ではなく、現実を伝えるものだということだった。それほどまでに、現実の重みは大きいものだ。そのような現実への信頼感が、ハーディ以後の作家たちから失われたとき、オスカー・ワイルド（Oscar Wilde, 1854-1900）の「人生は芸術を模倣する」という逆説が生まれる。この気負った表現には、現実を無視してまで芸術世界に意味を見いだそうとする、作者の思いが込められている。ワイルドにとって、現実への戸惑いを語る段階はすぎていた。ハーディ以上に作家と社会との軋轢が強くなろうとも、ワイルドはたとえ見せかけだけでも、自分の芸術への姿勢を貫く必要があった。

ウルフの場合は、ハーディのような現実が変化してしまったという認識と、ワイルドのような自分の芸術にたいする気負いとの、両方を持つ状況にいた。人間の性格が変わったのだから、それにふさわしい新しい小説を書かなければならない、とウルフは言う。変わってしまったのは人間の性格だけではなく外界もそうなのだが、ウルフのように人間の意識を中心に据えてみると、以前とは大きく変化した外界も意識に収斂される。意識の側での意識的・無意識的選択が行われているにしても、選択された外界を内包した意識は、芸術作品として加工するよい素材となった。「現代小説論」（'Modern Fiction', 1925）のなかでウルフは、秩序よりも「微粒子」が意識に浮かぶ順序を重視するのだと、あくまでありのままの姿を強調するが、これなども伝統的リアリズム小説と比べて自分の小説の意義を強調する姿勢の表れに他ならない。そしてリアリズム小説が対象とした外界も、意識を通して選ばれた現実として、かえってリアリティを増すというわけだ。

外界の現実を意識の選択に任せるウルフの前提は、選択ということ自体に関して言えば、ことさらに珍しいものではない。自分の小説の対象は「田舎の村の三つか、四つの家」であると言った、ジェイン・オースティン（Jane Austen, 1775-1817）の創作態度も、明らかに選択的だった。作品の舞台をウェセックスの地域にほぼ限定したハーディも、小説世界に地理的選択をしていた。しかし、オースティンや、かろうじてハーディまでは、選択された対象を描くことによって、その対象が持っているある種の調和なり、堅牢さが浮かびあがってきたのであり、ここに作者や読者の安心感なり、安定性が生まれてくる。こうして出来あがった文学作品は、読者を含めて、文学するものの生き甲斐というべきものだ。調和にかけては、オースティンの世界は見事である。けれどもハーディになると、作者が対象に忠実であろうとすると、皮肉なことに、この安心感というべきものが失われていく事態に直面する。ハーディは、これが現実なのだと、その写実の堅牢性を主張しもしたのだが、その現実を包括していた価値の空洞化は、現実の描写に頼る作品自体の魅力をも空洞化させる。問題は選択ではない。選択されたものに安心感や、文学的充実度がないことが、問題なのだ。

ハーディの絶望感は、『日陰者ジュード』（*Jude the Obscure*, 1895）にいたって最高潮に達する。主人公のジュードは、知的にも社会的にも栄達の道を絶たれ、家庭的にも挫折して、「ヨブ記」の言葉「わたしの生まれた日は消えうせよ。男の子をみごもったことを告げた夜も」（第三章三節　新共同訳）をつぶやきながら死んでいく。時代の状況は終末論を生む状況だった。だが、フランク・カモード（Frank Kermode, 1919- ）に言わせれば世界の終末とは、はやり言葉なのだ。「変遷、退廃・革新はおそらく、政治と違って芸術にとっては、世界の終末《アポカリプス》の主要な側面となっているのだ。その結果、過去との断絶の可能性、歴史に基づいた考慮を払うことなく、現在を終末との関わりで考える可能性に、みなますます興味をもつようになるのである。[2]」

ところでハーディの絶望感を生む状況は、一九一〇年代以降のウルフにとって、少しもよくなってはいなかった。それどころか、人類初の巨大な規模で行われた破壊戦争、第一次世界大戦を体験したウルフの世代にとって、現実はハーディが見たものよりも悪くなっていただろう。この現実にたいして、意識を通して無秩序をありのままに捉えよう、というウルフの態度は一種の開き直りだが、こうすることによってウルフには、価値を空洞化されて断片のようになった現実を積極的に捉えるだけの態勢が、出来あがっていたことだけは確かである。主観的な個人の意識が客観的と思われる現実の描写よりも優位に立つことは、虚構が現実に勝るという認識と同じくらい革命的な視点の転換である。ウルフがこの態度をとったとき、意識を描写することが作品の安定性に繋がるのであり、意識に降り注ぐ現実が断片的であることは大して重要ではなかった。

「現代」にふさわしい小説を宣言したウルフにとって、逆に小説技法への模索は苦しい戦いでもあった。オースティンのように、自分の知らない世界は書かないと、いわば自然の姿勢で小説に向かうのではなく、ウルフには伝統的リアリズム小説と対抗できるだけの、新しい小説を書かなければならないという気負いと、追いつめられた状況があったからだ。オースティンは当時流行のゴシック・ロマンスを拒絶するかたちで自分の小説世界を作りあげていくのだが、そこには気負いよりも自分の感覚に忠実でありたいという姿勢が認められる。ところがウルフの場合は、自分の感覚を守るために、伝統的小説をなぎ倒すだけの手法を確立しなければならなかった。『ジェイコブの部屋』（*Jacob's Room*, 1922）は、意識が捉えたスケッチ集である。『ダロウェイ夫人』（*Mrs Dalloway*, 1925）はジョイスの『ユリシーズ』のように、一日の都市での物語を基本に据えて、そのなかで意識に浮かんだ三〇年前と現在との、現実を往復しながら操作する。母の思い出を描く『燈台へ』（*To the Lighthouse*, 1927）と、兄への思いを描く『波』（*The Waves*, 1931）では、全体の構成のために音楽手法が使われる。その一つ一つが新たな手法を試みての、苦闘の結果である。「現代小説論」で「微粒子がこころに落ちてくる順序に、記録しようではないか。見たところ脈絡もなく一貫性もないにせよ、その模様を追ってみようではないか」とウルフが言っているとしても、ただ文字通り記録しているだけでは芸術は成り立たない。ウルフが言うのは意識を通した外界の現実が断片と化していることを率直に認めようということであって、それだから余計にそれを作品にまとめるだけの、構成上の技法を必要とした。

これは現実を再構成することであり、新たな現実を発見することでもある。これがモダニズム世代の、大きな特徴なのだ。ウルフとは一世代前の芸術家だが、説明のために画家のセザンヌ（Paul Cézanne, 1839-1906）を取りあげてみるのでもよい。セザンヌは建築的とも言われる堅牢な構図と、青や橙色を基調とする明確な色彩で、現実を再構成したし、それによって現実を見る見方も変えた。このセザンヌら、ポスト印象派の画家たちが「現象への服従という規準に代わって、純粋に美学上の規準を再確立している、つまり構成上のデザインや調和の原理の再発見」[3]をなし遂げたとして、ウルフの友人である美術批評家ロジャー・フライ（Roger Fry, 1866-1934）が一九一〇年一一月八日にロンドンのグラフトン画廊で「マネとポスト印象派展」を開いたことは、イギリス・モダニズムにとって画期的な出来事だった。「一九一〇年一二月ころ人間の性格が変わった」と、ウルフは直感する。芸術家にとって、この新しい流れのなかで、セザンヌに匹敵するような、あるいはそれを乗り越えるような方法で活動することは、むしろ必然的な時代の要請であったと言えよう。ウルフは事実上、舞台をイギリスに限定するかたちで、作品世界を開拓する。

アイルランドの作家ジェイムズ・ジョイス（James Joyce, 1882-1941）は、世界を見る目が広く、視野に入るものはアイルランドやイギリス文化圏を超えて、全人類の神話時代から現代までを包含している。『ユリシーズ』（*Ulysses*, 1922）では一昼夜のダブリンを舞台に、広告業のレオポルド・ブルームと芸術家肌の青年教師スティーヴン・ディーダラスを町中歩き回らせるのだが、この二人を中心として捉えられた事象のスケッチは内容が多岐にわたっているうえに、意識に浮かんだ空想・連想のたぐいはダブリンという土地をも、二人の意識という枠組みをも超えて、まさに際限のない範囲にわたって混沌とした状態で羅列されていくかのようだ。ジョイスがこの

『ユリシーズ』のなかで『オデュッセイア』(*Odusseia*)を枠組みに使ったことが、「現代の歴史の無用性、混沌状態といった巨大な広がりを統制し、秩序立て、形と意味を与える一つの方法なのである」[4]としたT・S・エリオット(T.S. Eliot, 1888-1965)の言葉はよく知られているが、このような秩序立てこそジョイスやエリオットなどのモダニストが必要としていたものだ。しかし、ジョイスがこの作品と『オデュッセイア』を重ね合わせたとき、現代のダブリンがギリシア神話世界へと広がりを見せる豊饒な多層性を意識しただろうし、エリオットはむしろ秩序の方に、より強い意識を持ったという微妙な違いはあろう。エリオットはモダニズムを代表する詩人から出発して、アメリカ人でありながら祖先の出身地にもどって、イギリス国教会に帰依した人物である。画期的なモダニズム詩『荒地』(*The Waste Land*, 1922)の断片的で不毛な世界は、第一次世界大戦後のヨーロッパの状況を示すものとして迎えられたが、エリオット自身にとってこの詩は、神経症の妻ヴィヴィアンを抱えての厳しい生活感覚の表象でもあった。

セザンヌが自然を「円筒、円錐、球」として捉えた見方は、絵画の方ではピカソ(Pablo Picasso, 1881-1973)やブラック(Georges Braque, 1882-1963)のキュビズムを生む。キュビズムはピカソの『アヴィニョンの娘たち』(*Les Demoiselles d'Avignon*)が最初の作品と言われるが、もともと抽象的な時間芸術である音楽の分野でも、シェーンベルク(Arnold Schönberg, 1874-1951)が無調音楽の手法を探求し始めたのは一九〇八年のことである。そしてシェーンベルクは一九二一年に十二音音楽の考えに到達する。キュビズムの場合は極端な分割にはしって現実味から離れてしまうこともあったが、絵画という二次元世界に三次元の現実を表現する方法として定着するし、十二音音楽の場合は一二の半音をある決まった配列で構成して、全体を厳密な構成体とする。それによって現実は新たな様相を見せるし、さらに言うならば、芸術のなかで新たな現実が作られるのだ。このようなモダニストたちの試みにたいしては、批判もある。つまり、モダニズム芸術は芸術家の孤独な営みとなってしまって、一般の人びとに理解されず、社会との繋がりを欠き、挙げ句のはては有害で不毛なものになりかねないというのである。

しかしモダニズムは、第一次世界大戦を生む時代のなかで生まれてきたものだ。この状況への危機感を、トマス・ハーディはすでに予感していて、『ダーバヴィル家のテス』（*Tess of the d'Urbervilles*, 1891）のなかで田舎娘のテスが、素朴ながら「近代の痛み」（the ache of modernism）を表現しているとした。伝統的農村の変化を中心に描いたハーディは、その時代のなかの新たな兆候を問題にしたのだ。モダンであることは、急速に発展した都会とも関わっている。キュビズムなど、時代の流れを敏感に感じとり、独自の表現をしようとしたイタリア未来派は、博物館入りになるような芸術を破壊し、「機械が造形芸術一般の展開と発展にとって、汲めどもつきぬ霊感の源泉」（未来派機械芸術宣言）であるとして、機械文明をも積極的に取りこもうとする。そしてマリネッティ（Filippo T. Marinetti, 1876-1944）というカリスマ的指導者を得て、イタリア未来派は一九一二年以降のロンドンでの展覧会などで、イギリスでかなり大きな反響を巻きおこす。マリネッティはニーチェ（Friedrich W. Nietzsche, 1844-1900）の超人思想に共鳴し、ヴァーグナー（Richard Wagner, 1813-83）に共感し、初期のイタリア・ファッシズムとも近づいたから、唯我独尊の傾向があるとしてモダニズムを警戒する考え方をも生じさせてしまう。ルカーチ（György Lukács, 1885-1971）はドイツ表現主義に、ファッシストが利用するのに都合のよい美学を見たが(5)、ドイツ表現主義がファッシストというわけではない。ドイツ表現主義はヒトラー（Adolf Hitler, 1889-1945）によって「退廃芸術」の烙印を押されて迫害されたし、イタリアではムッソリーニ（Benito Mussolini, 1883-1945）がイタリア版「退廃芸術展」を計画したときも、マリネッティと衝突してしまった。

キュビズムと未来派を合わせたヴォーティシズムの運動がイギリスで起こるのは一九一二年ころだが、エズラ・パウンド（Ezra Pound, 1885-1972）が「ヴォーティシズム」（vorticism）の名を作った一九一四年に、この運動の中心人物ウィンダム・ルイス（Wyndham Lewis, 1884-1954）は雑誌『ブラースト』（*Blast*）に、人間の知性による芸術の優位を説き、のちにはヒトラー礼賛という、極端な主張もする。たしかにモダニズムに関わるもののなかには、穏健な社会の構成員から見て有害なものも出てこよう。しかしウィンダム・ルイスのような政治的な主張が、モダニズムから必然的に出てくるというものではない。キュビズムを通過したピカソは、反ファッシストだったし、ヴァージニア・ウルフも労働党シンパで、夫がユダヤ人だということもあって、イギリスがナチスに侵攻されたら自殺する用意をした。このようにモダニストといっても一様ではないが、モダニストたちが芸術にかける真情は、普遍的基準を失った世界で、自分なりの基準を作りだそうという足掻きである。モダニストは伝統を否定し、歴史の制約から自由でありたいと望んだとはいえ、モダニズム時代は歴史から切り離されたものではなく、歴史の特異な状況から生まれたものである。彼らの顕著な意識の拠り所として、外的世界から内面世界への方向転換があるのだが、この流れの先駆的な動きとしては、一九世紀後半にかなりの期間ヨーロッパに滞在し、ヨーロッパ的なものとアメリカ的なものとの狭間で葛藤した内向的アメリカ人、ヘンリー・ジェイムズ（Henry James, 1843-1916）の意識という視点の導入があった。ヨーロッパ人が確実性の持てる現実を失いつつある時代に、ヨーロッパとアメリカとの狭間にいたヘンリー・ジェイムズは、引き裂かれるように頼るべき場を失っていた。外的世界に足場を失ったジェイムズの状況は、意識に頼らなければならない作家たちの将来の方向を先取りしていたと言えよう。

モダニストの傾向が、作品の受容を理解できるものだけに期待をする一種のエリート主義であり、一般社会を無視するものであるという批判は、否定できないかもしれない。それだからこそ一般には抵抗のある、前衛的な手法が成立したとも言える。しかし芸術家たちは、はじめから一般社会を無視してかかったわけではなく、独自の世界を打ち立てようとするときに、一般社会に期待することができなくなったというだけのことである。ジョイスはこの思いを、『若き日の芸術家の肖像』（*A Portrait of the Artist as a Young Man*, 1914-15）の結末の部分で語っている。

ぼくはもはや自分が信じないものに、家庭でも、祖国でもあるいは教会でも、その名がなんであろうと、仕えたくない。できるだけ自由にできるだけ完全に生活や芸術のなんらかの様式で自分を表現してみたいんだ。防禦の手段に自分に使うことを許す武器を――沈黙と追放と狡知だけを使うつもりだ。

（海老池　俊治　訳）

かつては家庭への思い、祖国への思い、あるいは教会への思いが作品を生んだ。その思いは反体制的であったりしても、デフォー（Daniel Defoe, 1660-1731）は企業心あふれる清教徒の心情を代弁したし、それが歴史の新しい流れの表現でもあった。リチャードソン（Samuel Richardson, 1689-1761）にしても、ディケンズ（Charles Dickens, 1812-70）にしても、それぞれの時代の中産読者層の希望の適え手であり、キリスト教的慈悲心をくすぐる偉大なエンターテイナーだった。つまり彼らは、読者である特定の階層に仕えることができた。ディケンズの描いた貧しいながら幸せな家庭のイメージは、特定の階層をも超えて、イギリス国民を魅了した。不幸を描くにしても、『骨董店』（*The Old Curiosity Shop*, 1840-41）の可憐な少女ネルの死は、階層を超えてイギリス国民を涙させたという。また、ウォルター・スコット（Walter Scott, 1771-1832）のように、スコットランド人の思いをイングランド人読者に語り、納得させるものもいる。

しかし、モダニストたちにとって、もはやともに涙してくれる多くの読者は期待できなかったのだ。かつての読者層から離れて自分の表現を求めたモダニストたちは、いわば孤高の山頂で表現を練りあげる。もはや彼らはごく少数の、いわば物好きな読者を相手にするしかない。だが、一般読者から隔絶されているという印象は、モダニストたちを不安にもする。ウルフにとって技法的には会心の作であった『波』執筆からしばらくして、ウルフは自分の文学活動に不安を抱く。

そして明らかにわたしは、そう、十年ばかり前は、意気揚々としてたいへん高いところまで行っていたのだ。それからW・ルイスやミス・シュタインに断罪された。いまでは、わたしはもちろん――なんと言おうか――時代遅れになっていると思う。若い人たちにたいしては、とてもモーガン（E・M・フォースター）とは比べものにならない。でも『波』は書いた。でも、またよいものを書くことは、ありそうもない。わたしは凡庸作家であって、まったく忘れられてしまうのだと思う。

（一九三八年一一月二二日の日記）

ウィンダム・ルイスが示したウルフへの嫌悪感は、その文を読めば分かるように、きわめて感覚的なものである。ウルフという作家は女の青っ白い意味のないもので、『ダロウェイ夫人』はジョイスの傑作『ユリシーズ』の模倣だが、比べる価値もないものだと、ルイスは言う。そしてルイスは、「ウルフ夫人には息苦しくなる」のだそうだ。ウルフの知人で左翼詩人のスティーヴン・スペンダー（Stephen Spender, 1909-95）がウルフを弁護しても、ルイスはウルフ批判を和らげることはなかった。一九三四年、秋のことである。ルイスはセンティメンタリズムを嫌い、強いものにあこがれる右翼的な感性の持ち主で、ウルフとは相容れなかった。イタリア未来派の影響を受け、力と運動礼賛のルイスからすれば、ウルフのような繊細な壊れやすさは、認めるわけにはいかなかった。女性的感覚の重要性や、移ろいゆく時間のなかで瞬間の持つ意味などは、ルイスの感覚からは漏れていた。ルイスがモダニストならば、ウルフもモダニストである。モダニストたちは互いに仲間としてサークルの輪を広げるのではなくて、考えが合わなければ攻撃し合う。だからモダニストは読者の支えもないうえに、辛辣な批評にもさらされる状況なのだ。そして攻撃されると傷つくウルフも、攻撃する立場になると辛辣だった。

モダニストたちは芸術上のさまざまな試みを展開させたが、モダニストであるためには、必ずしも前衛的手法を必要とはしない。D・H・ロレンス（D.H. Lawrence, 1885–1930）の場合、手法は一見したところきわめて伝統的なものだが、その姿勢はきわめてモダニズム的である。「われわれは全身を完全に破壊に委ね得るのである。そのとき、われわれの意識形態は、われわれとともに破壊されて、何か新しいものが生まれるにちがいない」(6)と、ロレンスは言う。このロレンスが生命のエネルギーを礼賛した姿勢からは、センティメンタリズムを排除した未来派の芸術と重なる部分もありそうに思われる。しかし、未来派の彫刻家ボッチョーニ（Umberto Boccioni, 1882–1916）の幾何学的抽象表現に魅せられながらも、「攻撃と抵抗」のない科学性に、ロレンスは芸術としての不満を述べる。

> 未来派の態度は、イタリアの態度が主に科学的であるように、科学的である。それは昔ながらの完全な〈抽象化〉を忘却することであり、男性的なものが女性的なものから分離することであり、退却の行為であり、成就の否定であり、新しい出発であり、初歩からやり直すことである。

（「トマス・ハーディ研究」第七章　倉持三郎 訳）

ロレンスは、ウルフが攻撃したアーノルド・ベネット（Arnold Bennett, 1867-1931）と同じく、人物の性格づけに興味を持っていた。彼の「トマス・ハーディ研究」（'Study of Thomas Hardy'）のかなりの部分が、ハーディの小説の作中人物批評である。そしてロレンスは、ハーディが現代文明に抱いている不安を、『日陰者ジュード』のスー・ブライドヘッドに見てとった。「現代の西欧文明の至高の産物のひとりがスーなのであるが、これはわれわれを脅すに足りる産物である。」(7) ハーディはスーを知的な、肉体感のない新しい女として描いたのだが、スー自身「彼女は心中、自分は、生の源泉と根源から切り離されていることを知っていた」と、ロレンスは言う。このスーから新しい女性像を発展させるのも、モダニズム時代の作家の一つの方法だろうが、「悲劇的時代」である現代を克服しようというロレンスの眼は、むしろ視野を広げて先を見ていた。

男は、敬意を払いながら、自分自身の法に従わなければならない。そして、苦痛と喜びを持って女の法を知り、それに従わなければならない。男と女は合一して、偉大な法の中でひとつとなり、〈偉大な平和〉の中で和解することを知らねばならない。この究極の真理を知ることによって、彼の至高の芸術は生まれる。男性自身の法を認識し、それを発言する芸術が生まれねばならない。男自身の法と、その隣人である女の法を認識し、両者のあいだの喜ばしき抱擁と争いと、一方の服従を発言する芸術が生まれねばなるまい。二つの葛藤する法のあいだの争いを知り、そして、両者が平等で、合一し、完全になる、究極的な和解を知る芸術が生まれねばなるまい。これは至高の芸術であるが、まだ達成されてはいない。それを試み、その努力の結果をわれわれに残した人たちはいる。しかし、完全にはなされていない。

（「トマス・ハーディ研究」第十章　倉持三郎 訳）

ロレンスのテーマは、スーのような状況の産物を描くことではなく、この状況を超える人間関係の創造だった。ロレンスがつねに現在の状況を克服して、新たな可能性に踏み出していく姿勢は『息子と恋人』(*Sons and Lovers*, 1913)の結末に、一つの典型として表現されている。主人公のポールは姉アニーと、母ガートルードの死を見届けたあと、ふたたび近づいてきた恋人ミリアムからも離れて、かすかな音を立て、輝いている町の方へ向かっていく。けれども、これは解決ではない。母という大きな拘束から解放され、そして違った種類のほかの二人の女性たちからも離れた若者の、再出発である。ジョイスのスティーヴン・ディーダラスが、『若き日の芸術家の肖像』の最後で述べた決意とも共通した心境である。

ロレンスは『恋する女たち』(*Women in Love*, 1921)で男の法と女の法が和解した場合と、対立し決裂した場合とを、並列して描いた。支配欲の強いジェラルドとグドルーンは決裂し、均衡のとれた星のように、バランスをとったバーキンとアーシュラの関係は和解する。しかしロレンスは、ここでも完全な解決を得ているわけではない。バーキンとジェラルドとの男同士の関係が、ジェラルドの死によって叶わぬ夢となったことを残念がる言葉で終わっているからだ。そしてこれが、『アロンの杖』(*Aaron's Rod*, 1922)のテーマとして発展することについては、この言及だけにとどめよう。

ロレンスは作家活動の最後まで、男の法と女の法の和解を追求した。『チャタレー夫人の恋人』(*Lady Chatterley's Lover*, 1928)は準男爵夫人コニー・チャタレーと、労働階級の出身である森番オリヴァー・メラーズとの、合一を求める物語である。ロレンスはこの作品を二度書き直して、三種類の草稿が存在するほどの念の入れようだった。このメラーズの名が当初パーキンとなっていたのは、興味を引く。バーキンとパーキンは類似の音で成り立っていて、『恋する女たち』と『チャタレー夫人の恋人』との連続性を、意識的にせよ、無意識的にせよ、この命名で示しているからだ。『恋する女たち』の男女の関係にたいする均衡への思いは、さらに発展してイギリス社会の階級制度にまで踏みこんでいく。

だが、コニーとオリヴァーの合一は、階級の融合というよりは階級の存在を超越するもので、それによって労働者階級の地位が向上したとか、準男爵の地位が低下したとかという次元のものではない。階級の差別の判定に使われがちなお金があるとか、ないとかは、ロレンスにとっては現代のもっとも軽蔑すべき尺度だった。だから賃上げのためにストライキをする労働運動は、ロレンスがもっとも嫌うものだったし、未来派の芸術家たちとは違って、「自動車、映画、飛行機、そういったものが、みんなから最後の一片まで吸い取ってしま」う、現代の機械文明を嫌悪した。(8) ロレンスが求めたのは、個人を尊重した自然な人間関係であって、この尺度をもってすれば、機械文明にしろ、現代社会を作っているあらゆるシステムの基準は意味を失うのだ。階級制度は、このシステムの一つ、それも自然な人間関係を阻害する大きなシステムだった。

ロレンスの時代はのちに「社会帝国主義」(social-imperialism) と言われるものを標榜した時代である。つまり一九世紀末以降顕著になったボーア戦争による国家財政の破綻を、大衆社会化した実態のなかで、支配階級主導で労働者階級を組み込むことによって解決しよう、そのために領土拡張をして経済基盤を強化しようとするものである。そのための政治的な施策は土地課税による、都市部大土地所有者への圧力であり、労働争議法による労働組合の保護であったりする。けれどもロレンスの感覚は、このような政治の動きとはまったく縁遠いものになっていく。『チャタレー夫人の恋人』の第一稿には、労働者階級の言葉も、家庭も描かれたが、最終稿では象徴的な調和した、夢のような世界を目標として、具体的には妻フリーダとロレンス自身の作り出した至福の時が昇華した姿で、描かれていく。これは現実と対抗するようにして示された、ロレンスのヴィジョンである。ヴィジョンが現実のなかで容易に受け入れられるものでないことは、ロレンス自身が承知していた。だからコニーとオリヴァー・メラーズは、結ばれて終わるようには描かれない。結ばれることを夢見て、新しい生活に備えていくという終わり方なのだ。ロレンスの状況はこのようなものだったし、そこにあえてヴィジョンをぶつけることが、モダニストとしての姿勢であったと言えよう。

E・M・フォースター（E.M. Forster, 1879-1970）の小説の方法は穏健だが、時代の状況を見事に捉えていた。彼は「社会帝国主義」の政策によって、イギリスの伝統的なジェントルマン社会が変容するさまを見据えて、小説にした。フォースターがとる姿勢は、凋落する中産階級と上昇する労働者階級を組みあわせて、社会の健全化を図ろうというもので、穏健な改良主義に立っている。『眺めのいい部屋』（*A Room with a View*, 1908）のルーシー・ハニーチャーチは上層中産階級のセシル・ヴァイスの求婚を受け入れて婚約するものの、けっきょくは情熱的な労働者階級のジョージ・エマソンと結婚する。セシルが形式だけの人間であるのにたいして、ジョージには生命の輝きがあったからだ。世間的な常識からすれば、ルーシーの行動は異常と言えるものだった。少なくとも、中産階級の多くの読者はそう感じたことだろう。フォースターはこの一般的な判断を修正するかのように、時代が向かっている方向性を先取りする。労働者階級の持っている生命力を、凋落する中産階級に注ぎこむ。注ぎこむと言って悪ければ、労働者階級と中産階級との結びつきに、一つの可能性を見いだすのである。

これは前の年に出版された内面の自伝的な小説『ロンゲスト・ジャーニー』（*The Longest Journey*, 1907）についても言えることで、ケンブリッジ大学出身のリッキーは、労働者の生活をしている弟スティーヴンに嫌悪感を持ってはいるが、最後は酔って鉄道線路の上で寝ているスティーヴンを救うため、足の不自由な身で自らを犠牲にして線路から引きずり出す。リッキーは死後、作家として好評で、スティーヴンは印税を手にするし、感謝の気持ちを表したいと思う。しかし、何ができるのだろうか。けれども——

彼のような男にできることが一つあった。スティーヴンはうやうやしく身を屈め、子どもにキスをした。彼はその子に、リッキーと自分の母親の名をつけていたのである。

（『ロンゲスト・ジャーニー』第三五章、川本 静子 訳）

この文章で、作品は終わっている。スティーヴンの娘を通して、スティーヴンの思いは実現されるし、それは同時にリッキーの復活をも意味している。その復活をなし遂げたのが、スティーヴンのこころと、リッキーのこころとの結びつきなのだ。リッキーは死んでも、フェニックスのように蘇る。この蘇りへの願いは、モダニズム時代の特徴でもある。そしてフォースターの場合は、『ハワーズ・エンド』（*Howards End*, 1910）のなかに、ひろくイギリスという国の蘇りを願った「結びつきのみ《オンリー・コネクト》」のヴィジョンが展開される。

『ハワーズ・エンド』は知的・文化的な上層中流階級のシュレーゲルきょうだい、実業家の中流階級ウィルコックス家、労働者階級からはい上がったレナード・バストの三つの階層の人間関係で、構成されている。社会帝国主義によって何とか国家を維持しなければならないせっぱ詰まった状況下のイギリスでは、階級の違いによる違和感を意図的にでも乗り越える必要があった。ウルフは上層中流階級のダロウェイ夫人が、偏狭な下層中産階級的クリスチャンのキルマンを嫌うかたちで、違和感を表現したし、マーガレット・ドラブル（Margaret Drabble, 1939– ）に言わせれば、ウルフのベネットにたいする「反発は無意識の階級運動である。彼女は成り上がりもの《ヌヴォー・リシ》が好きではなかった。口籠もるようにして、不眠症めいて、胃もたれのする感じで表現された感性は、彼女が自分の言葉で表現できなかったものなのだ。(9)」フォースターはウルフよりも、そしてもちろんロレンスよりも、現実的な次元で夢を語っていたと言ってよい。『ハワーズ・エンド』のウィルコックス家は、新興産業資本と伝統的農業社会との合体で出来あがっている。実業家ヘンリー・ウィルコックスは古い農業社会を象徴するルースと結婚していたのだし、ルースが所有するハワーズ・エンドの屋敷は、かつては農家だった。ルースの死後、後妻としてマーガレット・シュレーゲルがウィルコックス家に入ることは、イギリスを文化的に高めたいというフォースターの願いだろう。それでも労働者階級を排斥したウィルコックス家は没落する。レナード・バストを不注意で死なせてしまった長男チャールズ・ウィルコックスの刑務所行きは、小説手法上、必要だったのだろうが、バストとヘレン・シュレーゲルとの子どもがハワーズ・エンドの屋敷を相続するという結末は、明らかにフォースターの社会的解決策を示している。ドイツ音楽などに見られる精神的文化と、労働者階級の力と可能性とを包含した、産業資本と農業社会との結びつきが、フォースターなりの解決策である。そしてこれを、フォースターは個人の良識のレベルで推し進めている。

このフォースターのヴィジョンは、厳しい現実の表現方法を追求したウルフや、時代の悲劇克服の意志を述べたロレンスと比べると妥協めいてもいるのだが、このフォースターの鷹揚とも言える態度は一つのイギリス的なものでもある。年代はすこし下がるのだが、オールダス・ハクスリー（Aldous Huxley, 1894-1963）がファッシズムにたいして、暴力に暴力で対抗することに空しさを訴え、持てる国々が主導の国際会議を開いて、世界の資源、領土などについて公平な再配分を決めてはどうかとした、『諸君は現状をどうするつもりか』（*What are you going to do about it?* 1936）での主張とも、態度は重なるところがある。これはたんに、文学者の世間知らずの発言というのではない。一九三五年にイタリアがエチオピア侵略を開始した直後のボールドウィン内閣も、そのあとのチェンバレン内閣も、「持たざる国」の要求にある程度理解を示して譲歩するという、「宥和政策」をとって、平和を維持しようとした。ヒトラーにたいするチェンバレン（Neville Chamberlain, 1869-1940）の「宥和政策」は、一九三九年のチェコスロヴァキアの解体で、空しい結果になるのだが、このような紳士的なイギリスらしさの現代世界のなかでの限界が、モダニズム手法の行きづまり感とあいまって、イギリスの精神世界に少なからぬ影響を及ぼしているように思われる。じじつ、フォースターは一九五八年七月に「部屋のない眺め」('A View without a Room')を『オブザーヴァ』(*The Observer*)紙に発表して、『眺めのいい部屋』の楽観主義を修正する。これは現在、『眺めのいい部屋』の付録として掲載されているが、本編の後日談というべきものである。

結婚したジョージとルーシーは、ロンドン郊外でお手伝いつきの豊かな生活をする。しかし第一次世界大戦が起きて、すべてが失われてしまった。ジョージは良心的兵役拒否で職を失うし、ルーシーは敵国のベートーヴェン(Ludwig van Beethoven, 1770-1827)を弾き続けて、近隣の反感をかう。やがて第二次世界大戦が起き、ドイツ人のなかによいものと悪いものがいることを痛感したジョージは軍隊に志願する。ルーシーは音楽を教え、ベートーヴェンをひろめていたが、家は空襲で失う。ジョージはアフリカでファッシスト支配下のイタリア軍の捕虜となるが、イタリアの敗北で解放されて、ルーシーとの出会いの場所である「眺めのいい部屋」を訪ねてみる。景色はそのままだったが、家並みは変わっていて、宿は見つからなかった。ジョージとルーシーは、戦争やらなにやらを解決してくれる第三次世界大戦を待つ気持ちになっている。あるとき、アレキサンドリアの小さなパーティで、ベートーヴェンが所望された。敵国音楽ということで難色も示されたが、ある情報担当がベートーヴェンはベルギー人だというので、月光ソナタが演奏された。この情報担当が、セシル・ヴァイスだった。

一九五八年から振り返ってみると、五〇年前の『眺めのいい部屋』の結末は甘かったように見える。第二次世界大戦は、第一次大戦以上の悲惨な状況を生み出した。相手にたいする紳士的な理解や、階級を超えて個人の意味を認めるといった個人的な良識では、どうにもならない状況なのだ。しかしフォースターは、厳しい状況のなかで恵まれない生活を強いられる主人公を描きながら、けっして信念を放棄してはいない。敵国ドイツの文化にたいする傾倒の態度を見つめ直し、敵国によって受けた打撃や損害を憂えてはいるのだが、たとえ政治的「宥和政策」が空しいものであっても、ベートーヴェンは「宥和政策」の次元を超えたところで生き続ける。しかも、セシル・ヴァイスがここに絡んでいる。

セシル・ヴァイスは、ルーシーを巡っては、ジョージ・エマソンと対立する存在だった。若いころルーシーに、ヴァーグナーの「パルシファル」(*Parsifal*)を弾いてと、うまくかみ合わない要求をしたこともあるセシルだが、ルーシーのベートーヴェン熱が姿を変えて彼のなかにも入りこんでいると見るべきだろう。ベートーヴェンの祖先は一五世紀に、たしかにベルギーに住んでいた。だから、セシルは事実を述べたにすぎないのかもしれない。しかしベートーヴェンがドイツ音楽の真髄であることを認めながら、セシルはその音楽の演奏を可能にする情報を提供した。厳しい状況のなかにも、一筋の光は残っているのだ。照り輝く日差しではなく、ほんのりとした月の光であっても……。セシルとジョージは、ある種の和解をなし遂げている。

モダニストとしてのウルフの小説技法上の追求は、ウルフ自身も前述の日記で意識していたように、『波』で終わっている。『波』こそ、『燈台へ』の男女二つの主題をソナタ形式ふうにして完成させた手法をさらに進めて、ピアニッシモからフォルテへいたる流れの、いわば六重奏曲のなかにいろいろと多層化されたテーマが込められている「芸術品」だからだ。ここで一つの追求が終わったと言っても、これはのちの「事実の小説」である『歳月』(*The Years*, 1937)や『幕間』(*Between the Acts*, 1941)を否定するものではない。しかし、以前とは変化した人間の性格を表現する、先進的な手法の開拓者としての姿勢は、後退していると言うべきだろう。「人生が芸術を模倣する」とは言わないまでも、芸術によって人生を結晶させるといったたぐいのウルフの手法に、先が続かなかったというだけのことである。おそらく『幕間』という作品は、モダニストの姿勢とは違ったところから出ている。この作品はイギリス史を背景に、現代のイギリス人の生活を見定めるという大きな視点から出ていて、ある意味で作家としての成長を物語っている。しかし、問題意識からすれば、現代が断片のようになってしまっているという認識と、イギリス史の意味が人びとにうまく伝わらないという作者・演出家ラ・トロウブの挫折感が前面に出てくる。つまり、モダニストとして新しい表現方法で料理してみたいというのではなくて、ハーディのように厳しい現実を見据えているというふうだ。ただ、『日陰者ジュード』あたりと違うのは、モダニスト世代の再生待望が、かすかではあるが見られることである。この『幕間』という作品では、舞台である邸宅、ポインツ・ホールの住人アイサとジャイルズが争って、「その抱擁からまた一つの生命が生まれるかもしれなかった」（戸山弥生訳）という預言めいた結末部の言葉で締めくくられる。これはロレンスの預言のようでもあるし、「部屋のない眺め」の段階でもフォースターが残していた、一筋の光のようでもある。

ウルフと同じ「意識の流れ」の作家とされ、しかも生年と没年がウルフと同じだったジェームズ・ジョイスは、意識に浮かぶ断片を問題にするのではなしに、意識といういわば当てにならないもの、捉えにくいもの、しかしそのなかに人間の歴史も、事実も空想も含まれているものを包括的に捉えて作品化するという、度はずれた方向へむかうこととなった。意識はかなりの部分が言葉を媒体にしているが、この言葉自体が多義性を持ち、捉えにくさを持っている。その多義性と脹らみを利用して、ジョイスはパロディや地口、駄洒落のたぐいを含めて遊びながら、あらゆるものを言葉に詰めこもうとする。そのテクストはちょうど楽譜のように、解釈によっていろいろな演奏＝読みが可能なかたちになっている。ジョイスの場合は、バッハ（Johann Sebastian Bach, 1685-1750）やモーツァルト（Wolfgang Amadeus Mozart, 1756-91）の簡潔な譜面から脹らみのある演奏が生まれるという種類のものであるよりも、謎めいた混沌のなかから読者によって、それぞれのメロディや和音が浮かびあがってくるというふうである。愛国者ではあったが麻痺したようなアイルランド社会を逃れて、自分自身の表現を求めたジョイスは、独自の芸術を生み出そうという意欲には好都合のモダニズム時代に生きて、ロレンスやウルフのようなヴィジョンも求めず、意識・無意識の世界をモグラのように掘りすすむ。永川玲二が他人の見解も借りながら言うように、ジョイスには「アングロサクソン的な社会意識や客観性のかけらも無い。[10]」ロレンスのように悲劇的時代の人間の社会的状況を克服しようというのではなく、またウルフのように人生の意味を追求するのでもなくて、ジョイスのように人生を切り刻んで眺めたり、組みあわせたりして楽しんでいる眼からは、行きづまりの感覚は生まれない。複合語、合成語は言うに及ばず、言語は一つの国語の領域を飛びこえて、他と融合する。作品世界に捉えられる時間の幅も、現代から、人類原初の世界規模での神話の時代にまで遡り、広がり、反復されながら循環する。

ジョイスはこころの内と外との現実を、観察者としてはきわめて緻密に見つめている。西欧人が伝統的に持っていた価値体系へのこだわりも、ジョイスにはないようだ。人生に関わるものは、美しいものも汚らわしいものも、こだわりなく作品に採り入れていく。これはアイルランド的と言えるのだろうか。根がイングランドにあるとはいえ、アイルランド生まれの、かつてのジョナサン・スウィフト（Jonathan Swift, 1667–1745）がそうだった。イングランド上層中流階級のウルフは、ロレンスにも違和感を感じたが、ごた混ぜのジョイスをも嫌った。このごた混ぜのような「現実」の素材が、作品として構成されている秘訣は、微少な素材が互いに持っている不思議な繋がりであり、ある種の運動力学である。その力学を損なわない組みあわせが、ジョイスの芸術の方法であると言えよう。『ユリシーズ』で『オデュッセイア』を枠組みに使ったときも、この力学構造に時空を超えた調和を与えるためであって、西欧の価値体系的な秩序を与えるためではなかったようだ。この点では、前述したエリオットの受け止め方のほうが、より一神教的な宗教的ニュアンスが強かっただろう。ジョイスもイエズス会の教義の影響をつよく受けて育ったものの、意図的に教会を離れ、祖国を離れ、最後はチューリヒの墓地に埋葬された。エリオットが正統的イギリス国教会に帰依し、その遺骨が祖先の地イースト・コーカーの教会に眠るのとは、対照的である。ジョイスが祖先をたどるとすれば北欧であり、世界の人間生命の根源に関わる北欧的神話世界が、無意識に夢のように登場する。ジョイスにとって追求すべきものは、どんな局面にも、どんな多層性にも対処できる、表現の可能性だったようだ。『フィネガンズ・ウェイク』（*Finnegans Wake*, 1939）は、このようにして書かれていく。

ジョイスやウルフのように技法上のさまざまな試みをしないまでも、同時代の作家たちが、その時代の意識を共有していることは当然だろう。ただ、個々の作家によって、関心の向き具合が微妙に違ってくるのも、また当然と言わなければならない。そして作家は、独自の個性を発揮しようとするものだ。シルヴィア・タウンゼンド・ウォーナー（Sylvia Townsend Warner, 1893-1978）のイギリスを見る歴史意識は、ある意味ではウルフの『オーランドー』（*Orlando*, 1928）や『幕間』に見られる歴史意識と、共通する。しかし、ヴィクトリア女王ひとりを取りあげるだけでも、その描き方にはかなりの違いを見せている。ウルフのヴィクトリア女王は、『燈台へ』にも肖像画として登場するが、インド帝国等支配の象徴の次元としてである。この肖像画が慈善活動をするラムジー夫人に微妙に重ね合わされ、夫人と同行した青年タンズリーの意識に独自の効果を生むことはあるにしても……。ところがウォーナーの人物にとって、ヴィクトリア女王の肖像はいたるところに存在するのだし、この女王遍在という圧倒的な雰囲気のなかでは、スーキという一庶民にとって、女王は現実に会いに行くべき対象にまでなってしまう。この女王謁見というとてつもない出来事から受けたスーキの心理状態を軸に、ウォーナーは時代をも描く。満ちあふれた肖像画によって作られた雰囲気は、スーキのこころをも作ってしまう。表象としての女王は実人生を左右し、スーキを女王のもとに向かわせる。この意表をつく行動は、現実にはファンタジーの次元のものだろう。これなどもモダニズム的な作品意識から出ていて、尋常の発想ではない。

劇作家ノエル・カワード（Noël Coward, 1899–1973）の『花粉熱』（*Hay Fever*, 1925）、『私生活』（*Private Lives*, 1930）などの初期の名作はモダニズム時代に書かれているが、カワードのような「家庭喜劇」は大衆演劇的性格上、実験的な前衛劇の形式は取りにくかった。その点では『人と超人』（*Man and Superman*, 1903）でモーツァルトの『ドン・ジョヴァンニ』（*Don Giovanni*, 1788）を現代風にアレンジして劇中劇としたり、時代の生命主義や超人思想を取りこんだりした先輩バーナード・ショー（Bernard Shaw, 1856–1950）の方が、はるかに実験的で、モダンだったと言えよう。しかし、時代の風俗を捉えるカワードの才能は、衣装や、台詞《せりふ》のなかの話題や、小道具などを使ってモダンな生活を舞台に乗せる。『花粉熱』の老女優ブリス一家は旧弊に囚われてはいないが、めいめいが勝手に動いていて、来客がかち合ってちぐはぐになるし、『私生活』の離婚したモダンな夫婦は、それぞれの再婚相手との新婚旅行で出会ってよりを戻す。人物は「現代風」で生き生きとしているが、将棋の駒のように芝居の必然性で動いている。ここでも、芸術が人生を支配しているのだ。

演劇で前衛性が目立ってくるのは、第二次世界大戦以後のことである。サミュエル・ベケット（Samuel Beckett, 1906–89）の『ゴドーを待ちながら』（*En attendant Godot*, 1952）のディディとゴゴは、いつ来るとも分からないゴドーを待ちながら、脈絡のない会話をする。紳士ポッツォが召使いを縄で引っぱって少し登場するが、この二人は次幕では盲人と聾唖者になってふたたび登場する。ディディとゴゴがなおも待ち続けても、ゴドーは来ない。第一幕でも第二幕でも、「さあ、行こう」とディディたちは言いはするが、動かないまま幕になる。思想的には第二次世界大戦さなかのフランス実存主義演劇が、このような「不条理劇」を発展させたのだろうが、サルトル（Jean-Paul Sartre, 1905-80）たちの「不条理劇」が言語明晰であるのにたいして、ベケットの『ゴドーを待ちながら』では台詞も不明瞭、不条理で、何の解決もないまま観客は放りだされてしまう。

ベケットの小説『ワット』（*Watt*, 1953）も、謎めいた作品である。ワットはノット邸に到着して、ノット氏に仕える生活が始まるのだが、ノット氏の正体は不明である。ワットは精神分裂による人格崩壊を起こしているようで、語り口は見たところ詳細で、くどいのだが、肝心のところは何も語られていない。ワットの滞在するノット邸は避難所らしいのだが、精神病棟のようでもある。そしてここから出て、ワットが新たに入った避難所は、強制収容所めいた感じもある。この『ワット』の執筆年代は一九四二年から一九四五年で、作者自身、ナチス親衛隊から危うく逃れた経験もあり、この避難所の設定も現代の恐怖が定着したような、不気味な要素となっている。

モダニズム時代の作家が音楽を取りあげるのは、一つの大きな特徴だろう。フォースターの『眺めのいい部屋』のなかのベートーヴェンについては先に述べたが、『ハワーズ・エンド』では第五交響曲〈運命〉が大きな役割を果たす。ウルフが『波』の最終部分の構想を練っていたときにヒントとなったものも、ベートーヴェンの弦楽四重奏曲だった。オールダス・ハクスリーは音楽技法をそのまま題名にして、『恋愛対位法』（*Point Counter Point*, 1928）を書く。この小説では、ベートーヴェンを引きあいに出しながら、「小説の音楽化」という議論まで書かれるのだ。しかし、ハクスリーが求めるのは技法の追求以上に、難しい時代の社会や個人の描写にある。自らの家系に偉大な科学者を持っていたハクスリーは、『恋愛対位法』でも使われた生物科学を発展させるかたちで、人間社会の未来像を描く。『すばらしい新世界』（*Brave New World*, 1932）はその代表的なものだろうが、科学が発達し、合理的生活が一般化したと言っても、人間の状況がかならずしもよくなっているわけではない。この未来小説の手法で書かれたジョージ・オーウェル（George Orwell, 1903-50）の『一九八四年』（*Nineteen Eighty-Four*, 1949）などは、全体主義体制の悲惨な人間の状況を警告する方向へむかう。モダニズム時代の作家たちが新しい、実験的な手法で、新しい状況を描きこもうとした努力は大変なものだが、人間の状況の方はこの手法の枠を抜けだしてしまっているようで、ある種、やり場のない状態になっている感がある。ヒューマニズムの精神を高らかに謳歌した近代は行きづまり、その流れのなかで「芸術家意識」によって現実を加工したり、問題点を突きつけたりしたモダニズム作家たちも、方法を失ってしまって、その後の方向性が見えてこない。このような「ポスト・モダン」現象のなか、文学はどのようになっていくのだろうか。

イギリスの小説は、一八世紀に、日常性を語ることで始まった。作者はその時代に応じて、読者のためにいろいろな語り方をしてきたのだが、現代では作者は表舞台から引っこんで、ささやかな片隅に語るべきことがらを見いだしているようにも思われる。大それた事件があるわけでもなく、理想的なものがあるのでもなく、日常のささやかな原寸大の人間たちを描く作家は、現在も健在である。バーバラ・ピム（Barbara Pym, 1913-80）などもその一人で、『秋の四重奏』（*Quartet in Autumn*, 1977）に見られる、小さな事務所のサラリーマンたちの人間関係は、やるせなさのなかに暖かさを醸しだす。まさにポスト・モダンの状況の一コマで、ここまでくると、勢いこんでいたモダニズム時代は遠い過去に思われてしまう。しかし、モダニズム時代からポスト・モダンの現代の流れのなかで、人間の状況はあまり大きく変化しているわけでもないのだ。にもかかわらず、描き、語る側の態度は、明らかに違っているように思われる。

（1）Virginia Woolf, 'Mr. Bennett and Mrs. Brown'.

(2) Frank Kermode, *The Sense of Ending* (New York : Oxford University Press, 1967), p. 114.

(3) Roger Fry, 'Art and Life', *Vision and Design* (London : Chatto and Windus, 1929), p. 12.

(4) T. S. Eliot, 'Ulysses, Order, and Myth'.

(5) Georg Lukács, "Größe und Verfall des Expressionismus".

(6) D. H. Lawrence, "The Crown", *Reflection on the Death of a Porcupine and Other Essays* (Cambridge UP, 1988), p. 294.「王冠」5　倉持三郎訳。

(7)「トマス・ハーディ研究」第九章、倉持三郎訳（南雲堂、一九八七年）。

(8)『チャタレー夫人の恋人』第一五章、飯島淳秀訳（角川文庫、一九六八年）。

(9) Margaret Drabble, *Arnold Bennett* (Penguin Books, 1985), 13, p. 294.

(10) ジェイムズ・ジョイス『ユリシーズ』Ⅲ、丸谷才一・永川玲二・高松雄一訳（集英社、一九九七年）、六一六頁。

作家と作品

ヘンリー・ジェイムズの小説観

野呂　正

ヘンリー・ジェイムズ（Henry James）は一八四三年に生まれ、一九一六年にこの世を去った。一九世紀後半から二〇世紀初頭にかけて生きたわけだが、その創作活動の大半は一九世紀中に行われている。晩年の最後の大作『黄金の盃』（*The Golden Bowl*）にしても、一九〇四年にはすでに世に出ているのである。単純な物理的時代区分に従えば、一九世紀後半、いわゆるヴィクトリア朝に属する作家ということになるが、今日、彼のそのような側面を重視する人はあまりないであろう。彼の文学的業績の内実を見るならば、彼はむしろ彼の死後に興ってきた文学運動に属してしかるべき作家だからである。実際、今日、各種の解説書において、彼は、何よりもまず、いわゆる英国現代小説（二〇世紀における英語のグローバル化という現実、また当のジェイムズ自身アメリカ人だったという事実を踏まえるなら、英語で書かれた現代小説、と言い直したほうがよいかもしれない）の先駆をなす作家とされているのである。

例えば、アントニー・バージェス（Anthony Burgess, 1917-93）は、現在から過去へ遡るというユニークな文学史『バージェスの文学史』（*They Wrote in English*, 1979）において、ジェイムズをジェイムズ・ジョイス、ヴァージニア・ウルフ、E・M・フォースター、D・H・ロレンス、オールダス・ハクスリーなど、現代小説の担い手たちを扱った同じ章に分類し、その偉大な先駆者として、「その後の世代におよぼした彼の影響は大きく、その影響力は今なお続いている」[1]としている。バージェスは、更に続けて、今日われわれがジェイムズから学ぶべきこととして、具体的に次の二点を挙げている。

第一には芸術としての小説に対する問題意識であって、それを彼もまたフォードと同じくフランスから学んでいるのである。ジェイムズにあっては、一つの小説を作るということは、厳しい、ほとんど宗教的な献身の行為になったのであり、小説家の役割はもはや人に気晴らしを与えることではなくて、真剣に人間関係の本質を探究することだったのである。

第二に、コンラッド同様ジェイムズはわれわれに、人間の魂はきわめて複雑で、いまいましくなるほど理解困難だということを教える。悪は、手ごたえのある、そして謎にみちた実体として現存し、不可解な働き方をする（『ねじの回転』は、悪の超自然の力によって無邪気な魂が堕落することを描く、心も冷えんばかりの試みである）[2]。

ジェイムズのフォード（Ford Madox Ford, 1873–1939）およびコンラッド（Joseph Conrad, 1857–1924）との類縁性には今は立ち入らぬことにして、要するに、われわれが今日ジェイムズから学ぶべきことは、彼が抱いていた小説の理念とその実践によってなされた人間の奥深い内面の開示であるというわけである。いずれも興味をそそられる問題だが、ここでは、後者は別の機会に譲ることにして、前者に焦点を絞り、彼が一八八四年に書いた評論「小説芸術」（'The Art of Fiction'）[3]を読みながら、彼が小説というものを実際どのように考えていたのかを見てみたい。

「小説芸術」は題名が示すとおり、芸術としての小説について、ジェイムズがいくつかの所見を述べたものだが、本文に直接入っていく前に、まず二点ほど前置きをしておいたほうがよいかと思う。一点目は題名についてである。題名といっても原語のほうではなく、その邦訳についてである。本稿においては右に見るとおり「小説芸術」としたが、実はこの題名については「小説の技巧」あるいは「小説技法」というような邦訳も広く行われているのである。「アート」という英語の訳の問題だが、ジェイムズのこの評論の場合、「芸術」、「技巧、技法」どちらも適切なものであると思う。少なくともどちらかがいわゆる誤訳ということにはならないと思う。というのは、芸術と言うと、もっぱら芸術によって創り出された作品のことを思い浮かべがちだが、芸術とは第一義的には何か精神的価値を有するものを何らかの方法によって、つまり技巧を凝らして、創造すること、その行為そのものだからであり（『大辞林』の定義によれば、芸術とは「特殊な素材・手段・形式により、技巧を駆使して美を創造・表現しようとする人間活動、およびその作品」なのである）、特にジェイムズにとっては、芸術と言えば、まず何よりも作家として様々な技巧を駆使してひとつの小説を創り出すプロセスそのものだったのであり、また実際、「小説芸術」において彼が述べていることも主としてそれについてだからである。そういうわけで、本稿において「芸術」という訳語を採ったのは、それが「技巧・技法」よりもより適切だからというわけではなく、もっぱら筆者の個人的な語感によるものである。「技巧・技法」と言うと、何か物理的で、機械的な感じがして、精神的なニュアンスに欠けるような気がするのである。

二点目はウォルター・ベザント（Walter Besant, 1836-1901）という作家についてである。実はこの「小説芸術」という評論は、その冒頭においてジェイムズ自身が述べていることであるが、当時、ベザントが王立科学研究所（The Royal Institution）において行った自らの講演に基づいて、同じ「小説芸術」というタイトルで発表したパンフレットに触発されて書かれたものなのである。今日ではベザントと言っても知る人はあまりないであろうが、当時は名前を聞けばその人とわかるような著名作家で、実際、ジェイムズもただ「ウォルター・ベザント氏」と言っているだけで、彼についてそれ以上の説明は何もしていない。各種辞典類によれば、実に数多くの小説作品を書いているが、最良のものはロンドンのイースト・エンドの悪弊を扱った作品で、当時広く読まれたという。また作家活動とともに、活発な社会活動も行い、イースト・エンドの文化環境改善を目的とする「民衆の館」（The People's Palace）の設立、また作家の財政援助を目的とした「作家協会」（The Society of Authors）の設立などに尽力し、後にナイト爵に叙せられている。当時の英国文壇の中心的な人物の一人で、彼の小説に関する発言は、その権威として大きな影響力を持っていたものと思われる。ジェイムズはこのようなベザントの「小説芸術」に触発されて自らの「小説芸術」を書く気になったわけだが、ただ注意すべきことは、その触発は、ジェイムズにおいてはすべてのことがそうであるように、そう単純なものではなかったということである。ジェイムズの「小説芸術」はベザントのそれへの賛同で始まるが、最終的には痛烈な批判で終わるのである。だが、前置きはこのくらいにして、ジェイムズの本文に入ってゆこう。

ジェイムズはまず、イギリス小説の作者および読者の小説芸術に対する無自覚、無関心、偏見、反撥、敵意などを指摘しながら、ベザントが王立研究所における講演やパンフレットの発表を通して、芸術としての小説に人々の目を向けさせようとしたことに賛同の意を表する。

ジェイムズによれば、一時代前、つまりジェイムズからすればディケンズやサッカレーが活躍した時代であるが、イギリス小説は、例えばフランス小説に見られるように、その背後に理論、信念、自覚というようなものを持っていなかったという。自覚というのは小説が様々な選択や比較の結果得られる、芸術的信念の表現であるという意識である。そのようなものを欠いているからといって、決してディケンズやサッカレーの小説形式が不完全なものというわけではないが、それは小説芸術という観点からすると、素朴と言わざるを得ない。その時代には、プディングがプディングであるように、小説は小説であって、それについてわれわれがやれることは小うるさいことは言わずにそれをそのまま飲み込むことだという気楽で、陽気な考えが支配的だったのである。ところがこのような小説伝統の中で、最近、ベザントの講演、パンフレットもその一例だが、小説芸術について真剣な議論がなされるようになってきており、それは小説芸術に活気が戻ってきた証拠のように思われる。芸術は議論、実験、好奇心、様々な試み、見解の交換、観点の比較によって生きてゆくものだからである。このような状況の中で、ジェイムズとしては、ベザントに倣って、自分もまた小説芸術に携わる者として、二、三の意見を述べてみたい、と言うのである。

次いで、ジェイムズは人々の間にいまだに残っている、小説は不真面目なものであるという偏見を指摘する。小説は「邪悪」なものであるという迷信は現代のイギリスではさすがに消滅したが、その精神は形を変えていまだに消えずに残っている。小説は無意味な冗談に過ぎない、あるいは現実の見せかけに過ぎず、嘘であり、軽薄で、低俗なもので、まともな人間が取り上げるようなものではない、それが人生を表現しようとするなど僭越であるという考え方である。だがこのような考え方はまったくの偏見と言うべきものであって、小説の唯一の存在理由はまさにそれが人生を表現しようとするところにあるとジェイムズは主張する。小説は決して軽薄で、低俗なものなどではなく、きわめて真剣な試みであり、絵画が芸術であるのと同様に、立派な芸術であって、世の中においていささかも卑下すべきところはないのである。画家の芸術と小説家の芸術の類似は完璧なもので、そのインスピレーションも同じであり、手段こそ違え、その製作過程も同じであり、また得られる成功も同じなのである。この点で、ベザントが彼の「小説芸術」において、小説を「ファインアーツ」(fine arts) のひとつであり、これまで音楽、詩、絵画、建築に限られてきたすべての名誉と報酬に値するものであると主張していることは実に意義深いことと言わねばならない。彼の言説は小説が芸術であることなど夢にも考えていなかった人々の蒙をひらくことになるであろうというわけである。

しかしここでジェイムズはベザントの小説芸術称揚には同時に小説芸術というものに対する認識不足も潜んで

いることを指摘する。ひとつは、ある種の人々が芸術に対して抜き難い不信と嫌悪を抱いているということへの認識不足であり、もうひとつは、小説は本来自由なものであるということへのそれである。

ジェイムズよれば、自分たちプロテスタント社会には、そこでは多くのことが奇妙に歪められるのであるが、「芸術」は有害なものであって、道徳、娯楽、教育に対立するものであると考える集団もいるというのである。特にそれが小説という形をとるとき、嫌悪と不信を抱き、警戒心を強める。彼等にとって小説というものは教育的であるか、楽しみを与えてくれるものか、そのどちらかなのだが、芸術的関心は教育、娯楽、そのどちらにも役立たず、実際、邪魔になるだけであると感ずるのである。それは教化的であるにはあまりに軽薄であり、気晴らしにはあまりにも真剣過ぎる。その上、堅苦しく、逆説的で、余計であるというわけである。そして彼等はそれを排除し、自分たちの小説に固執する。彼等はもちろん小説は「よい」ものでなければならないと主張する。ところがその「よい」を自分流に解釈しているのである。ある人にとっては重要な地位にある、高潔で、向上心のある人物を描くことが「よい」ことであり、またある人にとってはハッピーエンドであり、更にまたある人にとっては、それは事件や変化に満ちていることである。ところが小説家の芸術的関心は彼等がそれぞれのことから得る喜びの邪魔になるのである。彼等にとって好感の持てる人物には冷ややかで、ハッピーエンドには敵意を持ち、ある場合には、終わりそのものを不可能にしてしまう。また退屈な分析や描写によって物語の動きを止めてしまう。彼等はそのような芸術的関心を排除して、自分たちの好みに合う小説を要求するのである。そういうわけでベザントの説くより優れた形式としての小説という概念は、それを知らないという消極的無関心と同時に、そんなものはいらないという積極的無関心にも遭遇することになるのである。もちろん小説は芸術作品として、彼等の要望に従って、まるで機械工の作品ででもあるかのように、ハッピーエンド、好感の持てる人物、主観を排した客観的な調子を供給する必要などないが、しかしそのような彼等の固定観念は、どんなに不条理でも、そのままにしておくと容易に小説にとって手に負えないものになり得るのである。時々は小説が文学の他の部門と同じように、真剣なものであると同時に自由なものであることに人々の注意を向ける必要があるのであり、実はそのことが、小説芸術称揚とともに、ベザントがやるべきことではなかったかと、ジェイムズは言うのである。

ところがベザントが実際にやったことはそれとは裏腹なことだった。彼は、小説家を目指す若者たちに小説作法の指針を与えるというような教育的意識もあったのだろうか、よい小説はどのようなものであるかを、あらかじめ、非常に明確に規定しようとしたのである。それはジェイムズにとっては小説の本質に悖る大きな過ちであり、そのような過ちが孕む危険性を示すことが実は自分の小論の真の意図だったとして、これ以降ベザントの「小説芸術」に対する批判を展開してゆく。彼は自分の小説に対する考え方を提示しながら、まず、小説はこういうものだと規定しようとするベザントの姿勢そのものに批判を加える。

ジェイムズによれば、人生を直接的に再現しようとする芸術が健全であるためには、それは完全に自由でなければならないという。芸術はそれを実行することで生きてゆくものであり、そして実行とはまさに自由のことに他ならないからである。小説にあらかじめ課される唯一の義務はそれが人に関心を持たせるようなものでなければならないということだけである。このような効果を達成する方法は無数にあり、また何らかの規則によって方向を定められたり、制御されたりすると害をこうむる可能性があるものである。それは人間の気質と同様、多種多様で、それが他とは違う、特定の精神を明らかにするに比例して成功を収めることになるのである。小説とはその最も広い定義においては、人生の個人的な、直接的印象であるとジェイムズは言う。それが小説の価値を構成するものなのである。その価値は印象の強度に従って、大きくもなれば、小さくもなる。しかし自由に感じたり、ものを言ったりすることが出来なければ、いかなる強度もなく、したがっていかなる価値もないのである。

あらかじめ提示された指針に従って、調子を整えたり、形式を満たしたりすることは小説の本質であるこの自由を制限し、われわれが最も見たいと思っているもの、つまり人生の個人的な、直接的印象の表現を抑圧してしまうのである。本来小説の表現形式というものはあらかじめ設定されるものではなく、事後に、つまり小説芸術の実行の後に鑑賞されるべきものなのである。事後には、作者の選択はなされており、彼の基準も示されている。それで読者のほうは様々な方法や方向を辿ってゆくことが出来、様々な調子や類似を比較することが出来るのである。つまり作品の質を判断し、出来栄えを調べるという最も魅惑的な喜びを得ることが出来るのである。

このような形で小説芸術に対するベザントの基本姿勢を批判した後、ジェイムズはベザントの提示した規定を具体的に取り上げ、それに批判を加えてゆく。ベザントの規定は次のようなものである。ジェイムズはこれを一文にまとめているが、ここでは便宜的に番号を振って示してみよう。

（1）作家は経験から書かねばならない。
（2）登場人物はリアルでなければならない。また現実の生活の中で出会うようなものでなければならない。
（3）静かな田舎の村で育った若い婦人は駐屯地生活の描写は避けるべきである。
（4）友人や個人的経験が下位中流階級に属する作家は用心して、登場人物を社交界に紹介するのを避けるべきである。
（5）備忘録にメモを取るべきである。
（6）人物の輪郭を明確にすべきである。せりふとか態度とかの手を用いてそれを明確にするのはまずい方法である。それらを長々と描写するのは更にまずい方法である。
（7）イギリス小説は「意識的な道徳的意図」を持つべきである。

（8）　注意の行き届いた手際―すなわち文体の価値はいくら高く評価しても評価し過ぎるということはない。
（9）　すべての中で最も重要なのはストーリーである。ストーリーはすべてである。

概括的で抽象的な言い方と個別的で具体的な言い方が奇妙に混じりあった、ジェイムズの言葉を使えば、「突飛な」ものであるが、ジェイムズとしては、（4）の下位中流階級の作家への忠告は「ぞっとする」ということを除けば、これらの規定そのものに異議を唱えるのは難しい、と言う。そう言われれば、そうであるというわけである。しかし同時に積極的に同意することも難しい、と言う。というのはこれらの規定、あるいは助言は不正確で、曖昧であり、示唆に富んでいるように見えるが、それは人の解釈しだいでそうなるというような性格のものだからである。それでジェイムズは、これらの規定の価値は人がそれに付与する意味にあるとして、個々の事柄に関する自分自身の考え方を披瀝しながら、各規定を検討してゆく。ただし各規定を順番にひとつひとつ取り上げてゆくというのではなく、彼が中心的な問題であると思うものに従って、順不同に、またまとめて取り扱ってゆく。彼が小説というものを複合的で、様々なものが相互に関連しあっているものと捉えているからであろう。大枠を示せば、経験ということに関連して（1）（3）を、現実感ということに関連して（2）（5）（8）を、描写、会話、事件など小説の諸要素に関連して（6）（8）を、主題、小説のカテゴリーについて（1）（3）（4）を、そして最後にストーリー（9）と道徳的意図（7）を扱うという具合である。

ジェイムズはまず経験ということから論を進めてゆく。ベザントの規定（1）「作家は経験から書かねばならない」は見事な規定で、まさにその通りだが、同時に要領を得ないものだとジェイムズは指摘する。経験といってもどのような種類のものを言おうとしているのか、それはどこで始まり、どこで終わるのかわからず、もしこれが小説家志望の若者に向けてのものだとするなら、彼はこのような言明を愚弄的だと感ずるかもしれない、と言うのである。そしてジェイムズは彼自身の有名な経験の定義を示す。彼によれば、経験とは限りのないもので、完結することのないものである。それは無限の感受性であり、意識の部屋の中にかかった、非常に細い絹糸で出来た巨大な蜘蛛の巣のようなもので、空中を運ばれてくるあらゆる粒子をその組織に捕らえるのである。それはまさに心の雰囲気であり、その心が想像力に富んだものであれば、それがたまたま天才のそれであればなおさら、人生のきわめてかすかな気配を捉え、空気の鼓動そのものを明らかにする、とジェイムズは言うのである。つまり経験とは物理的で、外的なものではなく、もっぱら内的なものであるというわけである。同じことをしても、同じことを見ても、それに対して心が働かなければ、経験にはならないというわけである。小説家はそのような心の経験から作品を書いてゆくもので、それこそ小説芸術の根幹であるとジェイムズは考えているのである。

このような経験の捉え方をすると、規定（3）は必ずしも絶対的なものではなくなる。というのは田舎に住む若い婦人でも、どんなことも見逃さない感受性を持った乙女になりさえすれば、駐屯地生活を描くことが可能になるからである。こういうことが非現実的なことではないということをジェイムズはある女流作家の事例を挙げて示している。その女流作家はある時パリで、通り掛りに、フランス人プロテスタントの牧師の家の開いたドアから、若い信徒たちが食後のテーブルの周りに座っている光景を偶然見かけたのである。そして彼女はその光景から、フランス人プロテスタントの青年の性格と生活様式を描いた物語を書いたのである。彼女の場合、その一瞥がひとつの心象になったのである。それは一瞬のことだったが、その瞬間は経験だったのである。彼女は直接的な個人的印象を受け、そこから彼女の典型を作り出していったのである。彼女は若さとは何であるか、プロテスタントとは何であるかを知ったのである。彼女にはフランス人を知っているという利点もあった。それで彼女はこれらの観念を具体的イメージに変換し、ひとつの現実を生み出したのである。これは経験からものを書くということの具体例である。もし経験が印象から成り立っているとしたら、印象こそ経験であると言えるであろう。そういうわけで、もし小説の初心者に「経験、経験のみから書きなさい」と言うとしたら、その後すぐ「何事も見逃さない人々のひとりになりなさい」と付加えなければ、その忠告は彼をただ苛立たせるだけのものになってしまうだろう、とジェイムズは結んでいる。小説芸術の根本は心、精神だというわけである。

次にジェイムズは現実感、リアリティの問題を取り上げる。ベザントの規定との対応で言えば、(2)の「人物はリアルでなければならない」であろうが、意外にもジェイムズは(5)の「メモ」を取ることにも結びつけている。現実感こそは小説の最高の美点である、とジェイムズは言う。小説の他の美点は、ベザントの言う「意識的な道徳的意図」も含めて、すべてこの現実感にかかっている。もしそれがなければ、他の美点はすべてないのも同じである。作者が人生の幻影を生み出すことに成功したとき初めて、それらは効果的なものになるのである。この成功をもたらすべく修練すること、人生の幻影を生み出すための絶妙な方法の研究こそが小説家の芸術の始まりであり終わりなのである。彼のインスピレーション、絶望、報酬、苦悩、喜びもすべてここにあるのである。この現実感の達成ということにおいては、小説家はまさに人生と競い合うのである。

この点からすると、ベザントの規定(5)、小説家は「メモ」を取るべきであるというのは的確な提言である。確かにその通りだが、しかし、これは言葉では簡単そうに見えるけれども、実行するとなると実に大変なことなのである。彼はいくらメモを取っても取りきれないであろう。全人生がそれを求めることになるからであるそしてその最も単純な表面を描写すること、ほんの束の間の幻影を生み出すことでさえ非常に複雑な仕事なのである。もしベザントがどのようなメモを取るべきかを示していれば、小説家のほうとしてはもっと楽になり、ベザントの規定ももっと正確なものになるとも考えられるが、しかし実際にはこのことに関してはいわゆるマニュアルというようなものはないのである。それは小説家の生涯の仕事なのである。彼はほんの少しを選択するために非常にたくさんのメモを取らなければならず、それを彼の力の限りまとめてゆかなければならないのである。いろいろなことを教えてくれる人がいても、その実行は独りで、自分の才覚だけを頼りにやってゆかなければならないのである。このようなベザントの規定に対する批判の中に、小説を書くということは多大な労苦を伴う、孤独な作業であり、生きることそのものであるというジェイムズの小説芸術観を見て取ることが出来るように思われる。

このようなことはベザントの規定（6）、「人物の輪郭を明確にすべきである」についても同じである、とジェイムズは言う。どのようにしたらそう出来るかについては、結局は小説家に任されるのである。だがこの規定の場合、その後半の部分、「せりふや態度という手を用いてそれを明確にするのはまずい方法である。それらを長々と描写するのは更にまずい方法である」にもジェイムズの別な角度からの批判が向けられる。その意味内容に対してではなく（もちろんそれも認めているわけではないが）、「せりふ」、「態度」、「描写」など小説のいわゆる構成要素に対してベザントが、そして彼ばかりでなくその他多くの人が、持っている観念に対してである。人はよくそれらの諸要素がそれぞれ独立していて、お互いに他のものの効果を殺してしまうかのように、描写と会話、あるいは事件と描写の対立という構図を持ち出すが、ジェイムズに言わせると、そういうことはほとんど意味がないし、何の解明にもならない。描写の塊、会話の塊、事件の塊が繋がっているような作品を想像することは出来ないし、いささかでも議論に値するような小説において、その意図が語り（narrative）でない描写の一節、意図が描写でない会話の一節、事件の性質を帯びていない真実味、例証的（illustrative）であるという小説の総体的な源から利益を得ていない事件など考えられない。小説は一個の生き物であり、他の有機体と同様に、一体であり、連続しているのであり、それが生きるに応じて、各部分において他の各々の部分の幾分かが存在するのが見られるだろう、そうジェイムズは言うのである。小説に対するジェイムズの基本的な考え方の表明である。

このような考え方からすると、性格小説、事件小説といった旧来の区別、また小説とロマンスの区別などは意味のないものになってくる。ジェイムズに言わせれば、そのような区別は批評家や、読者がそれぞれ勝手な都合でしているもので、小説の本質を見ていないものである。小説は一個の生きた有機体であるということからすると、小説の唯一意味のある分類は生きている小説と生きていない小説ということになるのである。これは特に小説を作る側からするとそうなのである。小説家が一番腐心するのは小説芸術の実行によっていかに生きた小説を作るかであって、性格とか事件とか、あるいはロマンスという形式とかは、小説芸術の実行に当たって、その目的を果たすためにいろいろな選択をした結果出てきたもので、二義的なものなのである。ある性格が見事に描かれている小説がある場合、それがどのような性格であるかではなく、それが見事に描かれているということが重要なのである。高潔な性格が描かれているからといってその小説が立派とは限らないし、平凡な性格が描かれていてもその小説が立派である場合も多々あるのである。つまり小説の価値判断は、それが取り扱っている対象によってではなく、その小説としての出来栄えによってなされるべきなのである。どんなことを扱っていようとも、その出来栄えが生き生きと光り輝くようであれば、その小説は優れたものなのである。

このような見地からすると当然であるが、ベザントの規定（3）（4）、静かな田舎の村で育った婦人および下位中流階級の作家に対する助言にあるように、作家の主題の選択を制限することは不適切と言わざるを得ない。小説芸術において問題なのは何よりもその出来栄えであって、それについては、われわれはいろいろなことを言うことが出来るが、芸術家の主題、着想、構想には口をさしはさむべきではなく、それを容認しなければならない、とジェイムズは言う。どんなに実りがないように思える選択でも、その制作の仕方によって実り豊かなものになることもあり得るのである。芸術にとっては、むしろそのような憶測に反抗することがかえって有益である場合も多いのである。実際、非常に興味深い芸術上の実験のいくつかは、そんなものが小説になり得るのかというような、ごく平凡な事柄を使ってなされているとして、ジェイムズは聾唖の農奴とペット犬を扱ったトゥルゲーネフ（Ivan Turgenev, 1818-83）の作品を実例として挙げている。ジェイムズによれば、その作品は感動的で、愛情がこもっており、小さな傑作であるという。

この主題の選択ということについては、ジェイムズは更に続けて、もうひとつ重要な問題があることを指摘している。「好み」という問題である。これは芸術作品の判断基準としては最も根源的なもので、どんなに改善された批評でもこれを排除することは出来ない、とジェイムズは言う。これに対するジェイムズの基本的態度は、いろいろな言い方をしているけれども、要約すると、読者の側も、小説家の側もこの「好み」の存在を認識して、互いに冷静に相手のそれを容認しあうべきであり、自分の好みを相手に押し付けようとしたり、相手の好みに口をさしはさんだりすべきではないというものであろう。小説家のほうで、自分の主題がどんなに価値があるものだと思っていても、読者がそれを好まなければ、その作品を取り上げようとしない、ただそれだけのことである。逆に読者のほうも、小説家の選択がまずいものだと思っても、黙って小説家がやるに任せるべきである。ベザントのように小説家の主題の選択に規制をかけることは小説家の好みを圧殺し、小説芸術の根幹を損なう危険性があるのである。真剣な芸術的試みは自由の意識がなければ出来ない。小説は自由であると最初に言ったとおりである。ところがこの自由の意識というのは「好み」がなければ出てこないのである。それではなく、これをしたい、そうではなく、こうありたいという「好み」があるから人は規制を乗り越えて、自由を実現することになるのである。「好み」がなければ小説家は自由に書くことは出来ないのである。何らかの因習や、他人の「好み」に迎合してものを書くことは、もはや小説芸術ではないのである。ジェイムズが小説芸術の実行の構造として、経験（印象）—選択（好み）—自由という円環を考えていることが浮かび上がって来る。

ベザントの規定（9）、ストーリーの問題については、小説の中にストーリーの部分と、そうでない部分があるかのようなベザントの言い方は理解しかねるとして、ベザントの言説に対する直接的な批評は避け、ジェイムズ自身のストーリーに対する所見を二つほど述べている。第一に、ストーリーという言葉がもし何かを言い表しているのなら、それは小説の主題、着想、構想のことである、とジェイムズは言う。そしてストーリーが着想、つまり小説の出発点であるという意味においてのみ、ストーリーは小説の有機的な全体とは違った何かであるように言い得るのである。その後、着想は、作品がうまくゆくに応じて、作品に浸透し、満ち溢れ、それを活気づけ、ついにはすべての言葉、すべての句読点がその表現に直接的に寄与するまでになり、その中ではわれわれは、ストーリーが何か鞘から剣を抜くような具合に、むき出しの形で取り出し得るものであるという感覚を失ってしまうのである。ストーリーと小説、着想と表現形式は縫い針と糸のようなもので、付き物なのである。縫い針と糸をそれぞれ個別に使う仕立屋はいないのである。このようなストーリーの考え方は、小説が一個の有機体であり、その諸要素は互いに関連しあい、依存しあっているというジェイムズの小説観からすれば当然なものであろう。

第二は、ストーリーを限定的に見ることに対する批判である。ベザントも含めてだが、多くの人が、人生にはストーリーになることと、ならないことがあるように思っている。またストーリーと言うと一連の「冒険」からなるものだと決めつけている。しかしこれはきわめて視野の狭いストーリーの捉え方と言わねばならない。小説は、すでに述べたように、種々雑多な人生のすべての粒子を扱うものであるが、その粒子のどれからでもストーリーは発生し得るのである。人はある心理を描いた作品にはストーリーがないというような言い方をするが、その心理の推移が『宝島』（*Treasure Island*, 1883）の冒険物語にも劣らぬ、冒険の連続になり得ることをジェイムズは示唆している。

最後にジェイムズはベザントの規定（7）、イギリス小説は「意識的な道徳的意図」を持つべきであるという主張を取り上げている。しかしジェイムズは、この小説と道徳の問題はきわめて重要な問題で、幅広い考察を要し、このような小論で軽々しく取り扱えるものではないとして、これまでのようにこの問題に対する自分の所説を直接的に述べることは差し控え、むしろこのような問題をいとも簡単に処理してしまうベザントの大雑把な言説を批判するという形で、その問題点を指摘するに止めている。そもそも道徳とは、また意識的な道徳的意図とはどういう意味か、言葉の定義をすべきではないか。小説、それは一個の芸術であるが、それがどのようにして道徳的であり得るのか、または不道徳であり得るのか説明すべきではないか。道徳的絵画を描け、道徳的彫刻を彫れというのなら、どうやってそれに取り掛かったらよいのか教えるべきではないか。われわれは小説芸術の話しをしているのである。小説芸術の問題は制作実行、また出来栄えの問題である、道徳の問題は別な問題である、それをどうして簡単に混ぜ合わせることが出来ると思うのかというわけである。更にジェイムズはベザントが彼の論説のどこかほかのところで、イギリス小説には「意識的な道徳的意図」があり、それは「本当に結構なことで、喜んでよいことである」と言っていることに対して、それは現実を見ていない、おめでたい考えだとして、イギリス小説の現状に対する彼自身の観察を述べて、この小説と道徳の問題に関する議論の結びとしている。

イギリスの普通の小説家に見られるのは、ベザントが思っているような強く、大胆な道徳的意図ではなく、道徳的臆病であるとジェイムズは言う。現実を取り扱う際に出てくる様々な困難に立ち向かうことを避けようとする傾向である。イギリスの小説家は極端にこわがりになりがちで、それは作品において、ある種の主題についてては用心深く沈黙を守るという形で現れてくる。イギリス小説においては伝統的に、人々が知っている事と彼等が知っているのを認める事、彼等が見ている事と彼等が口に出す事、彼等が人生の一部だと感ずる事と彼等が文学の中に入るのを許す事の間に違いがあるのである。つまり、彼等が会話で話すことと彼等が印刷物において話すことの間に大きな違いがあるのである。そういうわけで、ジェイムズとしては、ベザントの言うことを逆転させて、イギリス小説には意図があるとではなく、イギリス小説にはためらいがあると言わなければならない、と言うのである。

以上、ウォルター・ベザントの「小説芸術」を批判するという形で、ジェイムズの「小説芸術」において表明された彼の小説芸術に対する考え方を見てきたが、最後に二つのことが、漠然たる思いとして残る。ひとつは彼の考え方は、小説芸術において重要なのは出来栄えであり、主題、道徳などは二義的なこととして、小説芸術の自立を強調する点で、当時興ってきていた芸術至上主義に重なりあうところがある一方で、小説は人生を表現するものであり、現実感が最も重要であるとする点で、これもまた当時興ってきていた自然主義と重なりあうところもあるということである。実際、この評論においてジェイムズは二度ほど、敬意と反撥が混じりあった形でゾラ（Émile Zola, 1840-1902）の名前を出している。これは彼の論が分裂しているということではなく、むしろ彼は相反する二つのものに橋を掛けようとしたのではないだろうかということである。もうひとつは経験とは印象であるとしたり、心理の中にドラマを見たりして、生の本質を人間内面に見る姿勢、また小説芸術の自由を強調し、好みに応じて、因習にとらわれず、実験をすることを支持する姿勢などの中から、ヴァージニア・ウルフやジェイムズ・ジョイスの姿がぼうっと浮かび上がってくるような気がするということである。

（1）アントニー・バージェス『バージェスの文学史』（西村徹、岡照雄、蜂谷昭雄　訳）人文書院、一九八二年、七八頁。

（2）前掲書、七八―七九頁。

（3）テキストとしては Henry James: *Selected Literary Criticism*, Penguin Books, 1963 に収録されたものを用いた。本稿においては、ジェイムズの考え方を出来る限りそのままの形で捉えようとする意図から、テキストからの引用にあたる部分もそのまま本文に取り込む叙述形式を取ったので、煩瑣を避けて該当箇所をいちいち示すことはしなかった。

音楽・空間・共同体
――ジェイムズ・ジョイス『ユリシーズ』第一一挿話について

丹治竜郎

ジェイムズ・ジョイス（James Joyce）の短編集『ダブリンの市民』（*Dubliners*）に収められている短編「下宿屋」（'The Boarding House'）のなかで、ミセス・ムーニー（Mrs Mooney）が経営する下宿屋に暮らす三〇代の独身男性ボブ・ドラン（Bob Doran）は、ミセス・ムーニーの娘ポリー（Polly）と親密な関係になるのだが、二人の関係を世間に知られれば、すぐに職場の上司の耳に入るだろうとおびえている。彼にとってダブリンは小さな町で、そこではだれもがほかのだれかのことを知っているのである。[1]「下宿屋」という短編の正確な時代設定は明らかではない。ただ同じ『ダブリンの市民』の冒頭を飾る「姉妹」（'The Sisters'）において、フリン神父（Father Flymn）が死去した日が一八九五年七月一日となっていることなどから、短編集全体が一九世紀末から二〇世紀初頭にかけてのダブリンを舞台にしていると推測できるだろう。一九〇一年の国勢調査によれば、ダブリン市部の人口は二九〇、六三八人に達しており、ジョイスが手紙のなかで主張している大英帝国第二の都市というわけにはいかないが、[2]当時の基準からすれば大きな部類の都市といえるだろう。はたしてこれだけの規模の都市において、だれもがほかのだれかのことを知っているということが可能だろうか。常識に照らせば、それはありえない事態である。それではなぜボブ・ドランはそのように考えてしまったのだろうか。答えは簡単だ。彼はそのように思いこみたかったのである。ダブリンに暮らすことの息苦しさを感じながらも、彼は自分が緊密な共同体の一員であると信じたかったのだ。

『ダブリンの市民』が設定されている時代から数年たった一九〇四年のダブリンを舞台にしている『ユリシーズ』（*Ulysses*）を読むと、この緊密な共同体が実際に存在していたのだと思えてくる。町を彷徨する主人公レオポルド・ブルーム（Leopold Bloom）は、途中で出会うほとんどの人のことを知っているようだからだ。しかし、この共同体は幻想の産物にすぎない。知り合いだったパトリック・ディグナム（Patrick Dignam）の葬式に出席したブルームは、そこでマッキントッシュを着た正体不明の男を見てからというもの、その男がだれだったのかという答えのない問いに何度も頭を悩ませることになる。このいくぶん強迫的なこだわりは、共同体幻想の脆弱さを示していると解釈できるだろう。たった一人の未知なる存在がまぎれこんだだけで、その幻想は揺らぎはじめるのである。ブルームが出会う人ほとんどすべてを知っているように思えるのも、たんに彼が知っている人だけを見ているからかもしれないのだ。つまり、共同体の幻想には選択と排除のプロセスが必要不可欠なのである。

『ユリシーズ』の第一一挿話「セイレン」では、リフィー川北岸のオーモンド・ホテル（Ormond Hotel）の特別室に集まったサイモン・ディーダラス（Simon Dedalus）、ボブ・カウリー（Bob Cowley）、ベン・ドラード（Ben Dollard）が、慣れ親しんだ歌を演奏することによっておたがいが強い絆で結ばれていると感じている。初めは特別室に限られていた一体感は、最後にドラードがバラッド「クロッピー・ボーイ」（'The Croppy Boy'）を朗々と歌ううちに、酒場にいたバーメイドのリディア・ドゥース（Lydia Douce）とマイナ・ケネディ（Mina Kennedy）、彼女たちが給仕をしていた客たちにまで共有されるようになる。「クロッピー・ボーイ」は、一七九八年にイギリスの支配に対して蜂起したアイルランド農民の呼称で、同名の歌は、蜂起に加わった若者が教会を訪れ、司祭に化けたイギリスの義勇騎兵団の隊長に気づかず、みずからの行いを告白した結果処刑されるという筋をもつバラッドだが、この過去の悲劇の共有が醸成する不毛な一体感を嫌ったブルームだけは、歌の途中でオーモンド・ホテルを立ち去ってしまう。かくしてブルーム＝オデュセウスはセイレンの誘惑を逃れるというのが、『ユリシーズ』批評の常識である。この常識に対してはなんの異論もない。ただ、ここでまず注目したいのはブルームの行動の背景となる巧妙な舞台設定、すなわちオーモンド・ホテルの空間構造である。特に空間構造と音楽との関係の分析を通して語り手が何をしようとしているかを明らかにしたい。また、複数の批評家が指摘する第一一挿話の重要な特徴である「断片化」の問題も空間構造および音楽と関連させて論じるつもりである。

最初にオーモンド・ホテルのバーと食堂について簡単な説明が必要だろう。オーモンド・ホテル内にあるバーはアマチュア音楽家が集まる場所として知られており、一般席〔パブリック・バー〕とは別に特別室〔サルーン・バー〕が奥に設置されていた。天窓のある特別室は音響効果を考えた設計で、そこではしばしばコンサートも催されたのである。(3) さらにバーの横には食堂があり、バーとは別の入口から入れるようになっていたが、食堂とバーはドアを通して自由に行き来ができるようにもなっていたのである。次に登場人物たちについて見ると、リディア・ドゥースとマイナ・ケネディという二人の若い女性が給仕をしているバーの一般席にはまずサイモン、次にレネハン（Lenehan）、さらにレネハンが待っていたボイラン（Boylan）が入ってくる。時刻はすでに四時をまわっており、ブルームの妻と四時に会う約束をしていたボイランがそそくさと立ち去り、彼を追いかけてレネハンも出ていくと、入れ替わりにボブ・カウリーとベン・ドラードが入ってきて、サイモンとともに特別室に腰を落ち着けることになる。そのあとバーにはリディアに執心している弁護士ジョージ・リドウェル（George Lidwell）が現れ、さらにトム・カーナン（Tom Kernan）が特別室の一団に加わる。ブルームがホテルの前で会ったリチー・グールディング（Richie Goulding）〔サイモン・ディーダラスの義理の兄弟〕といっしょにバーとは別の入口から食堂に入ってくるのはボイランがバーに現れたあとで、ブルームはそこで林檎酒とレバーとベーコンのフライという食事をとる。食堂で給仕をしているのは耳の聞こえないパット（Pat）という男だ。

なぜこのような基本的な状況の説明が必要になるかといえば、ヒュー・ケナー（Hugh Kenner）が指摘するように、この挿話では別々の場所で起きていることの描写が錯綜し、さらには過去の場面への言及がしばしば挿入されるために、『ユリシーズ』の特徴である空間的な明晰さがぼやけている」[4]からである。空間構造の曖昧化はもちろん語り手によって仕組まれたものだ。では、どのようにして空間的な区分が曖昧になり、それがいかなる効果を挿話に及ぼしているのだろうか。この問いに答えるためには、音楽について考える必要がある。この挿話は音楽的な挿話であることはだれの目にも明らかだ。音楽の手法が語りの手法に応用されているだけではなく、サイモンらが演奏する音楽自体が挿話の主題と深く関わっているのである。では、音楽は空間構造の曖昧化になんらかの関わりをもつのだろうか。スーザン・ムーニー（Susan Mooney）によれば、伝統的に視覚は空間的な認識形態、聴覚は時間的な認識形態とみなされてきたが、聴覚は音を特定の空間内でとらえるのであり、空間が生みだす音の反響や遅延によって聴覚による音の認識も変化せざるをえないのである[5]。たしかに、オーモンド・ホテルの空間構造は登場人物たちによる音楽の受容に深く関わっているだろう。特別室という閉じられた空間が、サイモン、カウリー、ドラードのあいだにノスタルジックな共同体意識を醸成するのに役立っていることは間違いない。重要な点は、彼らの演奏する音楽がバーや食堂にまで伝わってくるという設定だ。この音楽の偏在が空間的な仕切りを事実上取り払ってしまうのである。ホテル内にあふれる音楽が空間構造の曖昧化の要因になっているのだ。

空間的な区分がぼやけている典型的な場面を見てみよう。

二輪馬車はジングルと河岸を進んだ。ブレイゼズはよく弾むタイヤの上で手足を伸ばしてすわっていた。

レバーとベーコンのフライ。牛肉と腎臓《キドニー》の煮込みのパイ。はい、かしこまりました。それで頼むよ、パット。

ミセス・マリアン、とがった管は彼に会った。焦げた匂い、ポール・ド・コックの。すてきな名前ね。この人。

——あの女の名は何といったっけ？　ふくよかな娘のころの？　マリアン……

——トウィーディ。

——そうだ。まだ生きてる？

——ぴんぴんしてるよ。（II 222）（11. 498-505）(6)

最初にモリー・ブルーム（Molly Bloom）との密会へと馬車で向かうボイランの様子が描かれ、次にブルームとリチーがパットに食事を注文している場面に移り、さらにその日の朝に寝室で交わしたモリーとの会話を回想するブルームの内的独白がつづき、最後は特別室でのサイモンらの会話となるのである。それぞれが別の場所で起こっていることを示す説明的な描写はまったく省かれており、すべてが同じ場所のできごとであるかのような印象をあたえかねない部分である。異なる場面の挿入は直前の第一〇挿話でも使用されていた手法だが、第一一挿話ではその頻度が高くなり、複数の場所で起こっていることが並列されているといってもよいほどなのだ。とりわけブルームが食堂にいるあいだはその傾向が強まり、食堂、バーの一般席、特別室、そしてホテルの外部（ブルーム家に向かうボイラン、オーモンド・ホテルに向かっている目の見えないピアノ調律師）の描写がめまぐるしく交錯し、さらにブルームの内的独白がそこに加わるのである。

リチーの注文した牛肉と腎臓の煮込みのパイによって朝食の腎臓の記憶が呼びおこされて生じた引用部分の内的独白は、この挿話でブルームがおかれている状況を伝えている。その日の朝ブルームがベッドで寝ているモリーに朝食をもっていったとき、彼女がポール・ド・コック（Paul de Kock）の小説『サーカスの花ルービー』（*Ruby: The Pride of the Ring*）のなかの'metempsychosis'という難解な言葉を'met him pike hoses'と読み間違えながら、その意味を尋ねたので、彼がそのギリシャ語起源の言葉の意味を説明していると、階下から腎臓の焦げた匂いが漂ってきたためにあわてて台所にもどったというできごとが回想されているのだが、問題はここで省略されている部分である。モリーのベッドの上に彼が見つけたボイランからの手紙のことが回想には含まれていないのだ。第一一挿話は時刻が四時前後に設定されており、モリーからボイランと会う時間が四時であることを教えられたブルームはこれまで以上にモリーとボイランの会合のことを意識せざるをえない。しかし、当然ながらそれは気がめいることなので、彼はなるべく意識を別のものに向けようとしている。ブルームがモリーのことを考えまいと努めるのに呼応して、語り手も音楽的な表層によってブルームのやるせない心情を糊塗しているように思える。しかし、語り手がブルームの精神状態に完全に同調しているとはいえない点もある。たとえば、マリリン・フレンチ（Marilyn French）(7)のように、語り手はブルームを含むすべての登場人物の感傷を皮肉っているという見方もできるのだ。フレンチも引いている次の描写は語り手とブルームのあいだの距離を示しているだろう。

薔薇のかたわらを、繻子の乳房のかたわらを、愛撫する手のかたわらを、「安物服」のかたわらを、空瓶のかたわらを、ぽんと飛んだコルクのかたわらを、さよならを言いながら、目と孔雀草《メイドンヘア》のかたわらを、深い海の影のなかのブロンズとかすかなゴールドのかたわらを、ブルームは、優しいブルームは、とても寂しいブルームは通りすぎた。（II 267–268）

（11. 1134–1137）

「薔薇」「繻子の乳房」「目と孔雀草《メイドンヘア》」「ブロンズ」はリディア・ドゥースを、「ゴールド」はマイナ・ケネディを、「愛撫する手」はジョージ・リドウェルを、「安物服」はベン・ドラードをそれぞれ提喩法的に表している（ドラードは奥の特別室にいるので、彼のかたわらを通るというのはおかしいが）。ブルームが食堂で秘密の文通相手マーサに書いた手紙の一節を使って「とても寂しいブルーム」と述べる語り手は、たしかにブルームの感傷をあざけっているともできるかもしれない。だが、ここでブルームは「クロッピー・ボーイ」がひきおこす感傷にうんざりしてホテルを立ち去ろうとしているのであり、次に彼の内面に焦点が当てられたときには、林檎酒の炭酸のせいで腹にたまったガスを出すことを考えているのである。つまり、このときのブルームは感傷に浸っていないのだ。ブルームと語り手とのあいだにある距離は、ブルームに対して一方的に優位な立場を語り手にあたえるのではなく、両者が相互に干渉しあう空間を作りだしている。そこではブルームの行動や独白が語り手の描写や演出を裏切ることもありうるのだ。では、語り手はこの特異な空間を利用してそもそもどのような描写や演出を行おうとしているのだろうか。

特別室と隣り合っているわけではない食堂にいるブルームにも音楽は聞こえている。「遠いけれども、酒場よりここのほうがよく聞える」（II238）（11. 722-723）と思えるくらいなのだ。ブルームは徐々に音楽の世界に引きこまれていく。サイモンらが演奏する曲がブルームの気分に合っているからである。妻を亡くしたばかりの男やもめであるサイモンがピアノで弾く歌曲「すべてはいま、失われ」（'Tutto è sciolto'）は、とりわけほかの男に妻を奪われようとしているブルームに訴えかけるようだ。語り手の演出は巧妙で、ピアノだけの演奏を聴いたブルームがいっしょに食事をしているリチーから曲の題名を聞き、そのあとで歌詞を思いだすように仕組んでいるのである。

そうだ。思いだした。美しい曲。眠ったまま彼女は彼のところへ行く。月明かりのなかの無垢な心。まだ彼女を引き止めることが。勇敢で、危険がわかっていない。名前を呼べ。水に触れよ。二輪馬車がジングルと軽やかに。もう遅すぎる。彼女は行きたかったんだ。それだから。女。海をせきとめるような難事。そうだ。すべては失われた。（II 232）（11. 638-641）

「すべてはいま、失われ」はヴィンチェンツォ・ベッリーニ（Vincenzo Bellini）のオペラ『夢遊病の女』（*La sonnambula*）のなかの歌曲で、アミーナ（Amina）という女性の夢中遊行を不実なふるまいと誤解した恋人エルヴィーノ（Elvino）が歌う嘆きの歌だが、ここでブルームはボイランを乗せた二輪馬車がモリーのところに向かう様子を想像しながら、アミーナは夢遊病のために別の男の部屋にいったのではなく、実際にいきたかったのだと考えている。この考えを現実に適用すれば、ボイランと関係をもつことがモリーの意志ならば、それは止めようがないということになるだろう。モリーのことをできるかぎり考えないようにしてきたブルームは、サイモンの「無言歌」につけられるべき歌詞を思いおこそうとしているうちに、決定的な認識に達するのである。もちろんサイモン、カウリー、ドラードはブルームの心情を推測して曲を選んでいるわけではない。サイモンが「すべてはいま、失われ」を選んで弾いたのは偶然だ。しかし、ケナーもいうように、『ユリシーズ』においては偶然にはつねに意図が隠されているのである（すべての小説においてそうであるというべきかもしれないが）[8]。その隠された意図とは、ブルームに彼自身がおかれた状況をはっきりと認識させることであったことは明らかだろう。サイモンはつづけて、フリードリッヒ・フォン・フロトー（Friedrich von Flotow）のオペラ『マルタ』（*Martha*）のなかの歌曲「夢のように」（'M'appari'）を歌う。『マルタ』はイギリスのリッチモンドを舞台にしたオペラで、自分が貴族であることを知らない農民ライオネル（Lionel）と宮廷の女官であること隠して女中に変装したマルタ

(Martha) との恋を中心にした物語だ。「夢のように」は、姿を消したマルタがもどってきてくれることを願うライオネルの歌だが、妻を亡くしたサイモンによって切々と歌われるとき、それはまた今モリーをボイランに奪われかけているブルームにも強く訴えかけてくるのである。サイモンの歌がクライマックスに近づくにつれて、すべての境界が取り払われ、サイモンとブルームの精神が一つに融合したかのようにさえ思えてくる。「来ぉよや！ われへ！」という言葉で歌が終わったとき、語り手はサイモン・ディーダラスとレオポルド・ブルームの名前を融合し、「サイオポルド！」(Ⅱ240) (11. 752) と詠嘆するのだ。サイモンが歌い終わると、バーにいた人々も含めてみなが拍手喝采する。ボイランの黄褐色の靴さえもが床の上でなり、喝采に加わるのである。だが、ボイランはすでにバーを出てモリーのところへ向かっていたのではなかったか。「来ぉよや！ われへ！」という願いが通じて、ボイランはモリーに会うことをやめ、彼女はブルームのところへもどってくるのだろうか。

実際はどうやら違うようである。ボイランの黄褐色の靴の描写の直後に、「二輪馬車はジングルと、サー・ジョン・グレイ、ホレイシォ片柄つきネルソン、シオボールド・マシュウ神父の記念碑のかたわらを通り過ぎた」(Ⅱ241) (11. 762-763) という描写がつづくからだ。語り手はブルームの願望が実現したかのように見せながら、その非現実性をあざけっているようだ。ブルームがモリーの変心を望んでいることは間違いない。そしてそれははかない願望であるかもしれない。ただ、ブルームが語り手の演出を裏切っているところがあるとすれば、彼がみずからの願望のはかなさを十分意識していることだろう。ブルームは、歌が終わった静寂のなかでサイモンの声に込められた嘆きに共感を示す。重要な点は、ブルームがサイモンの声に嘆きを聞きとったことである。ブルームはサイモンが歌の世界に没入せずに、妻の死という現実にこだわりつづけているると思っているのではないか。もしも彼の声に嘆きが聞きとられたとすれば、それはサイモンが現実を忘れていない証拠となるだろう。

サイモンの歌に込められた嘆きは、ブルームが歌の世界に没入することを妨げる。その結果、ブルームは現実を忘却するのではなく現実に覚醒するのである。

> なれ去りにしひとよ。あらゆる唄はその主題を。ブルームはなおも彼の紐を引っ張った。残酷みたいな気がする。男と女を互いに愛し合せて、そそのかして。それから離ればなれにする。…… 人間の一生。ディグナム。へっ、あののたくっていた鼠の尻尾！ 五シリング出してやった。《天国ナル骸《コルプス・パラディスム》》。水鶏《くいな》みたいながーがー声の司祭。毒を飲まされた子犬みたいな腹。死んでしまう。そして彼らは歌う。忘れられる。おれも。そしていつか彼女は奴と。彼女を捨てる。飽きて。それから悩む。すすり泣く。大きなスペインふうの目が虚空をぎょろぎょろみつめて。彼女のウェイイェイヴのかかった重いもいもい髪はくくし　けずって、いない。
>
> だがあまり幸福すぎるのもうんざり。彼はどんどん、どんどん引っ張った。あなたは家庭でしあわせじゃないのかしら？ びーん。それはぱちんと切れた。（Ⅱ243-244）（11. 802-809）

サイモンの歌を聞いている途中で、ブルームは文通相手のマーサ・クリフォード（Martha Clifford）に手紙を書くために文房具店で買った紙と封筒の包みのゴムバンド（「紐」）をとり、ずっとそれをいじくっているのだが、その行為はブルームの優柔不断を表している。モリーの不倫を忘れて懐古的な歌の世界に没入するか、モリーの行為を受けいれて現実の世界で折り合いをつけながら生きていくか。結局ブルームは、どちらかの死による男女の別離の必然性を考えることによって、またモリーが逆に捨てられる可能性を思い描くことによって、みずからが現在おかれている状況を受けいれようとしているのである。最後にぱちんと切れるゴムバンドは、ブルームの覚醒を表しているだろう。

ブルームがホテルから出ていったあと、サイモンはバーにいたジョージ・リドウェルにブルームがいたのかと尋ねる。息子スティーヴン（Stephen）との精神的な絆が切れかかっていることを知っているサイモンは、生後一一日で息子を失ったブルームにひそかな共感をいだいているからだろう。語り手がブルームとサイモンの融合を演出したのには、理由がないわけではない。マーク・オスティーン（Mark Osteen）は、歌による融合を通してサイモンはスティーヴンに対する父権（paternity）をブルームに委譲していると主張する。さらにオスティーンは、サイモンが歌によってブルームに「愛」を伝え、ブルームはその愛を文通相手のマーサにあたえるのだといういくぶん牽強付会な解釈も示している。[9] 筆者の意見では、サイモンがブルームに教えるのは、負い目として現実を引き受けることである。スティーヴンがマリガン（Mulligan）に送った電報のなかで引用したジョージ・メレディス（George Meredith）の言葉、「オコナイシコトニオオイナルオイメヲオウコトナクタノシムモノハセンチメンタリストナリ」（Ⅱ50）（*The sentimentalist is he who would enjoy without incurring the immense debtorship for a thing done.*）（9. 550-551）によるセンチメンタリストの定義は、ブルームとサイモンには当てはまらない。二人は音楽を楽しんだあとで妻の死と妻の不倫という現実を負い目として引き受けているからだ。

前に述べたように、サイモンの優れた歌唱は特別室とバーにいた人々から拍手喝采を受ける。愛の歌がバー全体につかの間の一体感を生みだしたといえるだろう。しかし、それはアイルランド人としての共同体的な一体感ではない。愛は共同体の源泉とはならないのだ。共同体を作りだすのは、歴史の記憶、より正確にいえば悲劇的な歴史の記憶なのである。イギリスの支配に対して反乱を起こしたクロッピー・ボーイの一人であるアイルランド人の少年が、司祭に変装したイギリス義勇騎兵団隊長のわなにはまって処刑されるという悲痛なできごとを歌うバラッド「クロッピー・ボーイ」は、アイルランド人としての結束を生みだすのにもってこいの歌だ。ドラードがこのバラッドを歌いはじめると、みなが一心に耳をかたむける。「クロッピー・ボーイ」を聞いている人々は、殺される少年に対する同情によって一つに結びつけられるのだ。冷めた目でこれを見ているブルームは、みなが歌詞をそらで覚えていて、ぞくぞくする瞬間を今か今かと待ちかまえているのだと思う。ここにはどこか倒錯的なところがある。少年の死を一種のスリルとして感じているところがそうだ。さらに倒錯的なのは、みなが同情という行為に自己陶酔していることである。そもそもこのバラッドが作られた目的は、アイルランド人に屈辱の歴史を思いおこさせ、イギリスに対する反抗へと駆り立てることではなかったのか。言い換えれば、少年の死に対してアイルランド人に負い目を感じさせ、反抗という行為によってその負い目を清算させることではなかったのか。ところがここでは、人々は少年に同情することによって、歴史に対する負い目から解放されたように感じているのだ。その結果、彼らはバラッドがあたえるスリルを楽しみながら、想像の共同体に一体化することができるのである。悲劇的な歴史の記憶によって結びつけられた共同体に帰属するためには、歴史に対する負い目を引き受けることが要求されるはずだが、オーモンド・ホテルに現出した共同体のなかでは、人々はみな負い目を感じることなく、帰属意識を享受しているのである。彼らは負い目を負うことなく行為を楽しむセンチメンタリストだ。ここには麻痺状態が現出しているというコリン・マッケイブ（Colin MacCabe）の指摘は至当である。[10]

ブルームもなんらかの共同体に帰属したいという願望はもっているものの、ユダヤ人としてしばしばよそ者扱いを受けているため、「クロッピー・ボーイ」が生みだすアイルランド人の感傷的な共同体の欺瞞性に気づかざるをえない。バラッドの途中で、彼は歌を聞いているバーメイドの一人リディア・ドゥースを盗み見る。彼女は横目で遠くを見つめているのだが、やがてブルームは彼女の視線の先に鏡があることに気づき、「あれが彼女の顔がいちばんきれいに見える方向なのか」（Ⅱ261）（11. 1046）と考える。彼はそこにナルシシスティックな陶酔を見いだしているといえるだろう。「クロッピーへの憐れみの念で夢中」（Ⅱ266）（11. 1113）のリディアはビールポンプの取っ手をそっと握り、手を上下に動かしはじめる。ブルームが観察するリディアの行為には、明らかに性行為との類似性が見てとれるだろう。おそらく、「クロッピー・ボーイ」を聞きながらすでに熟知している結末に対する期待でぞくぞくしているリディアの様子が、彼に性行為を思いおこさせたのだ。性行為もまたすでに知っている快楽に対するぞくぞくする期待をともなっているのだから。だが、リディアの手がおかれている「冷たくて堅くて白いエナメルの棒」（II266）（11. 1116）はどこかでこの行為の不毛性をも暗示している。クロッピー・ボーイに同情しているリディアは、同情するという行為そのものに陶酔しているようだ。そのとき少年の死は彼女に陶酔をもたらす手段にすぎなくなる。そして自己陶酔は日常生活からの一時的な逃避を可能にするだけなのである。

ドラードの歌を聞き終わったあとでぼうっとなっているボブ・カウリーをのぞき見たブルームは、「全身を耳にして。三十二分音符も聞きのがすまいと。目をつむって。リズムに合せてうなずき。すっかり夢うつつ。身動き一つしない。考えることは厳禁」（II271）（11. 1192-1194）と考える。彼の目は彼の耳が聞いていることを相対化しているといえるかもしれない。目を働かせずに音楽に耳を澄ましているカウリーやリディアたちは、オーモンド・ホテルの空間を意識せずに音をとらえている。彼らは音を通じた意味の現前を信じている。つまり、「クロッピー・ボーイ」というバラッドの不変の意味が音を通じてそれを聞く者それぞれにそのまま現前すると信じているのである。すべての人に共有される同一の意味という確信は、彼らの共同体意識の基盤になっているのだ。だが、ブルームの考え方は違う。リディアが休暇で訪れたロストレヴァー（Rostrevor）の海岸で拾ってきた貝殻をリドウェルの耳に当てるのを見ていた彼は、こう思うのだ。

彼女らは海の響きを聞いていると思っている。歌っている。潮騒。血なんだよ。ときどき耳のなかを流れる。うん、あ

れは海だ。血球諸島。（II254）（11. 945-946）

ドゥースとリドウェルはともに貝殻のなかに同じ響きを聞いていると信じている。それはちょうど、彼らが「クロッピー・ボーイ」のなかに同一の意味を聞きとっていると信じているのと同じことである。しかし、ブルームが考えるように、貝殻を耳に当てた人が聞いているのはその人自身の血潮にすぎない。彼らはそれぞれがきわめて個人的な音をそこに聞いているだけなのである。共同体の問題にもどれば、言葉や音楽の奥に何か実体的な意味を想定し、それを共有していると信じることによって共同体は成立するのだ。オーモンド・ホテルに集まったダブリンの市民たちのほとんどはこの実体的な意味の存在を当然視しているといえるだろう。

では、「言葉？　音楽？　違う。問題なのはその奥にあるもの」（II236）（11. 703）というブルームの言葉をどう解釈すればいいのか。彼もまた言葉や音楽の奥に何か堅固な実体を認めているのだろうか。このいくぶん唐突に思える内的独白がなされるのは、ブルームがサイモンの歌を聞いているときだ。ブルームは歌声のすばらしさに感嘆しながらも、耳ざとく歌詞の間違いに気づき、サイモンが妻を苦労させて死なせたことを考える。そのあと語り手が歌声にあふれる優しさをファルス＝男根のイメージへと転化させ、引用部分をはさんで、執拗なまでに性的なイメージを積み重ねる。このイメージはブルームが考えまいとしているモリーとボイランとの肉体関係を示唆しているのだとすれば、レネハンの言葉にもドゥースがガーターを使って奏でる音楽にもほとんど興味を示さずモリーのところへ向かったボイラン（のファルス）こそが、言葉や音楽の奥にあるものを体現しているといえるだろう。語り手は、これまた執拗にボイランがブルーム家に到着し、ドアをノックするまでの行動を追いかける。ブルームがボイランの行動を忘れようとして言葉や音楽の世界に身をゆだねてみても、もちろんそれを消し去ることはできない。だがよく考えてみると、この実体化されたボイランの行動も実はブルーム自身が思い描いているイメージにすぎない。なぜなら第一八挿話でモリーはそれをがさつなふるまいと解釈するからだ。ブルームが一つの意味しかないと思いこんでいたボイランのモリーに対するふるまいも、視点を変えれば別の意味を帯びるのである。しかし、この時点でのブルームはそのような視点の存在に思い及ばないのだ。ブルームはドゥースの貝殻について考えたことを自分自身には当てはめることができなかったというべきか。ボイランとモリーの密会という彼にとってあまりにも重大な問題に対しては、いつもの冷静さを保てなかったのである。

ブルームが「言葉？　音楽？　違う。問題なのはその奥にあるもの」と考えるとき、たしかに彼はボイランのファルスを実体としてとらえてしまっている。しかし、どうやらその実体化はほかのダブリン市民とは違う方向に働いているようだ。オーモンド・ホテルでブルームはマーサに返事を書こうとするのだが、たまたまサイモンがマーサと同じつづりの『マルタ』というオペラの曲を歌っていたので、偶然の一致だと考える。おそらくこの偶然の一致が秘密を暴露しているかのように感じられたからだろうか、ブルームはきわめて用心深く手紙を書く。目の前にすわっているリチーにだれに手紙を書いているのかわからないようにするのは当然としても、すでに偽名ヘンリー・フラワー（Henry Flower）を用いて局留めで手紙を受け取っているにもかかわらず、さらにふだん自分が使わないギリシャ文字のイー（ε）を使ってまで正体を隠そうとするのだ。手紙はこの日の朝受け取ったマーサの手紙との関係のなかでしか理解できない内容のものである。マーサからの手紙の言葉を換骨奪胎したような手紙を書くブルームは、マーサと戯れているというよりはマーサの言葉と戯れているのである。おたがいに相手の正体を知らないブルームとマーサの手紙の交換において、言葉がフェティッシュ化されるのは当然だ。重要なことは、ボイランの実体的な存在を相殺するためにブルームが言葉のフェティッシュ化で対抗していることである。手紙を書き終えて「クロッピー・ボーイ」を聞いていたブルームは、ドラードが少年の偽神父に対する告白の言葉「ぼくは生きとし生きるものに何の恨みもいだいていません」を歌ったところで、「憎しみ。

愛。そんなものは単なる言葉にすぎない」(Ⅱ263)(11. 1069)と思う。解釈が難しい言葉だ。憎しみや愛は何の実体もないうつろな概念であり、そんなものに駆り立てられることの愚かさを自戒しているようではある。この言葉の意味を理解するためには、次の第一二挿話を参照する必要がある。バーニー・キアナン(Barney Kiernan)の酒場でブルームはナショナリスティックなほかの客たちに対して、力、憎しみ、歴史などは男や女にとって大事なものではなく、本当に大事なものは憎しみや侮辱とは反対のものだと主張する。一人の客から「つまり何だね?」と尋ねられると、彼は「愛です……憎しみの反対ですよ」(Ⅱ375)(12. 1485)と答えるのだ。「憎しみ」の反対として「愛」を定義するとき、ブルームは言語を差異の体系としてとらえたソシュール(Saussure)と同じ立場にいる。ブルームは「愛」を「憎しみ」との差異でしか定義していないからだ。しかし、逆にいうと、「憎しみ」もまた実体的な定義を失うことになる。その意味でブルームの定義は、「力」「憎しみ」「歴史」を単一の意味をもった実体としてとらえることによって結束してきたナショナリストたちへの効果的な反駁になっている。マーサへの手紙の場合と同様に、ここでもブルームは実体的なものとは無縁の言葉の世界と戯れているとみなしていいだろう。「憎しみ」や「愛」を実体化することが、ときに人を暴力に駆り立てることをブルームは知っているのである。だから平和主義者のブルームは言葉をフェティッシュ化するのだ。

媒体自体に愛着をいだく傾向は、ブルームの音楽に対する見方にも現れている。オーモンド・ホテルで歌を楽しむ人々は、歌という透明な媒体が歴史的なできごとをあるがままに伝えていると思っている。ところがブルームにとっては、言葉や音楽はつねに不透明性をともなっているのである。この不透明性を、マッケイブにならって「物質性」(materiality)と呼んでもいいだろう。[11] ブルームはサイモンの歌に、とりわけその声に込められていた嘆きに心をひかれるものの、そのあとでいかにも彼らしくこう考えるのである。

数《ナンバー》だ。あらゆる音楽は、考えてみれば。二を二倍して半分にすれば一が二つ。振動、それが和音なんだ。一たす二たす六は七。数字の奇術でどんなことでもできる。（II 246）(11. 830-832)

音楽を数や振動という物質的な要素へと還元したとき明らかになることは、音楽の媒体としての不透明性である。なぜ数字や振動でしかないものが、嘆きを表すことができるのか。ある特定の音楽が悲しみや怒りや喜びを表していると感じるのは、きわめて恣意的な反応ということになるだろう。カウリーが弾く『ドン・ジョヴァンニ』(*Don Giovanni*) のメヌエットが耳に入ってくると、ブルームはそれを聞いて感じる喜びは自分とモリーとでは違うと考える。貝殻を耳に当てた人が聞いているのはその人自身の血潮であるのと同じように、音楽が伝えると思われている感情は実のところそれを聞いている人の内部に由来しているのだ。もちろん、教育やすりこみの結果、ある共同体の内部においてその感情は似通ったものになるものの、それはけっして同一の感情とは呼べないのである。「クロッピー・ボーイ」を聞いている人々は同一の感情を共有していると信じることによって共同体を形成している。ところがブルームは歌い手であるサイモンやドラードの個人的な事情を思いおこし、彼らの声が歌のメッセージを伝える透明なメディアとなることを妨げてしまう。サイモンが妻と死別したことを考えるブルームは、周囲の人々とは違うメッセージを受け取り、サイモンに個人的な共感をいだく。「クロッピー・ボーイ」を歌うドラードに関してブルームの頭に浮かぶのは、ビール醸造会社の基金で運営されている慈善宿泊施設に暮らしながら週刊誌のパズルで賞金を当てようとしている敗残者という境遇だ。ブルームもドラードの声のよさは認めるが、その声にともなう「敗残者」のイメージは、「クロッピー・ボーイ」という歌に対するブルームの反応に影響をあたえずにはおかない。ギネスを飲みすぎてギネスの基金で運営されている慈善施設に入ったあわれな男が歌う「クロッピー・ボーイ」に対して、ブルームがさめた態度を保つのも無理はない。彼は歌の内容に疑問をいだく。「それにしてもあいつは馬鹿だぜ義勇騎兵隊の隊長と気づかないなんて。ぐるぐるくるんでたのか」（II275）（11. 1248-1249）とブルームが考えるとき、クロッピー・ボーイの少年だけではなく、歌に陶酔している人々もまたからかいの対象になっている。偽司祭に気づかず少年が「国王を愛するよりもわが祖国を」と告白するところが、センチメンタルな共感をひきおこす歌の核心部分なので、人々は少年の看過を当然のことと信じこむのである。みなでそれを信じることが共同体を作りあげるのだ。

音楽の物質性あるいは不透明性へのこだわりによって、ブルームは歌への没入をさけることができる。だが、彼はオーモンド・ホテルに共同体的な一体感が醸成されるのを妨げはしない。歌の途中でただ出ていってしまうだけだ。このふるまいは共同体に内在する排除の論理をなぞっているといえるかもしれない。語り手は一方で歌を触媒にした共同体の形成を描きながら、他方で共同体との結びつきよりもモリーとのむつみあいを求めるボイラン、耳の聞こえない給仕のパット（歌のあとの拍手には加わっているが）、「クロッピー・ボーイ」が終わってからバーに入ってくる目の見えないピアノ調律師、そしてブルームといった音楽共同体の外部の存在もまた描くのである。ピアノ調律師については少し説明が必要だろう。彼はその朝オーモンド・ホテルの特別室にあるピアノの調律をしたのだが、音叉を置き忘れたので、それをとりにもどってくるのだ。最後に調律師がバーに現れることは、調律師の技術に依存するピアノの物質性を読者に思いおこさせることになる。だがもちろん、乾杯によって共同体的な雰囲気に浸っている者たちは彼の存在に気づかない。音叉とブルームに対応関係があるとすれば、両者がともに音楽の物質性を明らかにするところに求められるべきだろう。語り手は、外部の存在を描くことによって、音楽によって形成された共同体もまたすべての共同体と同様に排除の論理を内包していることを明らかにしているのである。

ブルームの音楽観は民主主義的だ。彼はいたるところに音楽を見いだす。ペルシャの王様がカーテンで鼻をかむ音やモリーが室内便器で用をたすときの音までが彼にとっては音楽となる。たとえば、リドウェルがドゥースの貝殻を耳に当てているのを見たあとで、ブルームは「海、風、木の葉、雷鳴、波、もーと鳴く牛、家畜市場、雄鶏、雌鶏は鳴かない。蛇はしゅるるる。いたるところに音楽がある」（II 255）（11. 963-964）と思う。また、オーモンド・ホテルを出たあとで、「どんな職業にもそれ独特の音楽があるのじゃなかろうか、そうだろう？　猟師には角笛《ホーン》。ホー。……　羊飼には羊飼の笛《パイプ》。プウィー、弱くウィー。警官には呼子」（II 275）（11. 1239-1241）とも考える。最後にブルームは、骨董店のウィンドーに飾ってあるアイルランド独立運動の闘士ロバート・エメット（Robert Emmet）の肖像画を見て、エメットの最後の言葉を思いだしながら、路面電車の通り過ぎる音を利用してメロディアスに放屁する。ブルームにとっての音楽は特定の共同体に依存しない、だれにでも開かれた音楽だ。人はどんなものからでも音楽を聞きとることができるのである。エメットは処刑される前に「わが国が世界の国々のあいだに地位を得るそのときまで、私の墓碑銘は書かれぬままであれ」という感動的な言葉を残したのだが、これは個人の生涯を意味づけるのは共同体＝国家であるという発想にもとづいている。アイルランドという国家が成立してはじめて個人の死は十分に意味づけられるというのが、エメットの最後の言葉の趣旨だ。それに対してブルームの音楽観に見られるのは、ものや人間が人知れず出す音ですら音楽として聞くことができる、共同体内で共有されることがないそのような音楽にもそれぞれ価値があるという考え方である。端的にいえば、ブルームの考える音楽は共同体の形成には寄与しない。それはあまりにも包括的で無差別的だからだ。共同体の形成に必要な排除の論理がそこには存在しないのである。

　オーモンド・ホテルに出現するつかの間の音楽共同体とそこから逃げ出すブルーム。では語り手はそのあいだで何をしているのか。語り手は挿話の有名な（悪名高い？）「序曲」部で、あとにつづく挿話の本文からの六〇におよぶ意味不明の断片を「モティーフ」として提示する。断片はあとでそのまま再現される場合もあれば、そうではない場合もあるが、いずれにしろそれらの意味は本文によって明らかになる。語り手にとっての音楽とはモティーフという断片の有機的な統合であると考えていいだろう。挿話の音楽的な構造には部分の全体への統合というテーマが内包されていることは明らかだ。しかし、デクラン・カイバード（Declan Kiberd）やカレン・ローレンス（Karen Lawrence）が指摘しているように、言語によって音楽を完全に模倣することは不可能なのである[12]。それゆえ音楽の模倣は言語に歪曲をもたらすことになる。たしかにこの挿話で語り手は言葉によって音楽を模倣しようとするが、アンドルー・ギブソン（Andrew Gibson）によれば、音楽的であろうした結果、言葉は歪曲され、ますます断片化するのである[13]。

甲高く、しかし低い声をまじえて、あとに、ブロンズのあとにゴールド、彼女らは互いに互いを鳴り渡る笑いに駆り立て、さまざまに変化する響きで、ブロンズゴールド、ゴールドブロンズ、甲高く低く、笑いに次ぐ笑いを駆り立て。そして彼女らはさらに笑った。（Ⅱ199）（11. 174-176）

ミス・ドゥースは、ミス・リディアは、信じなかった。ミス・ケネディは、マイナは、信じなかった。ジョージ・リドウェルはノーと。ミス・ドゥーは信じな。第一の、第一の。大《タンク》を持った紳は。ノー、ノー。信じな。かった、ミス・ケン。リドリディアウェル。大《タンク》。（Ⅱ245）（11. 818-820）

第一の引用部分は、髪の色で提喩法的に表されたドゥースとケネディが脂ぎった薬剤師のうわさ話をして笑っている様子を、類似する表現の繰り返しによってリズミカルに表現しているが、二人の笑いは音楽的な表現によって誇張され、歪曲されてもいる。第二の引用部分では、ミス・ドゥースとジョージ・リドウェル、ミス・ケネディと大杯をもった二人の紳士のそれぞれのたわいもない会話が混じり合い、まさに断片化している。音楽的な構造を利用することによって部分を全体に統合しようとする語り手の試みは、細部にまで音楽的であることを徹底した結果、逆に全体に統合できない過剰で無意味な細部を生みだしている。結局、音楽は断片を全体化できないのである。それはまさに、オーモンド・ホテルの特別室から流れる音楽が特定の人々だけしか共同体化できないことと対応する。語り手による音楽的な技法の導入は、形式的にも内容的にも断片を意味のある全体へとまとめあげることができずに終わるのだ。

この挿話のテーマとして断片化を論じる批評家は、マーク・オスティーンやM・キース・ブッカー（M. Keith Booker）など複数いる。オスティーンは登場人物の提喩法的な描写や名前の省略を社会のなかで断片化した個人の象徴とみなし、ブッカーは文脈から切断された「序曲」部が社会の断片化を表現しているととらえる。[14] 両者はともに断片化を全面的に肯定するわけではないが、断片の安易な統合にも批判的である。オスティーンはオーモンド・ホテルに出現した感傷的な共同体の不毛性を指摘する。酒を飲みたいがために子供に生活のためのお金を渡すのをしぶるサイモン、家賃の取り立てに悩んでいるカウリー、そして慈善施設で暮らすドラード、アルコール中毒者のカーナン、さらには客にこびを売ってお金を稼ぐドゥースとケネディ、ドゥースを誘惑（solicit）しようとする弁護士（solicitor）のリドウェル、彼らはみな共通の意味も目的もないそれぞれの日常生活を一時忘れるために音楽に惑溺しているだけだ。感傷的な共同体は忘却の共同体でもある。忘却は断片化してしまった生活を共通の意味や目的に統合してくれるわけではない。ブッカーは一方で「セイレン」挿話における断片化の描き方には資本主義による日常生活の断片化に対する批判が含まれていると指摘するが、他方でジョイスはT・S・エリオットとは異なり現代の無秩序を神話によって統合しようとはしていないとも主張する。断片化は相当に微妙な問題なのである。フランコ・モレッティ（Franco Moretti）は違った視点から断片化の問題を扱っている。ブルームの内的独白はまさに断片の集積そのものだが、そこでは断片が秩序ある意味体系を形成することはない。モレッティはこの意味の不在の意味は何かと問いかける。意味を求めないことが大都市の無数の刺激や情報のなかで生きていくのに役立つというのが彼の答えだ。ブルームが頭に浮かぶすべての連想の断片を意味づけようとしたら、彼の頭は確実におかしくなるだろう。ブルームの内的独白が示す断片化は、大都市における刺激と情報の洪水のなかで生きていく手段となるのである。(15)

断片を断片としてそのまま受けいれるブルームの内面は、一九〇四年のダブリンにおいてはきわめて新奇なものだったのではないか。結局のところ、ダブリンはロンドンやパリほどの大都市ではなかったのだから、生きていくためにブルームのような内面がそれほど必要だったとは思えない。『ユリシーズ』で描かれるダブリンの市民たちは、競馬の情報や他人の近況をほとんど口頭で伝え合っている。口頭伝達(うわさ話)のネットワークを可能にする緊密な共同体がいまだに残存しているようである。しかし、論文の冒頭で示したダブリンの人口を考慮に入れると、人々はあえて口頭での伝達に固執することによって共同体の幻想を保持しようとしているといったほうがよさそうだ。口頭での伝達はだれに何を伝えるかをつねに選択するのであるから、それはまさに共同体の形成に不可欠な排除の論理をともなっている。サイモン、カウリー、ドラードのあいだで話題にされるとき、ドラードがブルームから夜会服を借りたというできごとはブルーム夫妻の経済的苦境を救ったという意味をもつのだが、ブルームが思いだす際にはきついズボンをはいたドラードの滑稽さを示すものとなる。サイモンたちはブルーム夫妻の貧しさをどこかで見下すことによって、自分たちの仲間意識を強めようとする。特定の人々についての特定のうわさが共同体意識を生みだす一例だ。うわさにはそれに興じる者たちの一体感を強めるようなバイアスがつねにかかっていること忘れるべきではない。それに対してブルームはうわさを共有しない。また彼の思考は偏見や先入観から自由であろうとする。たとえば、オーモンド・ホテルを出たあと淫売婦を見かける場面を考えてみよう。ブルームはどうやら彼女と一度関係をもったことがあるようだが、初めは昼間見る女のまっさおな顔にぞっとするものの、最後には「うん、しかしこいつだって他人同様、生きていかなくちゃならぬ」（II 276）（11. 1260）と思い直すのだ。ブルームはいくたびも人々の断片的なうわさの対象になり、つねにある種の偏見をもって見られる存在である。周囲の人々はブルームを断片的にとらえるだけで、だれも彼の全体を見ようとはしない（他人のうわさ話をすることによって寄生的な生活を送っているレネハンだけが、ブルームを「教養のある万能人間だ」（II136）（10. 581）と評するのはいかにも皮肉である）。逆にブルームはすべての人間を多面的に見ようとする。男たちにこびを売ってお金を稼ぐバーメイドたちに気をつけなくてはと思う一方で、やがて訪れる彼女たちの衰えと絶望も考えてしまうのである。「あらゆるものがそれなりに話しかける」（I301）（7. 177）と考えるブルームの精神は、すべてを分け隔てなく受容しようとする。この態度は、大英帝国の支配下にあったダブリン、ジョイスが「麻痺の中心」[16]と呼んだ刺激に乏しい都市の固定した階層秩序に抵抗する真に民主主義的な態度といえるだろう。もちろんブルームにも共同体への帰属を求めている面がある。マッキントッシュの男という見知らぬ存在にいだく不安は、彼の共同体意識にも異人を排除しようとする傾向がともなっていることを示しているだろう。だが、ブルームの内的独白に見られる包括性は、排除の論理を乗り越える契機もまた含んでいるのだ。

（1） James Joyce, *Dubliners*, Penguin Twentieth Century Classics, ed. Terence Brown (1914; Harmondsworth: Penguin, 1992), 61.

（2） 一九〇五年九月二四日付けと推定される弟スタニスロース・ジョイス（Stanislaus Joyce）宛の手紙による。James Joyce, *Selected Letters of James Joyce*, ed. Richard Ellmann (London: Faber and Faber, 1975), 78.

（3） Don Gifford, *'Ulysses' Annotated: Notes for James Joyce's 'Ulysses'* (Berkeley: University of California Press, 1988), 290.

（4） Hugh Kenner, '*Ulysses*' (Baltimore : Johns Hopkins University Press, 1987), 91.

（5） Susan Mooney, 'Bronze by Gold by Bloom : Echo, the Invocatory Drive, and the 'Aurteur' in "Sirens"'. Sebastian D. G. Knowles, ed., *Bronze by Gold : The Music of Joyce.* (New York : Garland, 1999), 229.

（6） 『ユリシーズ』からの引用には、ジェイムズ・ジョイス『ユリシーズ』（集英社文庫ヘリテージシリーズ）丸谷才一・永川玲二・高松雄一訳（集英社、二〇〇三年）の巻と頁数を示した。また、対応する原文が参照できるように James Joyce, *Ulysses,* ed. Hans Walter Gabler with Wolfhard Steppe and Claus Melchior (1922 ; London : Bodley Head, 1993) の挿話番号と行番号も併記した。

（7） Marilyn French, *The Book as World : James Joyce's 'Ulysses'* (London : Abacus, 1982), 137-138.

（8） Kenner, op. cit., 91.

（9） Mark Osteen, *The Economy of 'Ulysses' : Making Both Ends Meet* (New York : Syracuse University Press, 1995), 295.

（10） Colin MacCabe, *James Joyce and the Revolution of the Word* (Basingstoke, Hampshire : Palgrave, 2003), 87.

（11） Ibid., 83.

（12） Declan Kiberd, Notes, James Joyce, *Ulysses,* Annotated Student Edition, ed. Declan Kiberd (Harmondsworth : Penguin, 1992), 1045. Karen Lawrence, *The Odyssey of Style in 'Ulysses'* (Princeton : Princeton University Press, 1981), 91.

（13） Andrew Gibson, *Joyce's Revenge : History, Politics, and Aesthetics in 'Ulysses'* (Oxford : Oxford University Press, 2002), 106.

（14） Mark Osteen, op. cit., 294. M. Keith Booker, *'Ulysses', Capitalism, and Colonialism : Reading Joyce after the Cold War* (Westport, Conn. : Greenwood Press, 2000), 72-73.

（15） Franco Moretti, *Modern Epic : The World System from Goethe to García Márquez,* trans. Quintin Hoare (London :

Verso, 1996), 155–156.

(16) 一九〇五年一〇月一六日付けのスタニスロース宛の手紙による。James Joyce, *Selected Letters of James Joyce*, ed. Richard Ellmann (London : Faber and Faber, 1975), 83.

参考文献

Booker, M. Keith. *'Ulysses', Capitalism, and Colonialism : Reading Joyce after the Cold War*. Westport, Conn. : Greenwood Press, 2000.

French, Marilyn. *The Book as World : James Joyce's 'Ulysses'*. London : Abacus, 1982.

Gibson, Andrew. *Joyce's Revenge : History, Politics, and Aesthetics in 'Ulysses'*. Oxford : Oxford University Press, 2002.

Gifford, Don. *'Ulysses' Annotated : Notes for James Joyce's 'Ulysses'*. Berkeley : University of California Press, 1988.

Joyce, James. *Dubliners*. Penguin Twentieth Century Classics. Ed. Terence Brown. 1914 ; Harmondsworth : Penguin, 1992.

Joyce, James. *Selected Letters of James Joyce*. Ed. Richard Ellmann. London : Faber and Faber, 1975.

Joyce, James. *Ulysses*. Ed. Hans Walter Gabler with Wolfhard Steppe and Claus Melchior. 1922 ; London : Bodley Head, 1993.

Kenner, Hugh. *'Ulysses'*. Baltimore : Johns Hopkins University Press, 1987.

Kiberd, Declan. Notes. *Ulysses*. By James Joyce. Annotated Student Edition. Ed. Declan Kiberd. Harmondsworth : Penguin, 1992.

Lawrence, Karen. *The Odyssey of Style in 'Ulysses'*. Princeton : Princeton University Press, 1981.

MacCabe, Colin. *James Joyce and the Revolution of the Word*. Basingstoke, Hampshire : Palgrave, 2003.

Mooney, Susan. 'Bronze by Gold by Bloom : Echo, the Invocatory Drive, and the 'Aurteur' in "Sirens"'. *Bronze by Gold : The Music of Joyce*. Ed. Sebastian D. G. Knowles. New York : Garland, 1999.

Moretti, Franco. *Modern Epic : The World System from Goethe to García Márquez*. Trans. Quintin Hoare. London : Verso, 1996.

Osteen, Mark. *The Economy of 'Ulysses' : Making Both Ends Meet*. New York : Syracuse University Press, 1995.

クラリッサが得たもの
――『ダロウェイ夫人』の薔薇をめぐって

船水直子

一 はじめに

よく知られるように『ダロウェイ夫人』(*Mrs Dalloway*, 1925)執筆は難航した。ウルフは、「非常に苦しく激しい戦い」(1)と日記に書き、一九二二年一〇月六日には、仮の題名を'At Home or The Party'とし、「すべては最後のパーティに収斂しなければならない」、さらには、'Mrs Dalloway in Bond Street', 'The Prime Minister', などのいくつかの章からなる作品の構想を考えているが、最後の章は、'The Party'にするつもりと記す。一九二二年一〇月一四日には、狂気と自殺を描くために、Septimus Smithを思いつき、二日後の一〇月一六日には、ダロウェイ夫人で正気を、セプティマス・スミスで狂気を描き分けることを考えている。一九二三年になると、'The Hours'という題名が日記に見られるようになる。一九二三年六月一九日には「この本にはたくさんのアイデアがありすぎるほどだが、生と死、正気と狂気、社会機構などについて書きたい」と記し方向が定まってきたことがわかる。そして、翌日の一九二三年六月二〇日水曜日が物語に描かれる一日として選ばれた。しかし、一九二四年四月になっても題名については、'The Hours or Mrs Dalloway', 'Hours', 'The Life of a

Lady,' 'A Lady,' 'A Lady's Portrait,' 'A Lady of Fashion' なども考えている。(2) このように、いろいろ変遷しながらも、すべてが最後のパーティに収斂する構想は、最初から変わっていない。その後ウルフは、モダン・ライブラリー版『ダロウェイ夫人』の序(一九二八)の中にあの有名な一節「最初、セプティマスの構想はなく、ダロウェイ夫人はパーティの終わりで自殺するか、死ぬことになっていたが、夫人の分身としてのセプティマスが生み出され、夫人の代わりに彼が自殺することになった」(3)を書いた。しかし、実際は、ごくはじめの構想からセプティマスのストーリーを考えていたことを日記は示す。おそらくは多くの読者の反応と別の機会に大学生の質問に答えた記憶からウルフが創作したものだろうと言われる。(4) 早い段階からウルフはセプティマスを構想し、読者も、クラリッサの正気と生の物語を裏から支えるものとしてセプティマスの狂気と死の物語に注目し、モダン・ライブラリー版の序のウルフの言葉は、これにお墨付きを与える結果となったのだ。そこで、身代わりとしてセプティマスが死ぬことによりクラリッサが生き残ったとの構図がはっきりする一方で、クラリッサが生きるストーリーを支えているもうひとりの人物、リチャードの役割が等閑に附されてきたのではないかと思われる。

リチャード・ダロウェイは、夫としてクラリッサの一番身近に位置しながら、ただ彼女のスノッブな面を映し出し助長するだけの、退屈でつまらない存在だと考えられてきた。ピーターによれば、リチャードは、紳士でいい奴だが感性が鈍く芸術のわからぬ俗物だということになる。リチャードと結婚すれば、「完璧な女主人(The perfect hostess)」(5)になってしまうとクラリッサにいやみを言い彼女を泣かせもした。サリーもリチャードのような「完璧な紳士」との結婚は、クラリッサの「魂を窒息」させ、「単なる女主人」にしてしまい彼女の「俗物根性」を助長すると危惧していた。(五八) 国会議員ではあるが入閣できないのは彼には二流の頭しかないからだと思われている。(一三八-九) リチャードは感性も頭脳も平凡で、クラリッサをだめにする人物だとたいそう評判が悪い。クラリッサが思い出すヴァトンでの青春の中にもリチャードははっきり出てこない。彼女が彼との結婚を決めた経緯などはピーターが苦々しく思い出すものとして描かれる。リチャードは、この物語の中で影の薄いつまらない人物だとされてきた。[6] しかし、はたしてそうだろうか。今のクラリッサにとって、過去の人であるピーターやサリーのリチャード評は当を得たものなのだろうか。久しぶりに昔の恋人ピーターに会ったクラリッサは、一瞬ときめくものの「彼の手紙はひどく退屈で」(五) まともに読んでもいなかったのだし、彼女が本当に恋したサリーは、五人の息子のいるロセター夫人として外見ばかりか中身も大きく変身を遂げ「前より幸せそうだが魅力的ではなくなった」(一二七) とクラリッサは思うのだ。

「ダロウェイ夫人は、自分で花を買ってくると言った」(五) ではじまるこの物語には、さまざまな花が書き込まれている。とりわけ薔薇は、花束、壁紙の模様、夢の中などいろいろな形で登場し、主要人物のほとんどすべてにかかわっている。クラリッサが、薔薇は「切花でも我慢できる唯一の花」(九〇) であると考え、特に強い生命力を持つと感じていることは注目に値する。物語全体では、薔薇(rose)という言葉は三七回用いられている。その箇所をまとめると次のようになる。

マルベリー花店の薔薇・五回(一二×五回)
道端の花売りモル・プラットの薔薇・一回(一六)
デムプスターのおかみの薔薇・三回(三一×三回)
クラリッサが心の中に咲かせる薔薇・二回(二四、二五)
ピーターが公園のベンチでうたた寝する時に夢の中に出てくる薔薇・一回(四四)
セプティマスの部屋の壁紙の赤い薔薇・三回(五三×二回、一〇四)
ピーターと話すサリーの薔薇・三回(五八×二回、一三九)

レツィアがセプティマスに買って帰るしおれた薔薇・五回（七〇、七一×三回、一〇六）

リチャードがクラリッサに贈る薔薇・一二回（八六×二回、八九×三回、九〇×四回、九一、九三、一二七）

レツィアが作る帽子につける造花の薔薇・二回（一〇七、一〇九）

花店の薔薇は、他の花々とともに少女時代のうっとりするような夏の宵の花壇へとクラリッサをいざなう。彼女は「土のにおいのする庭の甘い香り（earthy-garden sweet smell）」（一三）を吸い込み幸福感に包まれる。花売りモル・プラットは、自動車の中の皇太子に幸あれと願い、思いきり浮き浮きした気持ちで薔薇一束を投げたくなる。デムプスターのおかみは、薔薇の花みたいな幸せは自分にはなかったと結婚生活を振り返る。クラリッサは家に入った時「陽気な物音や緑の光、口笛など吹いている料理番」に囲まれた生活に「まるで何かの美しい薔薇が彼女に見てもらうためだけに開いたかのように祝福され純化された」（二四）と感じ、この幸せな日常生活の基礎であるリチャードに感謝しなければと思う。クラリッサは日常生活をいつくしみ、この平凡な六月の朝が「薔薇の光沢を伴ったやわらかい感じを持つことを知っていたし、それを感じとっていた。」（二五）ピーターの薔薇は、夢の中で豊饒の角と一緒に出てくる。サリーの薔薇はピーターの記憶の中だ。サリーは月光を浴びたキャベツの葉の美しさに感嘆し、薔薇をむしり取る。この頃のサリーは、薔薇があらわすような一般的な幸せとは別の独自なものに美しさを見出そうとしていた。後に彼女は結婚して「非常に幸福な」（一四三）、薔薇（rose）を含む苗字を持つロセター夫人（Lady Rosseter）となる。セプティマスとレツィアの薔薇はしおれていたり、造花や壁紙の模様で生命力がない。そしてリチャードは「愛してる」と伝えたくて、クラリッサに赤と白の薔薇の花束を贈る。このように、薔薇は、幸福や豊饒に繋がるものとして、物語全体にちりばめられているが、ここで特に注目したいのは、リチャードがクラリッサに贈る薔薇の言及が、一二回と最も多いことだ。

ウルフは「ベネット氏とブラウン夫人」の中で、小説家はキャラクターを創造したいという強い衝動に駆られて、小説を書くのだと述べ、キャラクター描写に対するこだわりを示している。(7) キャラクター描写に腐心したウルフが、日記に「キャラクターの背後にトンネルを掘り」過去を「現在の瞬間」に自在によみがえらせる手法を発見した(一九二三年八月三〇日、一〇月一五日)と記していることはよく知られるが、次のクラリッサの考えには、ウルフが、いろいろな人物や物に映し出される、多様な側面の集合体としてのキャラクターを描こうとしたことが反映されている。

……彼女、もしくは誰かを知るためには、彼女やその人間を補い形成している人々を―また場所でさえをも探求しなくてはならない。彼女は一度も話しかけたことのない人々や、通りの女、カウンターのうしろに坐る男―木々や納屋に対してさえ奇妙な親近感を持っていた。……われわれという現象、外にあらわれた部分は、他の部分、広く拡がっている見えない部分と比べると、たいそう瞬間的なものなので、見えないものが生きながらえ、死後もあれこれの人に結びついて復活し、特定の場所さえをも訪れる……(一二四)

クラリッサは、見えている部分は、見えない部分に比べるとほんの一瞬のもので、自分はいろいろなところに存在していると感じる。この物語では、パンクした車に、クラリッサをはじめ周りに居合わせた人々の意識が映し出されるように、クラリッサの周りのもの、人、風景などは、いろいろな角度に置かれた鏡として、彼女の多様な面を映し出している。(8)

リチャードは、クラリッサのどのような面を映し出しているのだろうか。彼女に対するリチャードの役割は何か。クラリッサのパーティとはいったい何なのか。そして、彼女が得たものは何か。本稿では、これらの問題を読み解く鍵のひとつとして、物語にちりばめられている薔薇に着目し、考えてみたい。

二　薔薇の咲くところ

コミュニケーションは健康、コミュニケーションは幸福

リチャードがクラリッサに薔薇の花束を贈る場面は、レツィアがセプティマスに薔薇を買ってくる場面とはっきりと対照を成し、ダロウェイ夫妻の絆の強さを印象づける。

赤と白の薔薇の花束を携え歩きながら、リチャードは、クラリッサと結婚したこと、戦争が終わり武器ではなく花を持って妻に自分の愛を伝えにいくこと、そして自分の生涯を、「奇跡」（八六、八七、八八）だと思い「幸福とはこうしたもの」（八八、八九）と繰り返し確信する。彼の高揚した気持ちを、薔薇の花束は十分に吸い込み、リチャードは花束を手渡しながら言おうと決心していた「愛してる」という言葉を結局口にすることはできなかったが、クラリッサは「なんて素敵なんでしょう」と薔薇の花束とともに、リチャードの気持ちを確かに受け取る。「彼女は了解した。彼が言わなくても了解したのだ。」（八九）

これと対照的なのが、買物に行ったレツィアが、セプティマスにしおれた薔薇を買って帰る場面だ。その直前にセプティマスは狂って「エヴァンズ、エヴァンズ」と叫び出し、女中のアグネスはおびえて階下に逃げる。買物から帰り、セプティマスの様子が変なことにすぐに気づかぬレツィアは、上機嫌で部屋に入ってきて、直射日光のあたる花瓶に薔薇を生けながら笑い、部屋を飛び回り「通りの貧しい男から買わなくちゃならなかったの、でももうほとんどしおれてる」とおかしそうにセプティマスに話す。しかし、陽気に話すレツィアの言葉は、もはや彼には届かない。生命力を与える日光があたっても、薔薇はすでにしおれていて、生き返ることはない。セ

プティマスの心は、死んだエヴァンズとともにいて、レッィアの話す薔薇という言葉に反応するものの、その薔薇はギリシャの野原でエヴァンズによって摘まれたものだと思う。そして、「コミュニケーションは健康、コミュニケーションは幸福（Communication is health; communication is happiness）」とひとりつぶやく。セプティマスの尋常でない様子にようやく気づいたレッィアは、恐怖を覚えホームズ医師を呼びにやる。（七二）

もはやまともなコミュニケーションができなくなったセプティマスが、皮肉なことに真実の言葉を口にする。コミュニケーションという点で、ダロウェイ夫妻とスミス夫妻は対極にある。赤と白の薔薇をクラリッサに手渡すリチャードは、無言でもクラリッサに気持ちを伝えることができる。他方、しおれた薔薇を花瓶に生けながら、セプティマスに饒舌に話すレッィアの言葉は、彼には伝わらない。セプティマスがつぶやく「コミュニケーションは健康、幸福」という言葉は、リチャードが薔薇の花束を持って帰る途中、「幸福とはこうしたもの」と繰り返したのに照応している。リチャードの薔薇はクラリッサとの強い絆を、レッィアの薔薇はセプティマスとの今にも切れそうな（almost dead）（七二）絆をあらわしている。スミス夫妻の不毛な関係との対比で、ダロウェイ夫妻の豊かな関係が印象づけられる。セプティマスとレッィアの不毛な関係は、このしおれた薔薇をはじめ、壁紙の模様（絵空事）（五三）や帽子につける造花（本物の代用品）（一〇七、一〇九）の薔薇しか二人の間にはないことで示されている。

ダロウェイ夫妻の絆は、ピーターが昔クラリッサに求めたような、すべて共有せずにはいられない（八）という相手を強く束縛するものではない。クラリッサは、「人間には一種の尊厳（dignity）、孤独（solitude）がある。夫と妻の間にさえ深淵（gulf）がある。それに敬意を表さなくては、……なぜなら、わたしだってそれを手離したくないし、また夫の意志に反して夫からそれを取り上げたら、わたしの独立（independence）、自尊心（self-respect）を失うことになる―つまり何か貴重なものだ」（九〇）と考える。ダロウェイ夫妻は、互いの必要とする魂の厳粛で孤独な部分を尊重し保障しあっている。「結婚には―同じ家で来る日も来る日もいっしょに暮らす夫婦の間には、いくらかの自由（licence）や、自主独立性（independence）がなければならなかったから。そういう自由、独立を、リチャードはわたしに許してくれ、また、わたしもリチャードに許している。」（八）そして、リチャードは、クラリッサの健康への配慮と、彼女の性向を理解し尊重して、彼女を一人で眠らせる。「人前から引き下がってゆく尼のように、または塔を探検する子供のように、彼女は階上へと上って行った。……自分の生活の中心である寝室は、がらんとしていた。屋根裏部屋だ。……シーツは清潔で、広い白い帯状に、はじからはじまでぴんと伸びていた。……議会の審議が遅くまで続くので、リチャードは病後の彼女の眠りを妨害することがあってはならないと主張し、寝室を別にするようになったから。実際、彼女はモスコーからの撤退のことを読む方がよかった。リチャードもそれを承知していた。だから、部屋は屋根裏部屋で、ベッドは狭く、そこに読書しながら横たわっていて――……――出産を経てもなお消えない、彼女の体にミイラを包む布のように巻きついた処女性を追い払うことができなかった。」（二五）彼女は空虚な屋根裏部屋に追いやられているわけではない。誰にも邪魔されることのない何もない屋根裏部屋へと自ら上っていくのだ。狭い清潔なベッドも彼女の好みで、遅くまで読書にふけることができる。尼や子供のたとえは、そこが神聖で純粋な場所であることを示している。リチャードは、クラリッサの魂の孤独な部分を認め尊重している。

　ピーターは久しぶりに再会した時も、以前のようにクラリッサを観察し解釈し心の中で批判を始める。「はさみを横に縫い物などして」（二四）人生を浪費している、これは「魂の死」（四五、四六）だと。ピーターは、結婚後のクラリッサは「夫の目を通して物事を見」「夫の意見をいつでも引用して述べ」「夫のためにパーティを開いて」（五九）全く自分を失ってしまったと嘆かわしく思うが、これらは、批評家ピーターの勝手な解釈に過ぎない。「自分の意志を夫の意志のなかにひたし沈め」「屈服し」、「今は、夫の眼を油っこく光らせた支配や権力への欲求に急ぎ奉仕しようと、身をしめつけ、おしつぶし、削り取り、切り除き、後退し、かつ、覗き見をする」（七六）夫につき従うだけの「成功者の妻の典型」（一三五）は、クラリッサではなくブラッドショー夫人だ。結婚後のクラリッサを誤解し批判するピーターは自らの未熟さを露呈するばかりだ。クラリッサは自分への批判を感じるとたちまち神経が参ってひどい憂鬱に襲われる。（九一）リチャードは、ピーターのように批判することなく彼女を受け入れる。リチャードとクラリッサの間には信頼に基づく健康で幸福なコミュニケーションがある。互いを尊重しあう距離と確固たる絆が存在する。

武器のように持たれる薔薇

リチャードは、「武器のように」（八七）薔薇の花束を持ってクラリッサのもとに急ぐ。商品の宣伝を白煙で空に描く飛行機に、戦闘機を見、車のパンクの音に、銃声を聞くように、戦争は人々の記憶に今なお新しく、誰もがすぐ身構える。花束を持つ姿にも、武器を携える姿が重なる。しかし、それと同時に「武器のように」花束を持つリチャードの姿は、彼が、クラリッサを敵から守る役目を担っていることを示している。

クラリッサの敵は、ありのままでいることを非難し、生きる自信を失わせる権威者たちだ。彼らは、死の世界の使者として、人々を不毛の世界に引きずり込もうとする。その代表として、キリスト教徒のミス・キルマンと、精神科医のブラッドショーが描かれる。彼らは自分の価値観を妄信し、これを他の人々に押し付ける、傲慢で独善的な偽善者たちだ。彼らは、階級と抑圧のシステムを信奉する。

ミス・キルマンは、キリスト教の権威を後ろ盾に、「私は正しい。あなたは間違っている」（一四四）と偏狭な価値観を押し付け、クラリッサを不安に陥れる。キルマンは、「品位が下がるほど貧しかった」ので「お金持ちで親切な行いをするのが好きな」ダロウェイ家の娘の家庭教師の職を得たのだが、豊かな人から「いろいろな親切を受ける権利」が貧しい自分にはあると考え感謝もしない。(九三) 鈍感で無神経 (一一)、鈍重で、醜く、平凡で、親切でも優雅でもないが、自分はキリスト教により人生の意味を知っていると考え (九三) クラリッサのことは、「人生を無駄にすごしているばか！」(九四) だと思っている。横暴、偽善的、嫉妬深く、限りなく残酷で容赦がない。(九四-九五) ずかずかとクラリッサの魂の奥底に入り込み、憎しみをかき立て、背骨をかきむしり、傷つける。彼女の独善ぶりは、クラリッサの「美や友情に恵まれ、健康であること、愛されていること、家庭を快適にすること、などに対するすべての楽しみを揺さぶり、ふるわせ、たわめてしまうのだった。まるで怪物が根こそぎ掘り返してしまうかのように、これらの満足感を生み出す道具立てすべてが、自己愛以外の何ものでもないかのように思わせてしまう。」(一三) しかし、キルマンは「ダロウェイ夫人を憎んではいなかった。」(九四) キルマンは、「ダロウェイ夫人を征服し、彼女の仮面を剥ぎ取りたいという圧倒的な願い」を持つ。「彼女が征服し、自分の勝利を思い知らせたく願ったのは、夫人の肉体でなく夫人の魂とその嘲笑であった。せめてもしこの女を泣かせることができ、滅亡させ、へりくだらせ、ひざまずいて『あなたは正しい』と叫ぶようにさせることができたなら！　だがこれは神の意思であり、ミス・キルマンのではなかった。これは宗教的勝利であるはずであった。だから彼女は目を怒らせ、激しくねめつけた。」(九四) クラリッサは、このようなキリスト教という権威をもってあなたは間違っていると宣告し、存在を否定し去ろうとするミス・キルマンに、限りない不安と憎悪を覚える。しかし、リチャードは、クラリッサがミス・キルマンと娘の結びつきを不安がると、若い時期には誰にでもあること、一時的に熱を上げているだけだと言って一般化し安心させる。(一一) また、ミス・キルマンに対する深い憎悪にクラリッサが悩むと、リチャードは、彼女はひどい目にあった人だということを考慮に入れてあげなくては、と一緒の土俵に上がる必要がないことを示唆する。(一一)

　クラリッサにとってのもうひとりの敵は精神科医だ。ドクター・ブラッドショーは、医学という権威をもって、患者にお前は「均衡（Proportion）」（七五、七六、七七）が欠けているだめなやつだ、間違っていると繰り返し「回心（Conversion）」（七六）を迫って相手を絶望の淵に追いやる。彼らは巧みにその攻撃性を「愛、義務、自己犠牲（love, duty, self-sacrifice）」（七六）とすり替え、患者を時には死に至らせる。言いようのない閉塞感と嫌悪感に襲われ、拒絶反応を起こしたクラリッサに、リチャードだけは共感し「趣味（taste）と臭い（smell）が嫌だね」（三六六）と言い、無害で表層的な言葉に置き換えてしまうことで、彼女をえも言われぬ不安から救い出す。セプティマスが、同じ精神科医に不安の極致に追い詰められ、自殺するのとは対照的だ。

セプティマスはシェルショックで何も感じられないことに気づいた時、イタリア娘たちを見ると「鋏がこつんとテーブルを叩き、娘たちが笑い、帽子ができてゆくのに守られている感じがし、安全を保証され、避難所を持った」（六六）と思った。そして自分を正気にとどめ救ってほしいと、身近にいた帽子を作るイタリア娘たちのうち、一番軽薄で陽気で日常生活に密着しているように見えた娘レツィアと結婚した。しかし、故国を離れ孤独で自らも保護や支えの必要な若い妻は、彼の希望をかなえることはできない。彼女は、セプティマスの望んだように、彼を守ることはできない。

クラリッサもセプティマスと同じように、結婚に守りや支えを望み、リチャードはレツィアとは対照的にこれにこたえる。クラリッサとセプティマスの生死を分けたのは、神経症の程度の差よりも、この違いなのだ。クラリッサには「生来の人を見抜く力」（九、五八）が備わっている。ピーターがにがにがしく回想するように、彼女がリチャード・ダロウェイと結婚しようと決心したのは、彼女の犬が誤って罠にかかり、すっかり気が動転した時、彼の冷静沈着な態度と適切な処置を見たからだ。（五七）クラリッサは「弱いからではない。支えがほしいと思ったから、支えを手に入れた。」（八八）嘘をつけない彼女が言うのだから、本当にそう思っているのだろうとリチャードが考えるように、彼と結婚し「ピーターと結婚しなくてよかった」（八八）とクラリッサは思っている。

なぜならリチャードは「なにごとも実務的な良識あるやり方で行った（Whatever he took up he did in the same matter-of-fact sensible way）」（五七）から。リチャードはまさにクラリッサの必要としたものを持っている。医者に言われたからとクラリッサに昼寝用の枕と毛布を持ってくるような彼の生来の「称讃すべき神々しい単純さ（his adorable divine simplicity）」（九〇）も彼女は愛している。また、クラリッサが最初彼の名前をウィッカムだと思い込み、リチャードが「僕の名前はダロウェイです」と訂正する挿話がある。ジェイン・オースティンの『自負と偏見』（*Pride and Prejudice*, 1813）の誰もがよく知る誠意のない男の名とクラリッサは間違えるが、リチャードがこれを訂正するところが重要だ。リチャードが一見うわべだけの男に見えても、そうではないことが示されるとともに、クラリッサの物語に現実的で実際的なオースティン的価値観が引き入れられている。繊細で傷つきやすいクラリッサにとって、常識的かつ実務的なリチャードは、世間との緩衝地帯となり彼女を守る役割を果たす。

クラリッサの心に咲く薔薇と新聞を読むリチャードと向かいの老婦人

針と糸でパーティドレスを繕うクラリッサ、帽子を作るレツィア、これら裁縫をする女の姿は、オデュッセウスの帰りを待ちながら求婚者たちを退けるために、来る日も来る日も、昼に布を織っては夜ほどいていたというペネローペを想起させる。ペネローペの蜘蛛の糸はしばしば自然の寓意と考えられ、われわれの周りで起こっている変化と変容の過程を編んだりほぐしたりしていると見られている。[9] 縫い物をする時クラリッサもレツィアもこのペネローペの自然のリズムに身をゆだね、生という織物を一針一針縫っている。クラリッサは思う。「人はなぜこんなに人生を愛し、こんなにながめ、組み立て、自分の周りに造り上げ、次にまたこれをひっくり返しては、瞬間ごとに新しく創造するのか、……人々の眼に、左右に体を揺らし、あるいは足を引きずってゆくサンドイッチマン、それからブラスバンド、取手回しの辻オルガンに、また頭上の飛行機の意気揚々たる爆音の異常に高い響きの中に、彼女の愛したもの―人生、ロンドン、六月のこの瞬間があった。」(六)実のところ、人生は、こまごまとした雑多な日々の積み重ねで出来ている。クラリッサは、その中にいとおしく尊いものを見、織ってはほどき織ってはほどきするペネローペのような、日常を刻む自然のリズムに身をゆだね、人生の一瞬一瞬を愛するのだ。しかし、いつもこのリズムに同調できるわけではない。不安定な環境の中、時にリズムが聞こえなくなり自分を見失う。そして不安が襲う。

戦争が終わって五年のロンドンには、一見平和な日常が戻っている。しかし、戦争の傷跡はそこかしこに残り、死の臭いがあたりに漂う。さらに病後めっきり白髪のふえたクラリッサは、五十一歳。(三九)今までを振返り、残りの人生を思い、死を身近に感じる年齢になっている。時折よぎる死の想念に、生き続けることが怖くなり不安に襲われる。そして、「タイムズ紙をあそこで読んでいるリチャードがいなかったら、……死んでしまっていただろう」(三一七)と思い、日常生活を淡々と過ごしているように見えるリチャードの安定した姿にクラリッサは、「鳥のようにうずくまり、徐々に生気を取り戻し……死から逃れる」のだ。不安定なレツィアしかいなかったセプティマスが、不安から逃れられず「自ら死を選んだ」(三一七)のとは対照を成す。社会の出来事を満載して毎日配達されてくる新聞は、日常生活や社会との繋がりをあらわす。新聞を読むリチャードの姿(五九、三一七)は、クラリッサにとっては安定した日常生活のシンボルだ。変わらぬリズムを刻むものとして限りない安心感をもたらす。これは、母親の心臓の鼓動が赤子に安らぎを与えるのに似る。夜、クラリッサを起こさぬよう、そっと階段を上って行く時、湯たんぽを落とし、ひとり毒づいているリチャードの声にもクラリッサはよく笑わされた。(三六)日常のなにげないできごとのいとおしさを、リチャードは思い出させる。クラリッサは、家の中でさまざま生活音に包まれる時、「これが私の人生なんだわ」と思い「いかにこのような瞬間が、生命の木についたつぼみ、暗闇に咲く花であるかと思い、そう自分に言ってみて、（まるで何かの美しい薔薇が、彼女に見てもらうためだけに開いたかのように）祝福され、純化されたと感じ」（二四）このような「日々の生活の基盤」（二四）である夫リチャードに感謝しなければと思う。こころの中に幸せの薔薇が咲く時、クラリッサはリチャードを想う。

また、クラリッサは向かいの老婦人が毎日淡々と暮らしている様子を見るたびに、何か厳粛なものを感じる。（九五）クラリッサの目には老婦人の姿が、毎日変わらずソファにすわり新聞を読むリチャードの姿に重なる。パーティの最中にセプティマスの自殺を聞き、捕らわれた死の想念から解き放たれた時にも、クラリッサは、彼女がこちらをじっと見つめているのに気づきはっとする。（二二八）クラリッサは老婦人のまなざしにリチャードと同じものを認める。窓辺に歩みカーテンを引き分け、向かいの老婦人の姿を目にする直前の次の一節がそれを裏付ける。「リチャードのおかげだ、これまでにこんなに幸せな気持ちになったことはない。……この青春時代の歓喜のあとで、日々の生活に没頭し、太陽が昇り、日が沈むのを見てよろこびの衝撃とともに自分自身を見出すことには、どんな楽しみも匹敵し得ないと。」（二二七―八）単純で平凡であってもきわめて本質的なものを、日々の生活の中に見出し、その幸せを思い、クラリッサがカーテンを開けると、向かいにその思いの化身のような老婦人がいてこちらをじっと見つめている。クラリッサの念頭には、幸福な日常生活の基盤としてのリチャードがいて、彼女はその延長線上に老婦人を見るのだ。

『ダロウェイ夫人』には数種類のテクストがあることが知られるが、この一節の冒頭には異同がある。イギリスのホガース社による初版では「奇妙だ、信じられない、これまでにこんなに幸せな気持ちになったことはない(Odd, incredible; she had never been so happy)」となっており、アメリカのハーコート社のためのウルフ自身による校正原稿、アメリカのハーコート社による初版、友人のJacques Raveratに送ったウルフ自身による校正原稿では、「リチャードのおかげだ、これまでにこんなに幸せな気持ちになったことはない(It was due to Richard;

she had never been so happy)」となっている。ホガース社のための校正原稿は戦争中に焼失したとされる。そして、現存するすべての版や原稿に検討を加えたとするシェイクスピアヘッド版は「リチャードのおかげだ、……」を採用している。[10] 日々の生活の中に自分自身を見出す喜びと幸せ、リチャードへの感謝、そして向かいの老婦人の姿、これらはクラリッサの意識の中でしっかりと繋がっている。

地に足をつけ、物事をただそれだけのために行い（一〇）毎日淡々とすごしているように見えるリチャードや向かいの老婦人の姿は、上昇と下降を繰り返す不安のリズムに翻弄される時、淡々と刻まれる安定したリズムの存在を思い出させ、クラリッサに心の平安をもたらす。彼らは、ペネローペの自然のリズムを映し出す鏡なのだ。安定したリズムを刻む大きな営みの中に自分自身の姿を見出す時、クラリッサは生きる勇気を得る。

リチャードがクラリッサに贈る赤と白の薔薇と大地の女

リチャードは、以前プレゼントしたブレスレットをクラリッサが[11]一度も身につけたことがないのをずっと気にしている。（六六）彼女は、ブレスレットは束縛を意味する贈り物であることを本能的に感じるらしい。リチャードは彼女が一度もブレスレットをしないのは、自分のセンスのなさのせいだと考え、今回はアクセサリーではないものを贈りたいと思う。そして、リチャードは薔薇の花束を思いつくが、このことには大きな意味がある。小説を書くと言いながら一行も書かず、他人を批評するばかりで、男性を誇示するナイフを今もちらつかせ女性を追いかけている不毛な人物、ピーターが、公園のベンチでうたた寝した時、夢の中に薔薇がでてくる。夢全体は曖昧だが、薔薇の像は明瞭だ。薔薇は、「果物を満載した大きな豊穣の角（cornucopias）を孤独の旅人に供給するヴィジョン」（四四）のひとつとしてあらわれる。薔薇は豊饒の角と同様、孤独の旅人であるピーターはじめすべての人間に、時折与えられる豊饒をあらわす。ピーターの薔薇は夢の中だが、リチャードは実際に薔薇の花束をクラリッサに贈る。しかも贈るのが赤と白の薔薇であることには注目したい。赤と白の薔薇は黄金の薔薇と同等とされ、豊饒を表徴するものだからだ。(12)

この物語では薔薇以外に豊饒をあらわすものとして、森、木、大地の女が登場する。文明の崩壊のヴィジョンをこれらの死の中に見ている。クラリッサは、一番才能に恵まれていた妹シルヴィアがジャスティン・パリーの不注意のせいで、倒れてきた木の下敷きになって死んだのを目撃して以来無神論者になった（五九）という。無神論者になった理由として軽く触れられるだけのシルヴィアの死だが、シルヴィアが語源的には「森の女」を意味することを考えると、重要な意味が隠れていることがわかる。人間により木が切り倒されることにより、豊饒性のシンボルである森が死んでしまったことが示されているのだ。時折ひらめくように真実を語る狂気のセプティマスは、「人間は、木を伐ってはいけない。そこには神が宿る」という啓示を封筒の裏に書きとめ（三〇）「木を伐ってはいけない」と叫ぶ。（二〇）セプティマスの悲痛な叫びは、クラリッサの嘆きと響きあう。クラリッサを無神論者にしたシルヴィアの死は、神の死と森の死を示す。この不毛な死の世界にあって、クラリッサはリチャードの仲介により、再生と豊饒をもたらす大地の女のエネルギーを得る。次のピーターのリチャード評は、一般的な見方を代表する。「徹底的にいい男だった。少々狭い人間で、頭が少し鈍い。……何をやるにも同じ事務的な良識あるやり方でやってのけた。少しも想像力がなく、頭のひらめきなどなかったが、彼のタイプの人間特有の説明しがたい綿密さでやってのけた。彼は地方の大家の主人として過ごすべきで――政治家には惜しい人物だった。戸外で馬や犬を相手にしているとき最もよい面が発揮できたのだ――」（五七）これは、リチャードが政治家としては二流であることを述べると同時に、田舎や動物によってあらわされる「自然」に近い人間であることを示している。サリーもリチャードは「狩猟を好み、犬にだけ関心がある人、……厩のにおいがする」（一四〇）と思う。リチャードの故郷が自然豊かで農業の盛んなノーフォークであることも、彼と自然との親近性をあらわす。自然と近い関係にある彼は、大地の女の豊饒性をクラリッサに仲介する。

文明に束縛されることのない大地の女は、女浮浪者の姿で都会の公園のあたりに現れる。庭園は文明の内部にたぐり込まれた自然の記号だ。(13) 女浮浪者は、リージェント公園の近くで意味不明の言葉をつぶやいている。「弱々しく震えている音で、方向も活気も、はじめも終わりもなく、ぷくぷく噴き出ている声であり、弱くまたかん高く、人間界に通用する意味を全く持たず、流れて……。イー　アム　ファー　アム　ソウ　フュー　スウィ　トゥー　イーム　オウ……年齢も性別もわからない声、大地から噴き出す太古の泉の声である」(六一) この歌はヒリス・ミラーによれば、ヘルマン・フォン・ギルム作詞によるリヒャルト・シュトラウスの歌曲「万霊節」であり、彼女はすべての死者の魂が復活する「死と再生」の歌を歌っているのだという。(14)「震えている背の高い形象物……煙突のような、さびついたポンプのような、風に打たれている木のような……その木は永遠に葉をつけず、風が枝の上下をかけぬけてゆき」(六一)「歌い、永遠のそよ風の中で揺れ動き、きしみ、うめいている……愛の歌をうたいながら立っていた」(六二) この女浮浪者は、都市の中に取り込まれた自然である公園に立つ生命樹であり、あたりを肥やす豊饒なる大地の女だ。

リージェント公園駅の真向うで、太古の歌がわき出していたとき、大地はまだ緑で、花咲くところと思われた。それは地面に口を開けた単なる穴に過ぎない上に、泥んこで、根の繊維やもつれた草がこんがらがっている原始的な口から出てはいたが、それでも泡立ちぷくぷく言う古い歌であり、窮みない太古のもつれた根や骸骨や宝物の間からしみ出して、小川となって舗道の上やメリリボーン街に沿ってユーストンの方までずっと流れて行き、しめったしみをあとに残してあたりを肥やしていた。(六二)

都会の中では、「さびついたポンプ、銀貨をもらおうと片手を出し、他の手は脇腹をつかんでいるしょぼくれた老女」にしか見えないが「年齢も性別もわからない声、大地から噴き出す太古の泉の声」(六二)で「太古の歌」(六二)を歌い「あたりを肥やして」(六二)いるこの女は、確かに大地の女だ。南西には、サーペンタイン池を擁するハイドパークがある。木のように立つこの女は、ロンドンを大きく見れば、蛇(サーペント)に巻かれた生命樹だと言える。[15] しかし、その木には「葉がなく」、サーペンタイン池は人口の池であり、三日月形で円を描かない。都会にかろうじて現れる生命樹だからだ。このリージェント公園の端に立つ大地の女の横を、ピーターとレツィアがそれぞれ前後して通るが、この時二人にはただの憐れなこじき女にしか見えない。ピーターは、タクシーに乗り込む際、この女をかわいそうに思いコインを恵んでやらずにはいられないし、(六三)レツィアも、「かわいそうなおばあさん」と彼女を哀れむばかりである。(六三)ふたりは、大地の女の生命力の影響をほとんど受けない。かろうじて不幸なレツィアが、すべてのことが良いようになるんだと一瞬思うだけだ。(六三)

豊饒なる大地の女は、芝生と木が植えられている文字通り緑のグリーン公園にもいる。「すべてのきずなから解放されて」「地面に肩肘をついて長々とねそべっている」(八七)女浮浪者だ。この女の横を通った時、リチャードとの間に「火花(spark)」が散ることは注目に値する。リチャードは、彼女を見て意識の表層では浮浪者の問題を考える。しかし、同時にリチャードだけは、意識の深層で、女浮浪者の大地の女としての姿を感じ、心を通わせる。「花を武器にように持ち、リチャード・ダロウェイは女浮浪者に近づいた。じっと見つめ彼は彼女のそばを通り過ぎた。それでも、ふたりの間に火花が散る時間はあった—彼女は彼を見て笑い、彼はきげんよくほほえみ、女性浮浪者の問題を考えた。ふたりが口をきくことがあろうということではない。」(八七)ふたりは言葉を交わさず互いに微笑む。この時散る火花はふたりが深い所で了解し合い、大地の女のエネルギーがリチャードに流れ込んだことを示す。大地の女のエネルギーを受けたリチャードは、この後、ヴィクトリア女王の記念碑を目にすると、その服に、「波のような線をなす母性」（生殖性）を見る。そして「ホーサの子孫に治められることを好んだ。連続性を愛し、過去の伝統を伝えるという感じを好んだ。彼が生きてきたこの時代は偉大な時代であった。全く彼自身の生涯が奇跡であった。このことに関して過ちを犯すことがないように。彼はここにいて人生の盛りにあり、クラリッサに愛しているよと言いに、ウェストミンスターの家に向かって歩いている。これが幸福というものだと彼は思った。」（八八）英国に最初に上陸したジュート族の首領であるホーサを思い浮かべ、まだうっそうたる森でおおわれていたその時代からの連続性を意識する彼の身体には、森の生命力が宿る。そして自分の生涯を奇跡と感じ、今の自分を幸福だと思う。彼は大地の女のエネルギーを得て、生命力に満ちた幸福感に満たされるのだ。この直前のリチャードは、ブルートン夫人の昼食会でピーターがインドから帰ってきていることを聞き、「クラリッサ」や「彼自身と彼女のこと」、「ふたりの家庭生活」を突然思い浮かべ、帰りにヒューが病気の妻にネックレスを買おうとしているのを見て、「人生のはかなさ」「人生のむなしさ」を強烈に感じていた。（八五）その彼が豊饒の赤と白の薔薇を手にしてから、自分の人生は「奇跡」（八六、八七、八八）だと繰り返し思い（六回）、公園で大地の女の横を通ってから「幸福とはこういったもの」（八八、八九）と何度も実感し（三回）、何か大きな力に背中を押されるようにクラリッサのもとに急ぐのだ。

「ディーンズ・ヤードに入ったとき、彼は幸福はこれだと言った。議事堂の大時計が打ちはじめた。」（八八）リチャードは午後三時を告げる音とともに家のドアを開ける。この物語では祈祷時が効果的に使われているが、[16] 午後三時は、昔、クラリッサがピーターの求婚を断わってリチャードとの結婚を決めた時刻であり、鏡時間としての午前三時にはクラリッサがセプティマスの死について考えを巡らす時刻だ。クラリッサにとって重要な時刻である三時にリチャードは、生命力溢れる赤と白の豊饒の薔薇をクラリッサに手渡す。こうしてクラリッサは、リチャードがどうしても口に出して言えなかった彼女への愛と一緒に、豊饒なる生命力を彼の仲介により手に入れ物語の深層で、不毛の世界に豊饒をもたらす重要な役割を担っている。

二流の国会議員で、生命力を受け取るのは、夫のためのパーティに明け暮れるただの女主人だ。しかし、彼らは物語の深層で、不毛の世界に豊饒をもたらす重要な役割を担っている。

三　魔法の庭としてのクラリッサのパーティ

「どこにいても自分の世界を作り出すことのできる女性の非凡な才能に恵まれた（with that extraordinary gift, that woman's gift, of making a world of her own wherever she happened to be.）」（五八）クラリッサは、パーティを開いてはロンドンの自宅に豊饒の庭という魔法の空間を出現させる。

それはドアを探しているヒルベリー夫人であった。なぜなら、ずいぶん遅かったのだ。そして彼女はつぶやいた。夜が更け、人々が去ってゆくとき、昔の友だち、静かな片隅、そして最高に美しい景色を見出すのだ。一同が魔法のかかった花園に囲まれていることを知ってるかしら、と彼女は訊いた。光と木々、見事な、きらめく湖と空。裏庭に少しばかりの妖精のランプが置いてあるだけなのですのよ、とクラリッサは言った。しかしあの人は魔法使いなのだ！　それはれっきとした庭園になっていた……そして彼女は名前がわからなかったけれど、この方々は自分の友だちだということを知っている。名前を知らない友だち、言葉のない歌、それはいつも一番よいのだ。しかし、ドアがあまりたくさんあって、思いがけない場所があって、出口が見つからなかった。（一四二）

ヒルベリー夫人が出口をみつけられないのは、ここが「魔法の庭（enchanted garden）」だからだ。夫人が思うようにクラリッサは「魔法使い（magician）」として「光と木々、きらめく湖と空、そして妖精のランプ（lights and trees and wonderful gleaming lakes and the sky...a few fairy lamps）」のある魔法の「庭園（park）」を出現させ、そこを「最良のもの（the best）」、「名前のわからない友達、言葉のない歌（friends without names, songs without words）」で満たしている。古来より庭は愛の空間として豊饒をあらわし一本の常緑樹と泉が必ずあったとされる。(17) クラリッサはパーティという豊饒の庭で緑の木となり、周りを豊かに肥やす。

クラリッサは、パーティで自分が階段の上に立つ時、柱（post）か杭（stake）になってしまい自分が自分でないような感じを持つ。

そこに立っていると、自分がどこの誰でもないただの人間だという感じが強いのだ。誰だってこんなことできたのだ。それでも、この誰でもない人間を彼女は現に賞賛していた。とにかくこのことを起こした張本人なのだ、と感じないわけにはゆかなかった。今の自分はまるで柱だが、ひとつの画期的な出来事をしるすものなのだと。なぜなら、奇妙なことに、自分がどんな様子をしているか全く忘れてしまい、我が家の階段のてっぺんに打ち込まれた一本の杭だと感じたのだったから。パーティを催すたびに、彼女はこの自分自身ではない何かになっている感じ、そして誰でもがある点では実在せず、他の点で、はるかに実在している感じを持った。（二七）

階段の上に立つクラリッサは、公園の近くに立っていた女浮浪者と同じ、大地に立つ生命樹に変身している。だから彼女は、「自分自身ではない何かになっている感じ」「誰もがある点では実在せず、他の点で、はるかに実在している感じ」を持つのだ。彼女は生命樹となり、太古から続く大地の生命力と繋がる。パーティを開く彼女の能力は「天賦の才（gift）」であり、パーティは「結びつけ、創造するための捧げ物（an offering; to combine, to create)」「捧げ物のための捧げ物（An offering for the sake of offering)」（九一二）なのだ。クラリッサの緑のパーティドレスは、人工的な光の中では輝くが太陽の光の下では輝きを失う。[18] これは、一義的には、クラリッサが人工的で金ぴかな面を持つ「完璧な女主人」であることをあらわす。しかし、緑のドレスがパーティの時にこそ輝きを増すことに注目すれば、クラリッサがパーティという魔法の庭で緑の生命樹に変身し、生命力で輝くことをあらわしていると考えられる。ドレスが、豊饒の海を想起させるマーメイド（人魚）ドレスであることも生命力をあらわす。緑のパーティドレスの両義性は、これを着るクラリッサという存在の両義性を反映している。そして、パーティのたびにドレスはほころび、針と糸で繕われなければならない。「彼女の針が絹を滑らかに縫って、緑の襞を集め、これをそっとベルトにつけたとき、静かな満足とともに静けさが彼女を訪れた。」（三二）ピーターは、針と糸で縫い物をするクラリッサを見て「魂の死」だと嘆いた。しかし、縫うことは、大地の女に変容するために欠かせない作業だ。「捧げ物」であるパーティを開いてクラリッサは生命を捧げている。[19]

デメルテとプロセルピナの神話に代表されるように、豊饒は死を経てもたらされる。[20] 花に関連がなく、娘を連れ去ろうとすることで、死の世界の王プルートとも目されるキルマンや、自殺するセプティマスが、パーティの最中に、クラリッサの意識に入り込むのは、死と再生による豊饒を生み出すためだ。

突然、総理が階段を降りてゆかれるのを見たとき、サー・ジョシュア・レノルズのマフを持った少女の絵の金色の枠が彼女の心に急速にキルマンをよびもどした。彼女の敵キルマンだ。これは手ごたえがあり、まさに実在するものだ。ああ、彼女はどんなにキルマンを憎んだことか—かっかとしていて、偽善的で、堕落している、たいへんな力があって、エリザベスを誘惑する人、こそこそ入り込んできては盗み、けがす女だ。(『なんと馬鹿な！』とリチャードは言うだろうが)。クラリッサは彼女を憎んだ、彼女を愛した。私が欲するのは友人ではなくて敵なのだ—（一三〇）

パーティの最中にクラリッサが突然彼女の敵キルマンを思い出し、憎んでいるキルマンを「愛する」というのは、キルマンが豊饒に必要な死をあらわすからだ。

クラリッサのもうひとりの敵である精神科医、サー・ウィリアム・ブラッドショーも、豊饒に必要な死をクラリッサのもとに届ける役割を果たす。彼が自殺したセプティマスの話をした時、彼女は「おお、わたしのパーティのまっ最中に死だなんて」（二三六）とひどく憂鬱になる。しかし、やがて「彼女はなんとはなしにたいそう彼―自殺した若い男―に似ているような気がした。彼女は彼があの行動に出たことを、命を投げ捨てたことをうれしく感じる」（二三八）という。セプティマスの死を彼女が「うれしく感じる」というのは、それが豊饒に必要な死をあらわすからだ。

また、自殺したセプティマスのことを聞いた時、サーペンタイン（蛇）池がクラリッサの意識にのぼる。「彼女はむかしサーペンタイン池に一シリングの銀貨を投入したことがあった。それ以上のものを投げ入れたことはない。だがその男は生命を投げ捨てたのだ。」（二三七）こう考えた時、パーティという魔法の庭で生命樹に変身したクラリッサの足元には、豊饒や生命をあらわす水の蛇が現われ、彼女はさらに完璧な生命樹となる。サーペンタイン池を擁して女浮浪者が生命樹としてロンドンの公園に立っていたように。

クラリッサが意識の中で、死と再生による豊饒という生命の円環に身をゆだねた時、彼女は、死の想念から解き放たれて次のように思う。

人々は生き続けていた（彼女はもどらねばならない。部屋部屋はまだごった返しており、人々は続々到着していた）。あの人たちは（一日中彼女はヴァトンのこと、ピーターのこと、サリーのことを考えていたのだ）、あの人たちは年とってゆくだろう。大事なものがあった。それは周りをおしゃべりで囲まれ、腐敗してゆくうちに、毎日、嘘やおしゃべりを滴らせ、落としてゆき、彼女自身の生活の中で汚され曇らされてゆくものだ。これをあの男はまもったのだ。死は挑戦である。死は伝達への試みなのだ。不可思議にすりぬけてしまう中心の核—ものの本体—に到達不可能なことを感ずる人々、近づいたかと思うと離れ、恍惚がうすれ、人は孤独であった、だが死には抱擁がある。(二三七)

人々は、平凡で俗な毎日を生き続け、死の抱擁を受け、その後の再生による豊饒に希望を託す。クラリッサのパーティはいわば魔法の庭であり、彼女はそこで生命樹となり、豊饒という希望をそこに集う人々に与えるのだ。

四　クラリッサが得たもの

パーティはクラリッサにとって豊饒を生み出す創造の営みであり、夫リチャードはこれを支えている。

ボンドストリートを歩きながら、クラリッサは考える。「現在、私のこの体は……そのあらゆる機能を含めて、ゼロに等しい—まったく無であると思われた。彼女には、自分の姿が人には見えないという、見えなくて知られていないという、きわめて奇妙な感じがあった。今はもう結婚することもないし、子供を産むこともなく、ただ、ほかの人たちとボンドストリートで驚くべき行進、どうやら荘厳な行進をしている。この女がダロウェイ夫人なのだ。もはやクラリッサでさえなく、リチャード・ダロウェイの夫人なのだ。」(一〇)個人としてのアイデンティティを失い年をとり、ただのリチャード・ダロウェイの妻に過ぎない存在となってしまったと嘆いているようにも読めるこの一節には、言いようのない解放感が隠されている。自分の姿が人には見えない、見えなくて知られていないというのはなんと自由で解放的なことだろう。結婚し子育ても終え、ダロウェイ夫人としての安定した居場所があり、静かに老いを迎えるという心穏やかな諦念がここには表現されている。だからこそ、それに続く描写は次のようにさわやかだ。「ボンドストリートは、クラリッサの心を魅了した。シーズンに入った朝早くのボンドストリート、旗が風に翻り、店が並び、けばけばしい派手な飾りつけはひとつもなく、父が背広を五〇年もの間買っていた店には、ツイード生地が一巻き見え、ほかの店には真珠が少々、氷の塊の上にのった鮭が一匹。」(一〇)戦前はこうではなかった、「あれで全部なんだわ」と残念な気持ちへと意識は流れていくが、それでも、風に翻る旗や、布、真珠、魚などは豊かなイメージを放つ。ダロウェイ夫人としての自分の居場所にクラリッサは安心し、透明人間のような自由で愉快な気分を味わいながら心豊かにボンドストリートを歩いている。

パーティの前、クラリッサは人生に思いをめぐらす。「それにしても一日は他の一日に続く、水曜、木曜、金曜、土曜。朝、目がさめ、空を見、公園を歩き、ヒュー・ウィットブレッドに出会う、それから突然ピーターが入ってくる。それからこの薔薇。十分だわ。」(九三)人生は、結局日々の生活の積み重ねだと悟り、そんな人生をこよなく愛するクラリッサは一日を振り返り、リチャードのくれた薔薇を最後に見て、十分だわと満足を覚える。

パーティの最中にも、クラリッサは、リチャードの薔薇に目をやり満ち足りた気分になる。クラリッサは、久しぶりに会ったサリーの手を握ったまま振り返って、「部屋部屋がいっぱいになっているのを見、さまざまな声のどよめきを聞き、燭台や風に吹かれているカーテンを見、リチャードがくれた薔薇を見た。」(一二七)クラリッサは、パーティが盛り上がっている様子を確かめたその目で、最後にリチャードの薔薇を見てその成功を確認する。

クラリッサはリチャードとの結婚でただの女主人になってしまったわけではない。豊饒なる創造をともに行うパートナーを得たのだ。

五　おわりに—夫婦愛の物語としての『ダロウェイ夫人』

クラリッサは、表面的には、夫のためにパーティを開くことに余念のないただのスノッブな女主人と見えながら、実のところ、淡々とした結婚生活の中で自分のアイデンティティを見失わず、人生という織物をいつくしみながら織り続けている。彼女のパーティはいわば魔法の庭園空間であり、彼女は緑の生命樹に変身し豊饒なる生命力で周りを浸してゆく。夫リチャードは赤と白の薔薇（＝黄金の薔薇＝豊饒）の花束をクラリッサに贈り、豊饒なる生命力を大地の女から仲介する役割を担っている。凡庸に見える夫リチャードは、実はクラリッサにとって重要な存在だ。彼女が精神的に混沌の海に溺れそうな時、実務的で現実的な彼は、暗い海に光る灯台のように彼女を支える。物質的にも精神的にもこれまでにない規模の破壊を見た大戦後の世界にあって、クラリッサの持つような「どこにいても自分の世界を創り出し」（五八）豊饒の空間を顕現させる女性的な力に希望が託されている。そして、リチャードが大地の女と繋がりクラリッサに豊饒を仲介するように、彼のような実務的で現実的な生き方にも期待が寄せられている。リチャードがクラリッサに贈る赤と白の薔薇は幸福な夫婦愛による豊饒を象徴する。物語の最後で、サリーは「リチャードはよくなったわね。……頭なんて大して重要なことじゃないのね」と述べ、ピーターは「この恐れは何だ？　……ぼくの心を並外れた興奮でみたすものは何だ？　……クラリッサだ、……なぜならクラリッサが立っていたから」（二四）と思う。このように、リチャードとクラリッサへの言及で幕を閉じるのは、これがクラリッサの物語であると同時にダロウェイ夫妻の物語でもあることを示している。だから、この物語の題名は『クラリッサ・ダロウェイ』ではなく『ダロウェイ夫人』でなければならない。薔薇に着目すると、『ダロウェイ夫人』の物語に、穏やかな夫婦愛による豊饒と希望を読み取ることができる。

（1） Virginia Woolf, *The Diary of Virginia Woolf*, ed. Anne Olivier Bell and Andrew McNeillie, 5vols. (London : Hogarth Press, 1977-84), vol. 3, p. 76. 以下この版からの引用は（D3, 76）のように、引用末尾の括弧内に、Dを附してその頁数を記す。ただし、煩雑を避けるため、記述の年月日のみを記した箇所もある。

（2） Morris Beja, Introduction to *Mrs Dalloway* (Oxford : the Shakespeare Head Press, 1996), pp. xi-xiv.

（3） Virginia Woolf, Introduction to the Modern Library Edition of *Mrs Dalloway* (Random House, 1928).

（4） Morris Beja, *op. cit.*, p. xxii.

（5） Virginia Woolf, *Mrs Dalloway* (Oxford : the Shakespeare Head Press, 1996), p. 48. テキストはこの版を使用した。以下この版からの引用は引用末尾の括弧内にその頁数を記す。訳文については『ダロウェイ夫人』近藤いね子訳（みすず書房、一九七六）および『ダロウェイ夫人』丹治愛訳（集英社、一九九八）を参考にさせていただいた。

（6） たとえば Howard Harper, *Between Language and Silence : The Novels of Virginia Woolf* (Baton Rouge : Louisiana State University Press, 1982), in *Clarissa Dalloway* ed. by Harold Bloom (Chelsea House Publishers, 1990), p. 167. 'Richard Dalloway remains a rather shadowy figure. . . The limited space given to Richard in the narrative reflects his limited importance in Clarissa's reality. . . ' や Kenneth Moon, 'Where is Clarissa? Doris Kilman in Mrs Dalloway' (*CLA Journal* 23, No. 3 March, 1980), in *Ibid*. p. 156. 'In the Dalloway manuscript, Richard is presented also as boring . . . ' など。

（7） Virginia Woolf, "Mr. Bennett and Mrs. Brown" [1924] in *The Captain's Death Bed and Other Essays* (New York : Harcourt, Brace, 1950), pp. 94-102.

（8） Harvena Richter, *The Inward Voyage* (Princeton University Press, 1970), pp. 99-128.

（9）ノースロップ・フライ著、ロバート・D・デナム編集、高柳俊一訳『神話とメタファー』（法政大学出版局、二〇〇四）二〇四頁。

（10）Morris Beja, *op. cit.*, pp. xxv-xxvii, p. 195.

（11）Ad de vries, *Dictionary of Symbols and Images* (North-Holland Publishing Company, 1974). アト・ド・フリース著、イメージ・シンボル事典（大修館書店）。

（12）若桑みどり『薔薇のイコノロジー』（青土社、二〇〇三）一七頁。

（13）川崎寿彦『森のイングランド』（平凡社、一九八七）三二八頁。

（14）J. Hillis Miller, *Fiction and Repetition : Seven English Novels* (Massachusetts, Harvard University Press, 1982), pp. 189-191.

（15）ジョン・ミシェル著、荒俣宏訳『地霊―聖なる大地との対話』（平凡社、一九八二）絵図、四四頁および「世界樹イグドラシル―この樹の中心には大地があり、その生命の源であるミドガルドの蛇に周囲を取り巻かれている―」四六頁。

（16）Harvena Richter, 'The Canonical Hours in *Mrs Dalloway*' in *VIRGINIA WOOLF Critical Assessments* Ⅲ edited by Eleanor McNees (East Sussex : Helm Information, 1994), pp. 407-411.

（17）川崎寿彦『庭のイングランド』（名古屋大学出版会、一九八三）六―七頁。

（18）N.C. Thakur, *The Symbolism of Virginia Woolf* (London : Oxford University Press, 1965), p. 70.

（19）たとえばJ・G・フレイザー著、吉川信訳『初版　金枝篇　上』（ちくま学芸文庫、二〇〇三）四三六―四三七頁。

（20）Harvena Richter, 'Ulysses Connection : Clarissa Dalloway's Bloomsday' in *VIRGINIA WOOLF Critical Assessments III*. p. 467, p. 472.

科学的世界観は小説に何をもたらしたか
――オールダス・ハクスリーの『すばらしい新世界』再読

戸嶋真弓

序

オールダス・ハクスリーの『すばらしい新世界』が出版されたのは、一九三二年のことであり、この物語の主たる舞台として設定されているのは、異次元世界のロンドン、あるいは、はるか未来のロンドンである。ここに描かれている「架空の国々」は、明らかにイギリスやアメリカをその原型として持ち、巧妙にデフォルメされ、戯画としての要素をふんだんに取り入れられているのだが、その根底には、人間が今後「科学」にどのように関わっていくべきなのかという深刻な問いに対する真摯で切実な答えが、あたかもモザイクのようにちりばめられている。(1)

この小説が書かれた背景には、数多の科学的発展があった。例えば、一九世紀は、「化学の世紀」とも呼ばれ、一八世紀に急速に近代化が進んだ「化学」は、化学原子論を最大の武器として発展を続けており、それ以前の一七世紀に化学に先んじて近代化が進んでいた物理学は、熱力学と電磁気学を携えて、産業の発展に貢献することとなった。この後、物理学の世界には相対論と量子論が現れ、それまでの世界観を根本的に覆す学問上の大事件が次々と起こっている。[2] また、一九世紀には、初めて「生物学」という用語が登場した。この「生物学」という新しい視点は、はっきりと動物と植物の間に垣根を設けていたそれまでの博物学や解剖学の考え方に大きな変革を与えた。すなわち、生物学という概念は、動植物を共通の基礎概念をもってとらえようとするものであり、この学問の発展により、人間だけがその構造や機能において卓越した特殊性を持っているわけではないということがその後広く知られるにいたるわけである。

そして、さらに生命現象を時間軸上でとらえようとする「進化論」の登場により、従来の「科学」に対する見解はさらに変化していくことになる。そして、この新たな思想は、二〇世紀生物学の中心課題である遺伝現象の解明へと繋がっていく。

また、一九世紀においては、「心理学」や「精神医学」といった、ある時期に急展開を見せた学問分野も忘れてはならないだろう。まさにチャールズ・ダーウィンが『種の起源』を世に送り出した頃、フランスの外科医であったブローカが大脳の特殊な機能に注目し、とりわけ人間の言語がいかに生産されるかということに着目し、神経心理学を一個の専門分野として確立しつつあったのである。その後、二〇世紀に入ると、人間の脳の中の内部の様子や機能が徐々にではあるが明らかにされていった。脳髄の構築図や細胞構築図が次々と紹介され、ヘンシェンやクライスト、ニールセンといった学者らが脳の各領域に対して、その領域特有の心理学機能に独自のアプローチをかけている。また、犬を使った古典的条件づけの実験で有名なロシアの生理学者パヴロフの理論は、『すばらしい新世界』においては「欠かすことのできない要素」である。パヴロフ自身は一九〇四年に食物消化の神経機構の研究によってノーベル生理学医学賞を受けている。また、行動主義的心理学の提唱者として知られるワトソンは、「学習」についての実験的研究の成果を一九二〇年に発表している。これらのことは、かなり後年のことにはなるが、一九八〇年代の脳科学の急発展へとリンクしていることも忘れてはならない。[3]

ハクスリーの『すばらしい新世界』は、このような化学、物理学、生物学、心理学、そして精神医学から得た当時最新鋭の知識をふんだんにいかし、随所に読者に新奇な楽しみを感じさせ、また、その新奇な趣向に対する不安感を抱かせ、さらに、そういった文明の落し子ともいえる発想や発明の持つ大きな問題点を気づかせるような仕掛けを施しつつ丁寧に組み上げられた作品であるといえよう。

さらに、この作品においては、ハクスリーは、そういった科学的な知識を単に読者に披露するといった安易なプロット作りを避け、科学の発展を何の疑惑も批判もなく受け入れた場合にはどのような思想の危機が待ち受けているのかということを読者の想像力に訴えかけることで物語を展開している。

『すばらしい新世界』よりも四年ほど前に出版された『恋愛対位法』の中では、ハクスリーは「科学」の価値を信仰するかのようにふるまう人々をあたかも時代の波に翻弄されて迷路に迷い込んだ道化のように扱っていたきらいがあった。この作品に登場するエドワード・タンタマウントがいわゆる「科学」の使徒になったいきさつは、『恋愛対位法』の第三章の中で、紹介かたがた以下のように表現されている。「一八八七年四月一八日の午後、エドワードはタンタマウント邸の書斎に座り、いったい人生とは生きるに値するのだろうか、もし死を選ぶとすれば身投げと銃による自殺とはどちらがましか、などと考えていた」最中に、ふと手にした雑誌の中のとある科学者の肝臓の糖化作用に関する記事を読み、特に「動物の生命も宇宙全体の生命の中の一つのかけらにすぎないのである」という一文に出会ったことで、まるで一瞬で恋に落ちたかのような「異常なまでの歓喜を感じて」学問の道に走ってしまうのである。それ以来、この人物は、脇目もふらずに精力的に同化作用と成長に関する研究をすすめることになる。由緒ある貴族の家に生まれ、次男ではあったが将来は家の伝統に倣って政治家になるべく父親から多大な期待を負っていたエドワード卿は、奇人といってもよいほど厭世的で社交を嫌い、およそ世間の好む色事などのお遊びを遠ざけ、ひたすら研究に邁進するマッドサイエンティストという役柄を与えられている。いわば、社会からはみ出した異端者としての役柄を演じさせられているのである。(4)それに比べると、『すばらしい新世界』においては、科学者として描かれている研究所の所長やヘンリー・フォスターは、社会の核の部分をなす知的富裕層の構成員として、いたってノーマルな人物として描かれている。

科学的な見地に基づいて、すべてが計算されて理想的な環境を人工的に作り出し、規格からはずれたもののない世界では、科学者達はみなエリートである。この世界においては、調和が旨とされる。理想郷としての田園ならぬ理想郷としてのこの未来都市においては、汚いもの、苦しいこと、つらいこと、やっかいなことはすべて排除され、その範疇からはみ出るものごとや人々は、「野蛮」であると位置づけられ、特別な場所に隔離される。しかし、ハクスリーは、この『すばらしい世界』には、重大な落とし穴があり、科学的合理性がすべてを支配する世の中がおとずれてしまったら、それは第二の全体主義、新手のファシズムになる可能性を多分に含有しているという警鐘を鳴らしている。

本稿では、ハクスリーがどのように物語を構築していき、その結果、ユートピアにもアルカディアにもなりえなかった世界はどのように作られていったのかということを考えてみたい。

一　物語の仕掛け

この物語は、とある近代的な科学センターの中の描写から始まる。三十四階建てと設定されているビルの中では、将来の社会を担っていく予定の子供達が「正しい」方法で「生産」されている。アメリカ合衆国では知らない人はいないであろうオートメーション化の生みの親であるヘンリー・フォードが何の疑いもなくあがめられているこの世界では、西暦ではなく、「フォード歴」が用いられており、時は、フォード歴六三二年である。社会はこれ以上ないといってもよいほど安定しており、人々は母親の体内で育った後に産み落とされるのではなく、研究所の中で、「正しい」製造過程をたどって「生産」されるものだということになっているのである。

現実の世界のことを考えてみよう。二一世紀においては、外見や能力や性格などに関して、自分が欲しいタイプの子供を手に入れるために、精子と卵子を選んで組み合わせる「デザイナーズ・ベイビー」や、「クローン」を生み出す実験が既に行われており、精子や卵子を商品とみなし、さまざまな価値を与えて取引の対象にしている社会も存在している。

そして、こういった社会現象に対し、「科学的倫理」が問われることが多くなってきているのも事実である。人間が人間を「理想的」に作ることができ、しかもその風潮が蔓延してしまったら、その理想にあてはまらない人間は排除されていくことになるのは容易に予見されるが、そもそもその「理想」というのは、特定の人間のいわば「好み」によって形成されるものである。こういった思想によって人類は過去に第二次世界大戦という大きな過ちを経験しており、このことから、多くの識者は、人間が人間を自分の好みに合わせて生産するような思想を危険であるとみなしている。

しかし、『すばらしい新世界』の物語の中の世界では、人類は、その種が滅亡するほど激しい闘争が多々あった過去と決別し、さまざまな実験を重ねた結果、社会にとって「正しい」人間をやはり社会を維持するに足る「正しい」人数だけ科学的に「正しい」方法で計画的に「生産」することにしたという設定がなされており、このことは倫理観を何ら損なうものではなく、むしろ人類はかつてないほど倫理的にも経済的にも社会を理想的に安定した状態で維持する「正しい」道を選んだ結果そのようになったのだという説明がなされている。

「正しい」人間の「生産」とは、まず階級をはっきりと分け、それぞれの階級の特徴に合わせた、また、それぞれの階級に当てがわれた待遇を満足して受け入れ、その生をまっとうできるような人間をあらかじめデザインしてガラスびんの中で人為的に作り出すことである。

アルファ、ベータ、ガンマ、イプシロンの四階級に分けられている社会の中では、さらにプラスとマイナスのランクづけがなされている。アルファ・プラスは最も高い位置にあり、支配階級かつ知的階級であり、ランクが下がるほどそういった色合いは弱まっていく。イプシロン・マイナスが最下層になる。

それぞれの階級には、外貌や能力、そして細かな嗜好までもがそれぞれの階級に十分適応できるような子供を研究所兼工場の中で人工的に作り、配分するのである。これは、社会を安定させるための労働力を確保するための方策である。その行程は、受精の組み合わせから始まり、人工孵化のある段階で、故意に胎児に与える人工血剤中の酸素濃度を低くしてダメージを与え、胎児の将来の体格や能力を低くしたり、暑さを厭わず心地よく肉体労働に励めるように暑さに対する耐性をつけるような誕生前教育を施したり、また、誕生後は、一同を集めてバラの花や本を嫌わせるような条件反射的教育を何度も行ったり、さらに、マントラを唱えるように何度も教訓を繰り返し音声で流すことによって、行動を律する要因を意識下に植え付けるなどありとあらゆる手段を講じて子供達が将来生き難いと感じるような要因を除去していくという作業を段階的にすることでなされるのである。

第一章の冒頭から登場する科学センターの名は、「中央ロンドン人工孵化・条件反射養成所」といい、その建物の正面玄関には、「共有・均等・安定」という標語が掲げられている。この施設で人間は各階級に最適な受精卵から「生産」され、その後はやはり各階級に最適な能力を人工的に誕生前に付与され、さらに幼児の保育室である「新パヴロフ式条件反射訓練室」において条件反射を用いた訓練を受けることで、さまざまな最適反応を身につけさせられる。その最適反応は、いつも一定に定められているわけではなく、社会に流通する物質の供給具合や社会の安定度との関係を為政者が考慮した上でその時々に合わせて変えられる。例えば、子供達は、以前は自然を愛するように訓練されていた。ガンマ、デルタ、イプシロンといったいわゆる「下層階級」でも花を愛でるように条件反射によって訓練されていたのだ。ところが、この条件反射教育の目的は、人間を田舎に出かけさせることで輸送機関を効率的に使用させるといったものであり、結果として人々が自然に向かうことによってかえって人工物の消費量が減るということが発覚してしまったため、社会の上層部は、今度は子供達を訓練することによって自発的に花嫌いにさせる方法を思いついたのである。

この物語の中に登場する社会は、常に安定して理想的な状態にあることを最優先する。そして、その安定のためには、モノの生産とその消費が必要となっている。モノは作られたら消費されねばならない。そのため、何かが古くなっても壊れても、修理したりしてはならないのである。新しいモノを購入しなくてはならない。モノが消費されなくなれば、生産が減る。生産が減ることは、すなわち労働力が不要になることを意味する。労働力が不要になれば仕事にあぶれる人間が出てくる。そうすると、何もしなくなったり、また、危険思想を持ったり、不穏な行動に走るものが出てくるだろう。少なくとも、過去の世界ではそのようなことが起こり、そうならないためにと得た教訓が生かされてこの新しい世界は均衡を保っているのである。

だから、子供達は社会に出る前に、余計なものに興味を持ったりしないように訓練を受ける必要がある。階級によっては必要以上の知識欲があっては危険であるため、知識を獲得できないような状態にしておかなくては為政者は枕を高くして眠れない。子供達を訓育する方法は、心理学の教科書になら必ずや掲載されている「パヴロフの古典的条件付け」に酷似している。まず、花を美しいと思ったり教養を身につける必要がないと判断された幼児のグループに花と本を与える。それから、花や本に存分に触れさせる。幼児が夢中になって楽しんでいる頃合いを見計らって大音響でサイレンと警報ベルを鳴らし、それと同時に幼児達の座っている床に電流を流し、電気ショックを与えるのである。そうすると、「絵本と大音響、花と電気ショック——すでに幼児の心の中ではこの組み合わせがうまく結びついているのだった。そしてこれと同等の、あるいは同種の訓練を二百回も繰り返した後では、両者はもはや分離しがたいほど融合してしまうことだろう。人間が結合させたものを自然が分離することはできないのだ」という状態が子供たちの行動を制御する要因になるというのである。(5)

電気を用いた精神医学的な治療法は既に当時のヨーロッパでは知られていた。例えば、一九世紀の後半に活躍していた哲学者であり、精神医学・心理学を専門としたフランスの医師ピエール・ジャネのヒステリーに関する著作にも電気療法についての記述が登場する。電気療法とは、電気痙攣療法、電気ショック療法とも呼ばれ、精神科で行われる身体療法の一つであり、統合失調症や躁病、うつ病などの治療に用いられてきた治療法で、百ボルト程度の交流電流を数秒間頭部に通電するものである。効果が早く、有効性も認められている療法である一方、まだ十分にその方法が確立されていない時期には、ひどい痛みを伴ったり、揶揄の対象となったり、拷問のように使われたりと誤解を招くような描写がなされたりもしていた。特に患者が自分が電気をかけられた場合を想像すると、本当に電気ショックを受けているかのように振る舞い、身体的にも本当に電気ショックを受けた時と同じ反応が出るということについて書かれたジャネの記事は、一八八七年、ル・アーブルの病院における彼の実際の治療体験に基づくものである。ジャネ自身はその活動が時代精神と一致せず、傑出した才能を持った学者であったにもかかわらず不遇な中で死を迎えたとされるが、著作は刊行されており、博覧強記で名高いハクスレーがジャネの業績について知っていたとしても全く不思議はない。(6)

さて、先述のようにして外貌、能力や嗜好、そして行動特性を統一させるべく操作されて生産されているこの物語の中の子供達だが、個性が全くないわけではない。ハクスリーは、階級が下がるに従って、没個性的になり、より集団でいることを好み、不満らしき不満を見いださず、社会に害をなさない人間を作り出しても個別性は残ると考えていた。

この物語が世に出たのは一九三二年。その頃には既にジークムント・フロイトの唱えたリビドーを心的活動の主要な力動源とする基本概念は世間に知られるところとなっていた。そして、フロイトのグループに加わっていたアルフレッド・アドラーがグループを離れ、自分自身の神経症理論を新しく構築し直した結果出版されたのが『神経質性格について』であるが、発刊は一九一二年である。ここに提示されている基本概念は、「個別性」であって、この語が表している特性は、二一世紀現在では当たり前のように考えられていることなのだが、当時においてはあまり敷衍しているとは言い難い。この「個別性」という語の指し示す特性とは、人間がその存在において、元来に他とは異なったものなのであることと不可分なものであり、一貫しているということである。そして、「個人の示すいかなる孤立的な心理的特徴もその人の人格全体を反映することになる」のである。

ハクスリーは、最下級の階級であっても個人差までは抹消するということはなかった。しかし、高等なものは個体差が明確にあり、共同体での生活を壊さない程度に個人的な趣味があり、創造性もあるが、そうでないものは個体差が少なく、常に群れ、常に自分では考えず、他人の命令に従って創造的な能力を発揮することは全くないというように、この物語全般に一貫した価値観を持たせている。イプシロンという階級ならば、最高のイプシロンとして遺伝子の段階からその適応性ゆえにその階級の民として慎重に選択され、さらに受精の段階においても、胎児の段階においても何らかの操作を受け、誕生後もイプシロンにふさわしく社会にすんなり適合できるように条件反射によって行動を形成される。また、その後も自分の属する階級に疑問を持ったり、自分に対する待遇を不満に思うことを予防するために、為政者の側が準備した適度な楽しみを与えられ、適度な楽しみを楽しみとして享受できるような感覚を保つために薬剤である「ソーマ」を与えられるのである。こういった環境整備がなされていれば、動物的特性を残したイプシロンが暴動を起こすこともなく、「個別性」があったとしても、それは社会の保持に何ら影響を及ぼすものではないというわけである。

この世界の住人は、汚くなることも、老いることもない。激しい恋愛感情につき動かされたり、死にたくなるほど悲しくなることもない。特に、最上級の階級に属するものは、さまざまなホルモン投与や輸血によって六十歳を迎えても、外見は若いままであり、「老齢に伴うありとあらゆる生理学的特徴は根絶された」のである。しかし、精神安定剤である「ソーマ」の摂取過剰のためかそれ以上の長生きは難しい。

この物語を読む二一世紀の読者は、ハクスリーの先見の明に驚かされるだろう。アメリカ合衆国の未来を、日本やフランスで隆盛をきわめつつある不老産業の未来を七〇年以上前に彼が予見していたためである。アメリカにおいては、気分改善薬が誰でも気軽に立ち寄れるスーパーマーケットの棚に置かれている。隣人とトラブルがあって気分が落ち込んでいる時、少し風邪気味で気分が沈滞している時、恋人にふられて荒れた気分になっている時、「ソーマ」ほどは効かないかもしれないが、数錠の摂取で気分が改善され、仕事をしたりする錠剤が合法的に売買されていることは、よく知られている。(7)

長期にわたって性格が暗いと思われていた人物が、特定のうつ病治療薬の摂取によって明るい性格と言われる人特有の行動形式をとるようになるということや、元来怒りっぽいと思われていた人がやはり特定の治療薬の投与で激しい気分を感じなくなるようなことが実際に起こっているのである。

また、「老い」に対する静かな恐怖や嫌悪を避けるために、二〇世紀末から、フランスや日本の化粧品業界は会社直営の研究所を持ち、アンチエイジング商品の開発に力を入れ始めている。例えば、顔に塗ると皺が消え、しかもその状態が持続するようなクリームや日焼けして細胞が痛んだり不揃いになったりする不具合を除去し、顔を白く保つ「美白」化粧水などは、(8)日本やアメリカ、ヨーロッパなどにおいて、スーパーマーケットやドラッグストアで日常的に見かける商品である。

その他にも、目が乾いたら潤いを与える目薬や、筋肉の疲労や痛みなどの諸症状をとる塗り薬や貼り薬、精神的な疲れを取る入浴剤や芳香剤なども、二一世紀では、ごく普通に入手できるものである。

コンピュータの検索ソフトに「抗不安薬」と入力すれば、さまざまな不安を和らげる薬剤の名前が画面に現れるだろう。そして、インターネットで取引ができるものもある。もし、興味が湧いて購入しようと思ったら画面をクリックし、住所やクレジットカードの番号を入力しさえすれば、すぐにそういった薬剤は輸入業者から購買者の手元に届くだろう。

ハクスリーは一九六三年に死去しているので、インターネットの時代を知ることはなかった。一九六〇年代には、コンピュータはまだ決して一般的なものではなかったし、一般の人々が飛行機を手軽に利用して海外旅行に行くようなこともなかった。もちろん、デザイナーズ・ベイビーという言葉も存在していない。

この物語に登場しそうで登場しなかったものがある。それは、コンピュータとロボットである。ハクスリーは、エレベーターは登場させたが、そこには、エレベーター・ボーイがいる。工場は、かなりオートメーション化されているにもかかわらず、胎児に予防措置を施すのは人間で、しかも時々自分の仕事をしたかどうだか忘れてしまい、その結果二〇年後に胎児の時分に予防措置を受けなかった青年がどこかで疫病にかかって命を落としたりするという一種の「悲劇」も起こってしまう。「ソーマ」を労働者に配給するのも人間の仕事である。気晴らしが欲しかったら、自宅で映画鑑賞をするのではなく、「フィーリ」と呼ばれている感覚を伴った映画をわざわざ見に出かけるのである。空を飛んでゴルフ場に出かけて行く描写はあっても、バーチャルなゲームに興じている人々はこの物語の中に出てはこない。

さらに、この世界は、ポーランド語もフランス語もドイツ語もない。すべてが統一され、過去の言語になってしまっている。英語だけがサバイバル戦争に勝ち残ったという設定であるらしい。このことに関してもやはりハクスリーは先見の明があったのかもしれない。コンピュータの台頭やインターネットの到来ははっきりした形で予言してはいないが、いずれ言語は世界統一の方向へ向かってしまうだろうという傾向を感じ取っていたのだろう。現在、世界の少数言語は減少しつつあり、インターネット上での優勢言語が英語であることは火を見るよりも明らかである。

さて、この物語は、ある時点からこの調和のとれた一見平和な世界に乱れが生まれる。バーナードという登場人物がある時ニュー・メキシコという場所にある「先人類保護区」から「サヴェジ（この人物にはリンダという母親がいて、その母親はジョンという名前をつけたのだが、新しい世界の住民達はこの名前で呼んでいる）」という青年を連れ帰って来たところから事件は始まる。このサヴェジは、まず母親が「妊娠」してその母親から「生まれた」子供なのである。新世界においては、妊娠はおそろしく恥ずかしいことであり、性行為は行ってもよいが子供は「正しい」方法で「生産」されなくてはならないという規則になっている。しかし、物語が進むにつれ、実はリンダは以前新世界から旧世界である先人保護区に見学に来た際に事故によって取り残されてしまったのだということが発覚するのである。しかも、サヴェジの父親は人工孵化研究所の所長であった。

サヴェジは、この世界を統べている総統の一人であるムスタファ・モンドと会い、この新世界がいかに歪んだものであるかということを訴えようとするのだが、総統はそのようなことはすべて理解した上で現在の世界を統括しているのだと話す。

例えば、この世界で禁止されているものの中にシェイクスピアがあるが、なぜシェイクスピアの作品を読むことを為政者が奨励しないかというと、「それが古いものであるから」なのであり、ムスタファ・モンドは、「美しいものならば、なおさら良くない」、「美は人を惹きよせるものだ。そして、われわれは民衆が古いものに魅力を感じることは好まない。われわれは、民衆が新しいものを好むことを望んでいる」と説明し、そして、「ソーマ」は、「幸福感を与え、麻痺を起こし、楽しい幻覚を生む」もので、「キリスト教と酒の持つありとあらゆる長所を兼ね備えた上、短所は含んでいない」という理想の錠剤であり、憂鬱を除去するものであるが、「幸福とは、壮麗なものではない」が安定には有効なのだと言う。

さらにサヴェジの「なぜ、人間を作るならば、すべての者をアルファ・ダブル・プラスにしないのか」という問いには、「自分たちは幸福と安定とを信仰しており、アルファのみで成立している社会は、必ずや不安定かつ不幸なものになるだろうから」そういうことはしないのだと返答する。つまり、優秀な遺伝子を持って、自由な選択ができ、責任をある限度内で取れることが可能なように条件づけられた人間が、単調で過酷な労働には耐えられない。総統は、そのことはもうキプロス島という島で過去に実験済みなのであると満足そうに補足をするのである。

さらに総統は、「変化」は「安定」を脅かすので、新しい「発明」には注意を常に払っているという説明を続ける。ムスタファ・モンドは、「科学におけるあらゆる発見は、有害となる危険がある」ため、為政者は用心して、「それを鎖につなぎ、口かせをはめておかなくてはならない」と言う。この世界では、上に立つものは、常に芸術と科学とを危険物とみなし、管理下に置いておかねば思わぬ方向へと社会が暴走すると判断しているのである。

しかし、一方で、ムスタファ・モンドはこのように言う。「わたしは真理に興味を持っている。わたしは科学が好きだ。しかし、真理は脅威であり、科学は公共に対する危険である。今まで有益であったと同様、危険なものなのだ。」科学のおかげで新しい世界は成立している。しかし、それは危うい均衡の上に成り立っており、バランスを崩せばまた不安定な状態が再来する危険性を常に孕んでいるのである。

ムスタファ・モンドとの会見の後、サヴェジは遺棄された灯台を見つけて一人で生活を始める。しかし、そこでの生活は、サヴェジを見せ物にしようというマスコミが押し掛けることで破綻してしまう。退屈した大衆は、それまで見たことのないサヴェジの自虐的な行為に興奮し、さらにその行為をするように要求し、狂乱した大衆は暴徒となって、人工的な幸福を拒み続けたサヴェジに襲いかかるのである。そして、物語は彼が自らもの言わぬ物体と化してしまうことを選択したところで終わっている。

二 『すばらしい新世界』の予言は成就したか

一九世紀に登場した生物学は、第二次大戦後にさらなる発展を遂げた。すなわち、分子生物学の登場である。もう少し具体的に話をすすめると、ターニング・ポイントは一九六〇年代といってもよいだろう。

冒頭で述べたように、近代において科学は物質の研究をその発端として発展を続けてきた。そして、その発展は結果として人類の未曾有の物質的繁栄をもたらしたのである。先進国と呼ばれる国々では、飢餓、不衛生や疫病による死は激減し、空腹はすぐに満たされ、何にでも簡便さが求められ、つらいことや苦しいことを耐え忍ぶことは奨励されることが少なくなった。多くの病気が克服され、前世紀では致命的な病気であったものが、簡単な投薬で治癒してしまうような世界が現れた。

そして、物質が行き渡るようになると、新たな問題が次々と起こってきた。人々は食物に困らなくなると太り、肥満や肥満の生む二次的な病気に苦しむようになった。交通輸送が便利になると、運動不足から生じる病気が現れた。ある程度肉体の改善策が講じられると、次は気分の改善に目が向けられ始め、苦しい気分や荒ぶる感情や不快さは無駄なこと、無意味なこととされ、いつも幸福でゆったりとした快適さや溌剌とした気分が求められるようになったのである。

心理学には、社会における反社会的行動の修正と結びついて発展した時代がある。行動主義の提唱者として、その後心理学史に長くその名を残し、特にアメリカ合衆国での心理学のその後の動向に決定的ともいえる影響を与えたとされているジョン・ワトソンの業績を忘れてはならない。

しかし、ある時期から、心理学は行動の変化ではなく、気分の変化をその対象として追いかけるようになり始めた。もともと心理学と精神医学とは学問の領域として隣接した関係にあったが、さらに密接な関係を持ち始め、さらに薬学が発展する過程で、「不快な気分」は、「不快な身体状況」同様投薬によって治療されうるものであり、その結果痛みや苦しみのない理想的な精神状態を確保することが望ましいという価値観が敷衍し始めた。「科学」の進歩は概して人類の幸福をもたらすものなのだという価値観は二〇世紀、特に第二次世界大戦後は不動のものであるかのようであった。

実証的な物理学から実用的な物理学へと物理学が一般化し、もはやハクスリーの時代には、学問は机上の空論で終わらずに庶民にとって無為無益なものではなく、生活に直接関わりを持ち、目に見える価値を生み出すものへと変貌を遂げていったのである。よく知られている科学上の発明や発展を振り返ってみよう。二〇世紀の幕開けとともに、一九〇一年にはレントゲンがX線の発見によってノーベル賞を受賞した。それから、キュリー夫妻による放射能の発見、マルコーニの無線電信の開発などは、この世紀において最大の発見や開発であると言っても過言ではない。この小説の発表と同年には、ハイゼンベルグが量子力学の確立と水素分子の同素体の発見の功績ゆえにノーベル賞を受賞しており、「科学」は、その後の人類のさらなる発展を約束したかのようであった。

メンデルのエンドウの実験から始まった近代遺伝学の理論を整理し、明解な表現を与えた書物がショウジョウバエの突然変異の研究で知られるトマス・モーガンの『遺伝子説』である。発刊は、一九二六年。ある確率で必ず起こる突然変異の存在が広く世に知られることとなった。(9)

「パラダイム」という概念を提唱したトマス・クーンがその著『科学革命』でもふれているように、「科学」という一種の文化現象は一つ一つの発明の集積体というわけではない。しかし、多くの人々の目にふれるものは、発明・開発され、実用化され、自分達が使えるような「モノ」の形をした品々であり、そのモノから受ける何らかの「恩恵」によって「科学」を感じ、自らの思想に取り込んでいくという過程を無視するわけにはいかない。

モノの溢れる世界、しかし、人類は自ら生み出したモノや思想によって幸福を感じては、その幸福に慣れ、慣れてしまってしばらく時間が経てば、もうそれらは幸福をもたらさない無益な長物へと転落してしまう。すなわち、幸福は刺激をもたらさない退屈な状態であると感じられるようになるか、存在することが当たり前で特筆すべきものではないような状態となってしまうのである。

そして、科学の進歩の行き着く先、多くの人々がその進歩を当たり前のものとしてとらえている「科学」にはこの先どのような展開が待ち受けているのだろう。ムスタファ・モンドは、それまで話をしていた部屋からバーナードを追い出し、アルファ・プラスの俊英であるヘルムホルツ・ワトソンとサヴェジに向かって、昔の人々が科学の進歩についてどのように考えていたのかを振り返り、このように言う。「その頃の人達は、科学が他のすべてのことに関わりなくどんどん無制限に進歩していくのを許せるものだとばかり思っていたらしいよ。知識は最高の善であり、真理は至高の価値であり、他の一切のものは二次的なもので、従属的なものだと思っていたのだ。」

この世界からは、以前は存在していた聖書は追放の憂き目にあっている。キリスト教の神もまた人々の生活の場のみならず思想の中からも閉め出され、その歴史すら抹殺されてしまった。

芸術も宗教も存在しないことになっている世界、科学もその一部を除き、発展することを抑止されてしまった世界がここにある。人間の持つ最高の能力である想像力を封印し、すべてをあらかじめ誰かが設定しておいた安定と調和の中に納めてしまうことは、何と味気なくおそろしいことなのだろうか。ハクスリーは、『すばらしい新世界』という物語をていねいに構築することで、理想は時に一種の猛毒ともなる危険性を孕んでいることを証明して見せたのだ。[10]

幸運なことに、二一世紀に生きているわれわれは、このような世界を体験したことはないし、この先もこのような世界がおとずれる可能性は低いと思われる。しかし、前述のように現代人の老化に対する考え方や言語の画一性などはこの作品に見られる価値観とほぼ一致しており、いかにハクスリーに先見の明があったかということがうかがえる。彼は、科学に対する時代精神を上手にとらえ、独自の小説世界を構築していった。科学の発展とハクスリーの科学的知識と世界観なしには、この『すばらしい新世界』は書かれ得なかった作品なのである。

（1）本稿は、拙論「科学の可能性と芸術のはざまで―オールダス・ハクスリーの思考背景を探る（『喪失と覚醒 19世紀後半から20世紀への英文学』中央大学出版部、二〇〇一年所収）の続編として書かれたものである。前稿は、ハクスリーの作品の中に見いだされる「科学」の可能性に彼がどのような芸術性を読み取ろうとしていたかを考察したものであり、本稿は、ハクスリーの手による『すばらしい新世界』がどのような時代精神の中で生まれ、科学的な世界観が小説にどのような効果をもたらしたのかを探るものである。なお、本稿に登場する『すばらしい新世界』については、前稿同様に *Brave New World* (Chatto & Winds London 1932) を基本書としているが、本文の引用は、Flamingo 社から発刊されたものを用いている。

（2）一八世紀には、A・L・ラボアジエによって、「化学」は、錬金術と袂を分ち、近代的な化学へと発展した。特に化学量論の基礎が発見されたことが大きな意味を持っている。この時期に確立された主な法則には、ラボアジエの質量保存の法則、プルーストの定比例の法則、ダルトンの倍数比例の法則、リヒターの相互比例の法則、ゲイ＝リュサックの気体反応の法則、ボイルとシャルルによるボイル‐シャルルの法則、アボガドロのアボガドロの法則がある。また、一九世紀には、ベルサリスの元素記号の発明、ボルタの電池の発明に加えて、電流計や電磁石などが発明されている。

（3）本稿の科学的史実に関する参考文献は、主に以下のものを使用している。
エカアン・H、アルバート・M著　安田一郎訳『神経心理学』（上・下）青土社、一九八三年。

エレンベルガー、アンリ著　木村敏他監訳『無意識の発見』（上・下）弘文堂、一九八〇年。

大野誠他編『科学史の世界』丸善株式会社、一九九一年。

クラウザー、J・G・著、金関義則他訳『二十世紀の科学者』みすず書房、一九五七年。

クーン、トマス　中山茂訳『科学革命の構造』みすず書房、一九七一年。

佐々木力編『科学史』弘文堂、一九八七年。

渋谷一夫他著『科学史概論』ムイスリ出版、二〇〇一年。

島尾永康著『科学の歴史』創元社、一九七八年。

竹重達人『自然科学物語』共立出版株式会社、一九八六年。

立花隆、利根川進著『精神と物質』文藝春秋、一九九〇年。

田中実編『自然科学の名著100選』（上）。

中島義明編『心理学辞典』有斐閣、二〇〇二年。

中山茂著『20・21世紀科学史』NTT出版、二〇〇〇年。

ピショー、ピエール　帚木蓬生他訳『精神医学の二十世紀』新潮社、一九九九年。

広重徹編『科学史のすすめ』筑摩書房、一九七一年。

山崎正勝編『科学史　その課題と方法』青木書店、一九八七年。

（4）『恋愛対位法』*Point counter Point* (Chatto & Windus, London) 以下のテキストは、Flamingo 版による。引用は、本稿著者による日本語訳を使用している。

（5）一九七〇年代前後に、アメリカ合衆国を中心として医療上の倫理問題を拾い視野の中でとらえ直そうとする動きが盛んとなった。それは、医療技術が高度に進歩し、出生前診断、臓器移植や人工延命など倫理に関する是非が問われる場面が多くなったからである。バイオエシックスについては、笹井和郎他著『変容する現代倫理』原書房、二〇〇四年、および伊勢田哲治編『生命倫理学と功利主義』ナカニシヤ出版、二〇〇六年、大野乾著『生命の誕生と進化』東京大学出版会、一九八八年を参考にしている。また、遺伝子組み換え技術の発展についてはクリムスキーの『生命工学への警告』家の光協会、一九八四年を参照。

(6) 電気ショック療法に関しての詳細は、新福尚武著『新精神医学』医学出版社、一九五八年参照。

(7) アメリカ合衆国における向精神薬「プロザック」の利用の意義は大きいとされている。プロザックは、一九九〇年までに、最もポピュラーな薬剤となった。このことは、ショーターの *A History of Psychiatry from the era of the asylum to the age of Prozac*（邦題は、『精神医学の歴史　隔離の時代から薬物治療の時代まで』青土社、一九九〇年）に詳しい。

(8) 老化の社会的な解釈については、G・M・フォスター、B・G・アンダーソン著の *Medical Anthropology*（邦題は、『医療人類学』）第一六章を参照している。

(9) DNAの二重らせん構造の発見でノーベル医学生理学賞をフランシス・クリックおよびモーリス・ウィルキンスとともに受賞したジェームズ・ワトソンは、自伝ともいえる二〇〇三年 Random House 社から出版された *DNA*（邦題は、『DNA　すべてはここから始まった』講談社、二〇〇三年）の中で、「例えば、本を書写しようとする時、思いがけないまちがいが起こるように、染色体上でアデニン、チミン、グアニン、シトシンが複製される時にも、たまにではあるがミスが起こる。このミスこそが、遺伝学者が五〇年近く問題としてきた突然変異なのである」と述べ、生物が進化するためには、このあらかじめプログラムされているともいえるミスが変異として現れることが必要なのであると語っている。生物に不安定な要素があるのはその進化上必然とする論は根強い。イヴリン・ケラーによる Harvard University Press より出版されている *The Century of the Gene*（邦題『遺伝子の新世紀』青土社、二〇〇一年）においてもこのような主張がなされている。

(10) 一九六五年にルヴォフ、モノーとともにノーベル医学生理学賞を受けたフランソワ・シャルコーは、一九八二年出版

の *The Possible and the Actual*（邦題『可能世界と現実世界』みすず書房、一九九四年）の序の中で、「社会集団としてであれ、個人としてであれ、人間が生きるということは、常に可能世界と現実世界の終わりなき対話を必要とするのである。信念と知識と想像力が微妙に入り交じり、われわれの目の前に絶えず変化する可能世界の映像が作り上げられる。このイメージに基づいて、われわれは自らの欲望と恐怖を形造るのだ」と述べ、その結果「ある意味では、政治、芸術、科学といった人間の活動は、それぞれ自らの法則をもって可能世界と現実世界との対話を行う独自の方法だとみなすことができる」と語っている。これは、まさにハクスリーが小説という形で示した思想に合致するといえよう。

変わりゆくイギリスの記録
――A・ハクスリーから B・ピムの小説へ

森松健介

省略記号一覧＝ハクスリーおよびピムの小説に関して、次の省略記号を用います。

［ハクスリー］*CY*＝*Crome Yellow*, 1921 ; *AH*＝*Antic Hay*, 1923 ; *TBL*＝*Those Barren Leaves*, 1925 ; *PCP*＝*Point Counter Point*, 1928 ; *BNW*＝*Brave New World*, 1932.

［ピム］*CS*＝*Civil to Strangers*, 1936 ; (*pub.* 1987) ; *CH*＝*Crampton Hodnet*, 1939 (*pub.* 1986) ; *STG*＝*Some Tame Gazelle*, 1950 ; *EW*＝*Excellent Women*, 1952 ; *JP*＝*Jane and Prudence*, 1953 ; *LTA*＝*Less Than Angels*, 1955 ; *GB*＝*A Glass of Blessings*, 1958 ; *NFR*＝*No Fond Return of Love*, 1961 ; *UA*＝*An Unsuitable Attachment*, 1963 (*revised & pub.* 1982) ; *SDD*＝*The Sweet Dove Died*, 1963-69 (*pub.* 1978) ; *AQ*＝*An Academic Question* 1971-2 (*pub.* 1986) ; *QA*＝*Quartet in Autumn*, 1978 ; *FGL*＝*A Few Green Leaves*, 1980.

一　ハクスリーとピム

二〇〇六年六月に、バーバラ・ピム（Barbara Mary Crampton Pym, 1913-80）作、小野寺 健氏訳『秋の四重奏』（みすず書房）が我が国で発刊された。筆者は、この作品に描き出された〈初老の孤独〉の描写のなかに、小説というものが示しうる〈人生の真実〉の奥の深さと、この〈真実〉の扱いの多角性に気づいた。以下は、こうしてピムの他の作品をにわか勉強した報告書のようなものである。その結果、ピムの他の作品には『秋の四重奏』ほどの技術的完結性はないと感じられた。しかしこの作家の読者が誰しも感じるだろうが、ピムは、次々と自己の他の作品を読ませる魅力をもっている。階級的に狭い範囲の人びとを描いているにもかかわらず、万人に共通する穏やかな〈人生の真実〉が、生活感覚描写から漂い出る。扱いが観念的ではなく、日常的諸場面が多面的に人生を描き出す点から、彼女の魅力は発している。取り組みが遅かったために、書店発注したもののうち『誰か優しい羚羊でも』（*Some Tame Gazelle*, 1950）はついに入手できなかった。『クランプトン・ホドネット』（*Crampton Hodnet*, 1939）は、作品の前半が入手できなかった。またそれ以外の全作品について、それぞれ独立した節を設けるつもりで書き始めたが、すでに時間とスペースがなくなった。ここに書き切れなかった六作（初期の『異国の人にも親切に』、後期の『愛らしい鳩は死んだ』、最も扱いたかった『秋の四重奏』と『なお残る緑の葉たち』の四作は、全て読み切りながら扱えなかった）については、改めて稿を起こしたいと思う。

バーバラ・ピムは一六歳の時に、オールダス・ハクスリー（Aldous Huxley, 1894-1963）の処女長編『クローム・イェロウ』（*Crome Yellow*, 1921）に魅せられて、これならわたしにも小説が書けると感じたという。実際一六歳のピムは、すぐあとに「仮装服を着込んだ若者たち」（'Young Men in Fancy Dress', 1929）を書いた（この小説は公刊されていないが、批評家マイクル・コットセル＝Cotsellが冒頭部分の長い引用を含めて、かなり詳しく紹介している）。ピムはこの作品に『クローム・イェロウ』の主人公デニス（Denis）と同じ名前の主人公を登場させて、このハクスリー小説に登場する若者たちとよく似たボヘミヤンふうな男女の世界、「さまざまな束縛や義務に邪魔されることのない、気ままに振る舞う富裕な若者の世界」を示し「ありとある文学上の議論、気取ったポーズ、ある種の、靄のかかったようなロマンティシズム、そして街灯の下でキスを受けるために顔をもたげる若い女たち」（Cotsell: 12）などからなる、ロンドン・チェルシー地区に集まるグループを描き、これにデニスが幻滅する様を描いたようである。しかもこの小説は、主人公デニスが自分の発想で書いた一文が既成作家の作品からの一文であることに気づく場面から始まるのである（Cotsell: 11）。この作品とは『クローム・イェロウ』に他ならず、探してみれば、その第二章冒頭の一文がそのままピムの作品の冒頭にいわば引用されていることが判る。

またここでデニスが、ハクスリー的な現代の若者に幻滅する、という点は重要であり、ハクスリーを出発点としながら、ピムはより穏健な眼でイギリスの現況を見た。クローム・イェロウ邸へ黄色いセダンを飛ばしてやって来て、あっという間にメアリ（Mary Bracegirdle）を自分のものにして、またあっという間に他の大邸宅にいる女のもとへ去ってゆくアイヴァー（Ivor Lombard）――「この上なく緊急性を有する社交上の、また恋愛上の約束類がアイヴァーをある邸から男爵邸へ、城から城へ、エリザベス朝風領主邸からジョージ朝風大邸宅へと誘い続けた」（CY, 219）――、この性的に無節操なアイヴァーは、ハクスリーにおいては、時代の先端を疾駆する異例であり型破りである。ピムはしかし、世間並みに振る舞っているように見え、目新しくもなさそうな放蕩者を、『天使には及ばずながら』（*Less Than Angels*）の人類学者トム（Tom Mallow）として描き出す。二〇世紀の世相に触れ、アフリカの文化に触れたトムは、いわばイギリス文化離れを起こしてしまっている（ロッセンは適切にも、この種の人類学者は“detribalized themselves”されたのだと言っている：Rossen: 115）。ハクスリーを受けて、より後年のイギリスの変容を示していると言えよう。しかも、上記ピムのデニスが現代の軽薄さに幻滅したように、ピムはこのトムの振る舞いを決して当然のこととして黙認してはいない。非難の言葉を使わずに、周囲の人物たちの反応によって、おのずとこの男の愚劣性が読者に伝わるのである。

またハクスリーの初期小説（第三作）には、原題を *Those Barren Leaves*（一九二五）と称する作品があり、前記コットセルは、この作品にもピムは影響されているとしている（Cotsell: 13）。この小説は『クローム・イエロウ』とよく似た作品だから、当然そう言えるであろう。この小説題名の訳文は『空しく枯れた木の葉たち』とでもすべきだが、内容的には『反古と化したる書籍類』の意である（森松：121-171 参照）。他方バーバラ・ピムは、癌の再発を告げられた自己の死の直前に、題名を *A Few Green Leaves*（一九八〇、『なお残る緑の葉たち』）と称する作品を書き残した。これは"*-en Leaves*"が両者に共通することにも窺えるとおり、明らかに前者（『反古と…』）を意識しての命名である。前者が、過去の文化伝統を満載した書籍のページ類の死滅を主題の中心とするのに対して、ピムはなお残っている自己の生命を注入したこの作品のなかで、中年を過ぎてなお人生に希望を見いだす独身女性を一方では描くとともに、他方では、なお残存するイギリス文化（特にその文学とキリスト教）の伝統を描こうとするのである。ハクスリーはピムに生涯意識される作家であり続けたのであろう。

『反古と化したる書籍類』はまた、ピムの『愛らしい鳩は死んだ』（*The Sweet Dove Died*, 1963-69, pub. 1978）の発想源となったかもしれない。これは小説が出版社に受け容れられなくなった時期のピムが、彼女としては異例にあからさまなかたちで新たな世相を描き出すことを選択した作品である。作品には二つの版本があり、最初のものはフィリップ・ラーキンの批評を受けて破棄され（Cotsell: 106）、一九七七年の改訂を経て公刊版ができあがった。しかしヒロインの五〇歳に近いレオノーラ（Leonora Eyre）は、当初の草稿から存在した人物であり、二四歳の美男子ジェイムズ（James Boyce）を、籠のなかの鳩のように「囲って」いた。このストーリーは、『反古と化したる書籍類』の主人物で五〇歳に近い未亡人リリアン・オールドウィンクル（Mrs Aldwinkle）が三三歳の文芸評論家キャラミー（Calamy）などの若い男を追いかけるのに似ている。『愛らしい鳩は死んだ』では、副人物の、やはり五〇歳に近いメグ（Meg）が二〇代のコリン（Colin）を、同じように自分の家に引き留めようと必死になっている。ハクスリーではオールドウィンクル未亡人の恋敵として若いスリップロウ（Mary

Thriplow）が配されると同じかたちで、ピムの二人の中年女には「恋敵」として、ジェイムズ、コリンそれぞれの同性愛上の若い「恋人」たちが配されている。

両者の作品を統括的に見た場合にも、ピムの小説には、ハクスリーの初期四小説に共通する類似性が見られる。館というべき大邸宅のなかのハクスリーの世界を、小住宅や司祭館内に置き換えて、二〇世紀ならではの会話を次々と記すという手法が、その形態上の類似性の最たるものである。小説の細部においても両作家は、当時のイギリスの人びとに共通する日常的意識を様ざまな場面で用いる。『クローム・イェロウ』でも、主人公デニス（Denis）が鬱屈しているとき、ローズマリーの細枝を折り取って嗅ぐと、「洞窟のような教会の香煙（incense）のにおい」（*CE*: 247）がする。教会の香煙・薫香は、その後ピムが大半の小説のなかで多用するものである。彼女がキリスト教を描くときには、それがイギリス国教会系高教会・低教会であろうとカトリックであろうと、用いられる薫香の強さと質を、まるでそれら宗派の本質のように人びとが感じている様を描くのである。また下層階級を登場させることの極めて少ないピムだが、『不釣り合いな慕情』（*An Unsuitable Attachment*, 1963）の最後に、高位聖職者の令嬢が下層の男と結婚する終結によって、作品全体の意味を大きく左右させた成り行きには、ハクスリーが『恋愛対位法』に登場させた下層出身の作家ランピオン（Mark Rampion）を理想の人物に祀りあげた過程の影響を見てもよいかもしれない。『異国の人にも親切に』（*Civil to Strangers*, 1936）に登場するアダム（Adam Marsh-Gibbon）が、形骸化したワーズワス崇拝に明け暮れしたり、『愛の甘い報酬は虚し』（*No Fond Return of Love*, 1961）の準ヒロインのヴィーオウラが、ワーズワスの詩句にちなんで名付けられた自分の名ヴァイオレットを嫌って改名したりする描写も、ハクスリーの描き出す第一次世界大戦後顕著となった、知識階級のロマン主義離れを受け継ぐものであろう。

だがこれ以上に目立つこととして、ピムがハクスリーを起点として発達させた大きなテーマ上の類似点――拙論の表題とした「変わりゆくイギリス」の様を忠実に記し、それとともに人びとの心理に何が生じるかという問題を扱う類似点がある。両作家を読み合わせてみると、なるほど最初は相違点が目立つ。しかしハクスリーとピムの、諷刺の度合いの強烈と穏健、異常な、突出した新人類の続出と尋常普通で珍奇なところの少ない人物の羅列などの相違点の彼方に、二〇世紀を生きるイギリス人の心的状況の描出という、強い類似性が見えてくる。ハクスリーの、宗教的価値やロマンティシズムの完全な崩壊、過去の価値観の崩壊のあとの新たな価値観の成立不能性、共産主義や過激な政治行動の描出、こうした世相のなかでの愚かしい人間悲喜劇への厳しい諷刺、例外的な、しかし時代をよく表す人物の選び方というような、いずれも劇的としか言いようのない激しさ（具体的には森松：130-67参照）は、確かにピムには無縁であった。だがピムも穏和なかたちで、諷刺を小説の生命線として用いている。つまり作者を含めて万人がもつと思われる喜劇的な愚かしさや弱点を、時代の推移に絡めて、非難を混じえずに、とぎれることなく描き出すのである。

その際のピム独特の描出はどのようなものだろうか？　一つは「詩が彼女を形成した」（Hazzard : 3）ということである。彼女の小説全てに、多数のイギリス詩の引用やアリュージョンが見える。第二には「彼女は、コーヒー・スプーンで人生を計り分ける人びとを捕捉することができた」（Hazzard : 3）――すなわちこの「プルーフロックの恋歌」（T.S. Eliot）の捩《もじ》りが示唆するように、ピムも常に二〇世紀世界における日常性の本質を語るのである。また第三には、女性独自の観察眼が、至る所に働いていることである――『不釣り合いな慕情』のヒロイン、ペネロピー（Penelope）は、人類学者ルパート（Rupert）に誘われて飲みに行き、彼を面白みのない男と思うけれども、彼がかつてスープ用の牛の尾（oxtail）を貰って嬉しかったと言ったのを聞いて、この人は何と無邪気なんだろうと思う。また『天使には及ばずながら』のヒロイン、キャサリン（Catherine）は、以前の同棲相手トム（Tom）がアフリカで事故死した直後、イースター島の巨大人面像のような厳《いか》つい横顔をした（やがて

彼女の次の恋人になることが巻末で示唆される）男性アラリック（Alaric）の動静に関して、

> 彼女は彼の言動に対して、なんだか自分が責任を帯びているように感じていた――これは、二人で人類学用のメモ類を燃やした夜以来の気持ちであった。多くの男にとってそうであるように、彼という男にも、自己より強い女が必要なのだ。というのも、イースター島人面像のような厳つい岩肌の一枚裏に、自己に対して自信のない〈幼い少年〉が居竦《いすく》まっていたからである。（*LTA*: 241-42）

――このような男性の実像を捉えた描写が、「優秀な女性」の知的風貌の裏にある母性的心理とともに示される。男性登場人物は、こうした女性心理は読み取っていない。『クローム・イエロウ』の主人公デニスが、自分としての最大限度の行動力を発揮して自分自身に電報を打ち、クローム・イエロウ邸を辞去せざるを得なくなったときに、愛するアン（Anne）が画家ゴンボールド（Gombauld）を受け容れたと見たのは実は間違いで、アンが別れぎわに淋しそうにするのに気づきながら手遅れになる様（*CY*: 324）を、ピムが継承したかもしれない。

第四には、ユーモアの質も女流独特の観察に裏打ちされている。女性が身なりに関して大きな失敗をしたときに、逆に男性はその女に愛着を感じることがあるという一種の〈真実〉を描き出す場面を例に取ろう。先に述べたペネロピーが、妙なドレスを着てルパートの催したパーティに現れる。これは女性客が少なくて、いわば代役で急に招かれた彼女が、姉の家へ駆け込んでドレスを借りたことから生じた。この『不釣り合いな慕情』の挿話のなかで吝嗇を徹底して描かれた上流婦人セルヴェッジ（Lady Selvedge）が、ペネロピーの姉に送りつけた古着（ラメのカクテル・ドレス）を、姉は（着る機会もなくもてあましていたのだが）貸し与えたのである。同じパーティに出る地味なアイアンシー（Ianthe）に対抗させるため、婚期に遅れそうな妹への配慮だという自己説得によって姉はこれを着せた（この姉の心理には、用途のなかった古着を活用するずるさが潜む）。だが古着はペネロピーには小さめだった上に古びていて、パーティの最中に背中の縫い目がほつれた。ペネロピーとしては大失敗だったと思ったが、見ていたルパート（Rupert）はこのほつれのゆえに彼女に親愛感を感じる（*UA*：129）。こうした男性の精神構造のなかに潜む単純さ・幼稚さの指摘は、上記『クローム・イェロウ』のデニスの描写——彼が負傷したアンを抱いて斜面を登れなかったとき、アンは大笑いをしたにもかかわらず、この失態ゆえに愛情の芽が兆していたかもしれないとは、デニスは考えもしない——より女性的である。

今度は、このデニスとアンの場面の応用と思われるピムの描写を例に取ろう。ここでは穏和なかたちで、ピムはロマンティックな恋愛小説の伝統を転覆する。『なお残る緑の葉たち』の脇役ミス・グランディ（Miss Grundy）は、みずからロマンティックな恋愛小説を書いたこともある老嬢で、今はもう一人の老嬢ミス・リー（Miss Lee）と共同生活をするに甘んじている。あるシェリー酒パーティ（こうしたパーティは、伝統的にはロマンティックな恋愛の端緒となる）で、彼女は庭石につまずいて転ぶ。オースティンの『分別と感性』で捻挫したマリアンヌを抱き起こしたウィロビーの恋愛のような、相思相愛的筋書きの始まりであるはずの状況に自分が陥ったと彼女が感じたのもつかの間、

しかし彼女を抱き起こしに駆けつけたのはこの邸宅の御曹司でもなく、見知らぬハンサム・ボーイでもなかった。救いの手はエマから、つまり女流人類学者として人間行動の観察のため村に来ているエマからさしのべられた。（*FGL*：56）

この場面は間違いなく、『クローム・イェロウ』において、アンが夜の庭で転び、怪我をしてデニスに手当をして貰い、抱きかかえられることになった場面のパロディでもあろう——

「抱いてってあげよう」デニスは申し出た。これまで女を抱きかかえて運んだことはなかったが、映画ではいつも簡単にこなせる英雄行為のように見えていた。

「無理よ」アンは言った。

「もちろん無理なんかじゃないさ」彼はこれまでより自分が大きな人物、つまり女の保護者になった気分だった。「僕のうなじに両手を回して」と命じた。彼女は言われたとおりにし、彼はしゃがみこんで膝下に手を入れて抱え上げた。驚いた、何という重さ！　その斜面をよろめきながら五歩登ったが、ほとんど平衡を失いかけ、突如、ちょっとどすんという音をたてて、この重荷を降ろさなければならなかった。

アンは爆笑に身を震わしていた。「無理って言ったでしょ、デニスのお馬鹿さん」（*CE*: 177）

すなわち恋愛映画の見せ場である抱きかかえの場面を、ハクスリーは覆す。先の場面でピムは、大きな影響を受けたこのハクスリーの小説を、一九世紀小説や、二〇世紀の慣習的恋愛映画を念頭に置きつつ、もう一度転覆させるのである。

さてピムの「変わりゆくイギリス」は、「変わらないイギリス」のほうから描出される。私たち日本人には比較的知られていなかった、イギリス国教会系高教会の日常的活動（それはほとんど、知的中産階級の日常生活そのもの）が、第二次大戦後においてさえ、キリスト教離れの影響をほんの徐々にしか受けずに続いていたことが描き出される。またその間に、イギリス国内最高の教育を受けた女性が、男性の学者による書物の索引作り程度の仕事に甘んじている様から書き始め、作を追うに従ってこれも徐々に独立した仕事へと進んでゆく様が示される。また恋愛と結婚についても、ヴィクトリア朝的な考え方が、これまた徐々に変化してゆく様が、作を追いながら描出される。そしてピムがハクスリーをむしろ逆手に取っているのは、ハクスリーが「不毛となった文学」として扱った過去のイギリス文学からの引用や影響を、作品の表題や人物名を初め、全作品中の至る所に、意味ある言葉として利用していることである。

二　ピム中期の作品群

『優秀な女たち』*Excellent Women*, 1952

のちの作品『不釣り合いな慕情』（*An Unsuitable Attachment*, 1963）の後半で、イギリス国教会の重鎮の娘アイアンシーが恋に陥った際に「でもわたし、結婚までは考えていないわ」と言ったとき、司祭の妻ソフィアは「あなたたってひとは結婚しない運命みたいに思えるの…つまり、やがては例の素晴らしい独身女性の一人になるんだわ…イギリス国教会になくてはならない教会の大黒柱に」（*UA*：194-195）と語る。こう言われてアイアンシーは当然、黙り込んで抗議の意を表するけれども「でも最近まで、わたし自身、そうなりそうだと考えていたのだわ」（*UA*：195）と内心でソフィアの言ったことを認める。〈キリスト教徒らしいやりかた〉を貫く、高学歴で最高度の知性と教養を有する女性たちが、独身のまま、教会への無料奉仕にのみ生き甲斐を見いだしていた時代背景がここにはある。イギリス国教会の特に高教会派は、これら卓抜な教養をもった女性たちに支えられていた。そしてこの小説の題名に見える「優秀な女たち」とは、このような独身女性を指す。

この小説の語り手ミルドレッド（Mildred Lathbury）は、まさしくそうした女である。作品のほとんど冒頭でミルドレッドは「一人住まいで、はっきりと連れ添う係累もない、三〇をちょうど過ぎた独身女性は、他人のしていることに巻き込まれたり、興味を持ったりするものだと思ってかかったほうがよい」（*EW*：5）——オースティンの『自負と偏見』の有名な文章を捩《もじ》ったような言葉を発する。フェミニズムやジェンダー論が盛んになる以前に、地道な穏健な見地から女性の社会での位置、その願望とそれを阻害する諸要素を描き出す。

オクスフォード大学などで最高度の教養を身につけた女性が、いまだ、副牧師（助任司祭）と結婚するのを理想としていたこの時代には、これら独身の優秀な女たちも地域の教会と強く結ばれていた。ミルドレッドも、一部の教会に見られるヴィクトリアン・ゴシックの尖塔を愛したからこそ、また高教会だからこそ聖メアリ教会（St. Mary's）を選んだ。司祭弟姉（Julian Malory, Winifred Malory）とも友達になった。わたしは器量のよくない女だけど、言っておくけどジェーン・エアみたいに醜い読者に希望を与える存在じゃないわよ（*EW*: 7）――読者にこう告げる語り手は、一九世紀小説の恋愛ロマンスを期待しないように読者に警告するかのようである。彼女は、仕事として、貧しい身に落ち込んだ支配階級の婦人（gentlewomen）を介護する組織で非常勤職員をしている――わたしに相応しい仕事だわ、だってわたしもいずれこういう境遇になるだろうから（*EW*: 12）。そして司祭の姉ウィニフレッドもまた四〇代半ばの独身女性。家事万般について、弟のジュリアンの世話をすることに生き甲斐を見いだしている。弟の司祭は四〇歳だが、高教会の司祭だから独身は相応しいことだと周囲から考えられている（*EW*: 14）。

この保守的なミルドレッドと対照される高学歴の女がヘレナ・ナピア（Helena Napier）という人類学者。家事を一切やらないし、またできもしない。ミルドレッドの使っている雑役婦のモリス夫人（Mrs. Morris）を、私のほうへも回してと頼みに来たついでに、ミルドレッドに向かって、夫への不満・結婚生活の陳腐化を打ち明け、一緒に人類学をやっている独身の学者エヴェラード（Everard Bone）への心の傾斜を語ってゆく。彼女の夫ロッキンガム（Rockingham Napier）という人物は戦地からやがて復員してくるが、妻ヘレナは夫の帰還当日も家で待つことさえしないので、帰国し帰宅した彼は、同じフラットの上階に住むミルドレッドの部屋で湯茶のサービスを受けながら妻を待つ。美男子を近くに見たこともない彼女は陶然となる（*EW*: 31）。ヘレナはエヴェラードを伴って帰宅し、平然としている。エヴェラードのほうも居座って、二人で学会発表の相談をする。ピムは、従来どおりの生活感覚をもつミルドレッドと、時代の先端を行くヘレナとを常に対比しながら語りを続ける。

ピム小説では常にそうであるが、教会活動は、宗教というよりも日常生活の一部として描かれる。ロッキンガムも教会の善し悪しについて、最高の品質の薫香（the best quality incense）を使うかどうかによって判断しようとする（*EW*: 33）。ミルドレッドは司祭の姉ウィニフレッドとジャンブル・セールに出す品をより分ける。額に入った写真が多いので「悲しいのは〈不要になったたって感覚〉ね。人間そのものをジャンブル・セールに出すみたいだわ」とウィニフレッドが言う（*EW*: 39）。教会関係のセールに、不要品なら何でも出品するというイギリスの現状をピムは直接の批判を避けながら記録するのである。ピムはハーディの愛読者だったから、写真入りの額にまつわる非人間性を扱った小説（『ジュード』）や詩（「息子の肖像」詩番号843）を念頭に置いたかもしれない。このときミルドレッドは、連れ添う係累もない独身女は不要になったって全くおかしくない（*EW*: 39）と感じる――わたしが死んで誰が悲しもうか？「誰の生活のなかでも、わたしは本当には一番大切な人間ではない。簡単にわたしの代役が見つかるわ」（*EW*: 39）――この言葉には、詩と言ってよい感情の凝縮がある。教会行事が、宗教を描くために使われるのではなく、人の生活感情を示す場面として使われるのである。

この教会の司祭館には空き部屋があり、ミルドレッドも住まないかと誘われたことがあったが、断った。代わりに部屋を借りたのはグレイ夫人（Mrs. Gray）。ミルドレッドより少しだけ年上の、司祭の未亡人である。教会が主催したジャンブル・セールでは、グレイ未亡人も手伝った。当時、司祭未亡人は地味な服装をしていて当然だったのだが、彼女は服装が美しすぎると人びとには思われた（*EW*: 57）。そして四〇歳の独身司祭ジュリアンが、手ずからケーキをグレイ未亡人に勧める姿が目撃される（*EW*: 61）。やがて未亡人の名がアレグラ（Allegra）と判って、バイロンの非嫡出子と同名であるとミルドレッドが指摘した（*EW*: 64）ので、ロマン派が大好きな司祭の姉ウィニフレッドが大喜びをする。この最後の挿話は、ウィニフレッドに何の咎もないけれども、高教会の司祭の姉にしては矛盾に満ちた評価だということを、ピムは当然意識して書いている。宗教教義は、良くも悪くも人びとの生活には染みこんでおらず、高教会そのものも歌唱つきのハイ・ミサ（sung mass）をするとか、薫香の質が良いとかいう生活習慣からくる信徒の趣味にかかっている姿が喝破されるのである。『ジェーンとプルーデンス』でも、さらにこの点が強調されている（*JP*: 55）。

教会が世俗化している様子は、そのほかのかたちでも巧妙に呈示されている。シスター・ブラット（Sister Blatt）は、副牧師のことを、実業界でうだつが上がらなかったから中年になって牧師業についた人だと悪口を言っている（*EW*: 59）。おそらくこの種のことは、事実として当時のイギリスに生じていたであろう。またカトリック教会の神父の妻ライアン夫人（Mrs. Ryan）が、イギリス国教会側のジャンブル・セールにやって来て、自分のほうのジャンブル・セールにも来てねと言って立ち去る。宗派替えとなると目くじらたてる両者が、セールでの安い掘り出し物漁りとなると、完全に和解しているのである。このジャンブル・セールでは、先に悪口を言われた副牧師グレートレックス（Greatorex）が何も手伝わず、ただ司祭の姉君とグレイ未亡人にお茶を持ってゆくだけ。グレイ未亡人が派手やかで男の目を引くことが、前後に描かれており、茶にありついた二人のうち、司祭の姉君（彼女が何を着ても似合わないことが、ミルドレッドの感想として先に述べられていた）は添え物に過ぎない――とはピムは書かず、それを読者に示唆して笑わせる。

ミルドレッドは司祭のジュリアンが、背の高い女と談笑しつつ町を歩くのを自宅の窓からちらと目にする。また戦火で半ば廃墟となった教会で、エヴェラードが礼拝に来ているのを目撃する。ピムは、ミルドレッドがこれらの独身男性に関心があるとは書かず、彼女が常に彼らの動静に目を配っている様を呈示するのである。一人称の語り手が語る小説は「自己の願望（desire）を語る物語であることが多い」（Cotsell: 50）とは、批評家コットセルの優れた見解である。「でもエヴェラードはわたしなんか、誰であるか見分けもしなかった。だってわたしには、何一つ目立ったところがないんだもの」とミルドレッドが言うと、そばにいたロッキンガムが「とんでもない。正反対だ（How completely untrue !）」（*EW*: 55）と言ってくれる。ミルドレッドは、ロッキンガムが軽薄な男であることは見抜いているとされてはいるが、ピムはこうした描写だけを提供し、ミルドレッドの心のなかを読者に想像させる（そしてこれらの想像は容易であり、ピムの期待通りのことを読者は考える）。

ミルドレッドは、親友ドーラ（Dora）の兄から結婚なんかするなと言われる――「僕は君のことをね、たいへんバランスのとれた分別ある人と思うんだよ。つまり優秀な女性とね」（*EW*: 69）、そして彼女に結婚を薦めない理由として、彼女が良き「人生の観察者」だからと言うことを挙げる（*EW*: 70）。「長いスパゲッティなんて、食らいつく格闘を誰も見てないときに、一人で食べるものだわ。スパゲッティ食べてる女の向かいに誰かさんが坐ってて、たくさんのロマンスの芽が摘まれたに違いないもの」（*EW*: 96）――実際ミルドレッドはこのような観察を次々に述べてゆく。アフリカでの重婚を研究している人類学者は不倫をしやすいかという話題を、ロッキンガムとヘレナ、そしてヘレナが恋するエヴェラードとともに語っていたとき、ヘレナは、人類学者は淋しくなるくらい単婚主義だ、教会へ行く人たちより不倫に縁遠いわよ、と述べたあと、ミルドレッドに悪意のある目を向ける。ミルドレッドはヘレナの夫ロッキンガムの美貌に惹かれており、またヘレナは人類学者エヴェラードが人妻の彼女をなかなか誘惑してくれないことにいらいらしている。この複雑な状況下の四人の姿が、このように観察される。だがミルドレッドは観察者だけに留まりたくないのだ。

階下にロッキンガムが来てから、彼女はそれまでになく厚化粧している（*EW*: 100）。他方彼女はバスのなかから、司祭のジュリアンが公園のベンチでグレイ未亡人の手を取っている情景を見てしまう。独身のジュリアンとミルドレッドは、周囲から似合いの男女と考えられていたのだ。彼女が友人ドーラに語ったところでは、もちろんジュリアンに恋はしてはいない、「だってとっても相応しくないことだと思うの」（*EW*: 104）――彼女には自分が魅力のない女であるただの証明のように、あの情景は思われるのだ（もっとも、この解釈も読者に任されており、ある種の恋心の存在を読み取ることもできる）。ジュリアンについての憂慮をロッキンガムに話すと、彼は「この人には人類学者を探してあげたいね…エヴェラードが今ここにいるのなら、ミルドレッドさんの手を握らせるのに」（*EW*: 107）などと言う。困惑しながらも彼女は突然、エヴェラードなら分別もあり、教会にも行くひとだから、このわたしの憂慮を判ってくれるのにと感じるのである。三人の男性（司祭、ヘレナの夫、そしてヘレナの恋人）に対するミルドレッドの関心が、三様に示される得難い場面である。

彼女はドーラとともに、女学校の同窓会に赴く。帰りの列車のなかで二人は悲しむ――

もはや先刻のように成功を遂げた級友を貶めたり、成功せずに終わった級友のことで喜んだりできなかった…わたしたち二人は、別に輝かしい経歴を築いてはいなかったし、何よりも重要なこととして、二人とも結婚していなかったからだ…同窓会に来る人たちが、確認しようと目を見張るのは、左手の指輪だったのである。（*EW*: 112）

司祭の姉のウィニフレッドも独身。教会の飾りつけでのリーダーだった。しかし司祭の未亡人アレグラは、教会の飾りつけに慣れていて、ウィニフレッドの保守性を批判し、結局アレグラ主導で飾りつけが行われた（*EW*: 118）。このアレグラに誘われてミルドレッドは彼女と昼食をともにする。約束通りの時間に到着したのに、アレグラは一〇分遅れて現れた。だが「ごめんなさい、わたし早く来すぎて」とミルドレッド。アレグラは料理をこねまわすだけでさっぱり食べない。ミルドレッドは沢山食べるので恥ずかしい。「わたし、『クローム・イェロウ』のお嬢様たちみたいね」（*EW*: 125）とアレグラ（ハクスリーは、『クローム・イェロウ』で、人前で極めて少食な令嬢たちが、隠れた場所で大食漢ぶりを発揮する姿を描いた。CY: 200-209)。そしてアレグラは、ジュリアンから結婚の申し込みを受けたことを明かす。「それを聞いて嬉しいわ」と言うとアレグラは「嬉しいですって？　まぁ、安心したわ」と言う。「あなたって素晴らしい方ね。ほんとに気になさらないの？」というアレグラの言葉に、最初は笑ったものの、わたしがジュリアンと結婚したがっていたみたいな言い方ね、と思うと笑いは消えた（*EW*: 126-27)。周囲では、そう思っていたのだろうか？

だが侮辱はそれだけではなかった（ただしピムは「侮辱」とは書いていない。読者にはしかしそう伝わる)。ジュリアンと同居している姉ウィニフレッドを、いわばミルドレッドに引き取ってくれと頼むのが、今日の昼食への誘いの目的だったのだ！（ピムは感嘆符はつけない）――独身女に独身女を押しつけるのである。「素晴らしい考えじゃありません？　あなたちゃんとやっておられるんだし、ウィニフレッドさんもあなたが大好きだし。それに、あなたには他にお身内はいらっしゃらないんでしょう？」（*EW*: 128）――ミルドレッドは断りの言葉を口にするが、グレイ未亡人は諦めない。ジュリアンはこの姉の別居を認めているのか、と思って尋ねると「男のひとには、計画を黙っておくほうがずっといいでしょ」と答える。ミルドレッドは「男性に何かを黙っておくなどという経験のないわたしは、不利な立場にあると感じた」（*EW*: 129）――ここでは独身女性にとって耐え難い侮辱のほかに、アレグラにおける司祭未亡人に通常期待されてきた精神的資質の消失も描かれている。ミルドレッド自身も司祭の娘。彼女のなかには、伝統的精神的資質の継承が対照的に示される。

ジュリアンもミルドレッドに結婚のことを伝えつつ「君にはショックだったろう」などと言う（ここでもピムは「無神経」などという言葉は用いずにそれを伝える)。彼は言い訳としてアレグラが、孤児でかつ未亡人であるという悲しい境遇にあることを挙げる（*EW*: 133)。ミルドレッドは「三〇歳を超えた人の大勢が孤児よ…わたしなんか二〇代に孤児だったもの…急がないと未亡人にさえなれないわ」（*EW*: 133-134）と反撃する。ロッキンガムまでが開口一番「可哀想に、嫌な一日だったろうね」と言う。「おかしなこと言わないで！」と切り返すと「でも期待くらいしたことあるだろう?」とのたもう（*EW*: 135）。でもロッキンガムは、あんな女より、君のほうが相応しかったのにとも言うのである。最後には彼は家事一切に興味のないヘレナを指して「あんな女と結婚するんじゃなかった」と言う。「どんな場合にもその場に相応しい言葉を発するわたし」も、声が出なかった…（*EW*: 138）。

ミルドレッドがある夕、仕事場を出ると、エヴェラードが待ち伏せていて、食事に誘われる。ヘレナが夜の一〇時に、一人で彼のフラットにやって来て、どんなに帰らせようとしても帰らなくて困った、という話（*EW*: 143）。こんな時助けになるのは君だけだ、ヘレナに何か言ってやってくれという依頼が今夕の目的と判った。「優秀な女」は、こんな時に、便利に利用されるのだ（とミルドレッドは思ったろう、とこのとき読者は思うのだが、小説の結末を読むと、このあたりは再読したくなる。ピムの小説の魅力の一つである）。そして彼は、今夜は母に会う約束だ、君も来てくれないかとタクシーに乗せ「母はちょっと変人でね…会う前に言っておくべきかと思っただけだけど」（*EW*: 146）――これまた再読すれば、エヴェラードがこのとき、実家がかかえる問題を大切な女性に'warn'しておいたのかなとも読めるのである。母親は、訪ねて来ていた得体の知れない女と、家具を蝕む害虫の駆除に精を出し、もう食事だから帰って、とその女を帰らせ、「キリスト教の伝道者は良くないことをした、原住民は独自の宗教を持ってるんだから。わたしたちのより、ずっと古くからある宗教よ。それを変えさせようなんて」と語る（畸人に反慣習的〈真実〉を語らせる『リア王』的手法）。エヴェラードは「ほかの人たちはたいがい、母とは会話を続けることができないのに。君の受け答えに感心したよ」と言う。ミルドレッドは、聖職者の娘は、どんな人にも応対できる訓練を受けていると答えるのである（*EW*: 150-51）。

ヘレナが夫と喧嘩のあげく家出をする。この失意の夫に、またしても頼りにされるのは「優秀な女」。彼を落ち着かせるために、サラダを調理してやる。「ミルドレッド、君はほんとうに見上げた女性だ」（*EW*：156）――ちょうどこの「危機」に君が来てくれるなんて、とロッキンガムが感謝感激するうち、ベルが鳴る。「ヘレナも君に慰められようと来たのかな」と彼は言ったが、来たのはジュリアン。そこへヘレナから電話で、エスター・クロヴィス宅に身を寄せたとのこと。クロヴィスをヴィクトリア駅まで取りにやるから、わたしの荷物を届けてくれないかとのミルドレッドへの依頼。利用されたと知りつつ、彼女は指定の場所まで出向くのである。彼女は、結婚することができるのは皿洗いさえしないヘレナや、縫い物一つできないアレグラであって、「優秀な女」ではないことを痛感する（*EW*：170）。

ミルドレッドは、転居したロッキンガムの依頼に応えて、彼の所有品を彼の新住所へ送り届けた。するとヘレナが来て、彼が持ち去るべきでなかった物品について、返却するようミルドレッドに手紙を書かせる。味気ない家具の一覧表を書きながら、賢い人物なら洗濯物の一覧表からだって詩が書けるんだから（*EW*：183）と思って彼女は我慢する（こうした日常行為の一覧表から、詩情のある小説を書くのがピムの芸である）。

ある午後、ミルドレッドは勤め先を出たところでふたたびエヴェラードに呼び止められて食事をともにする。「ヘレナが結婚してなかったら、あなた結婚なさった?」と彼女は訊いてみた。「彼女は全然、僕が結婚したいタイプじゃない」との返事。エスター・クロヴィスは？　と尋ねると、「あれは完全なる《優秀な女》だからね…そりゃぁ確かに、エスター・クロヴィスを尊敬・尊重はするがね」（*EW*：189-190）――ピムの小説では、こんなところにもオースティンのエリナー・ダッシュウッドの言葉（esteem）が響くのである。

ヘレナは夫との別れを後悔して、ふたたびミルドレッドに「あなたのほうがどんな牧師さまよりずっと頼りになるのよ。ロッキーに今すぐ手紙を書いて、わたしのことを伝えてちょうだい」（*EW*：200）と頼み込まれる。夫と妻を仲直りさせる仲介役なんて、高貴な仕事よ、と彼女に持ち上げられて、ミルドレッドは苦労してこの手紙を書く。そこへまた彼女の助力を懇願しに来たのはウィニフレッド。あの女（アレグラ）とはいっときも同じ屋根の下にいられない、あなたと一緒にここに住んではいけないか（*EW*: 207）というのである。

わたしが本心から好意を持っているウィニフレッドがわたしと起居を共にするという想いが、なぜ心も沈み込むような懸念をわたしに抱かせるのか、自問せずにはいられなかった。それはおそらく、ひとたび彼女を受け容れたなら、たぶんそれは永久に続くだろうとわたしが感じているからだと思えた。（*EW*: 207）

なお結婚の可能性だけは、残しておきたかったのである。ヘレナのために書いたばかりの手紙を見るにつけ「他人からの重荷を背負うのに疲れ果てていた」（*EW*: 207）のである。これがきっかけとなって、ジュリアンはアレグラとの婚約を破棄する。ジュリアンはミルドレッドの前で、さっそくキーツを引用して「どんな花が、足許にあるかが見えな」かったのだと言ったけれども、彼女はキーツの同じ詩の次の句を引用して、「どんな優しい薫香も」というのを小説の題名にして、高教会と低教会が張り合っている村を書くといいわねと茶化す（*EW*: 212）。周囲も彼女がジュリアンと結婚すべきだと考えている様子が伝わってくる。アレグラの出て行ったあとの司祭館の部屋には二人の新たな独身女性が入ることになるし、ウィニフレッドは弟の世話に戻る。「優秀な姉」に保護されすぎないように、わたしは彼と結婚すべきか？

こうするうち、ロッキンガムとヘレナは和解した。別れ際にヘレナは、「エヴェラードには気をつけてあげてね…あのひと、良い女性の愛情をどんなに必要としてることかしら」（*EW*: 235）と言い残す。ミルドレッドがエヴェラードの職場である人類学学会の近くを通ってみると、エヴェラードが犬のような頭髪をしたエスター・クロヴィス同伴で建物から出てくる。衝撃を受けたミルドレッドが、見えなかったふりをして通り過ぎようとしたとき、エヴェラードが呼び止める。見えなかったの？　の問いに「どなたかとご一緒でしたから」と言うと「ただのエスター・クロヴィスじゃないか」との答。彼には、その後夕食に誘われた。その道中、アレグラが今度通う教会を決めたが、その教会の司祭も、助手としての聖職者も、皆独身者だという噂を聞いた。夕食の場であるエヴェラードの部屋でクロヴィスさんはまだ？　と尋ねたが、エヴェラードはこの質問に驚いた様子で、彼女を夕食に招くことはしないと言う。そしてエスターのような「優秀な女」にではなく、ミルドレッドに索引・校正をやってもらいたいのだと言う。これほど熱を籠めて口をきく彼を、彼女は初めて見たのだった。

こうしてミルドレッドは「優秀な女」の独身性を脱け出ることになると示唆される。「優秀な女」の一句を巡って、当時の女性の社会的地位はもとより、その立場に置かれた女性の心情を克明に辿ったのが、ピムのこの中期の傑作と言えよう。

『ジェーンとプルーデンス』*Jane and Prudence*, 1953

これはオースティンの『エマ』に似て、年上の女ジェーン（Jane Cleveland）が若い友人プルーデンス（Prudence Bates）の結婚相手を見つけようとする話である——「ジェーンはもっともっとエマ・ウッドハウスのようでありたいと心を決めた」（*JP*: 96）。だが同時にジェーンは司祭夫人としては十分に教会に貢献する才覚も意欲もないことが作品のあちこちで言及され、その若い友人プルーデンスも、司祭夫人としての彼女を「ジェーンが思っていらしたとおりには、あの方の人生は展開しませんでしたの」（*JP*: 102）と評する。女流の英文学者となるはずの女性が、聖職者の妻の地位に甘んじ、その役目も十分に果たせず、他人の結婚相手探しに精を出す——こうしたヒロインと若い友人の描写を通じてこの小説は、女の幸せには結婚が不可欠という一九五〇年代の考え方を検討し、移り変わる世相をその間に観察し、書きとどめる作品になっている。この時代には、教会の運営会議においてさえ、女性の発言が軽視されていたこともこの作品は記している（*JP*: 134）。女性は「一杯のお茶がいつでも役に立つ」（*JP*: 135）という伝統を守って、茶を用意する側に廻っていた。

作品の第一三章では、ジェーンとよく似た学歴・教養を持ったミルドレッド（Mildred Lathbury,『優秀な女たち』のヒロイン）が、人類学者エヴェラード（Everard Bone, 同主人物）の妻となり、夫の片腕としてタイプ打ち、校正などに励んでいる噂が伝わる（*JP*: 125-126）。一方、男性が女性に求めるものは「一つのもの（one thing）」だけであって、タイプ打ち、校正、子育て、家計の切り盛り――「ほんとはこんなものは皆、どうでもいいのよ」とジェーンは悲しげに呟く（*JP*: 127）。そして章の最後では、彼女がオクスフォード大学で学んだ英文学が今は塵に埋もれている様が語られ、「侵食して已まぬこれら《時間たち》のなかで、お前を食い荒らさないものは一つとしてない」という、自分が研究するはずだった一七世紀詩人の詩句を思い出すことによって、文学の研究をするはずだったジェーンが無為に過ごしてしまった年月を彼女は嘆く（*JP*: 131）。彼女は今でも、喜怒哀楽のいずれの状況でも、自己の気持ちを代弁してくれる詩句を直ちに思い出す女（例は上記のほかにも多数。例えば *JP*: 136-137）なのだが。そしてこの章の終わりでは、教区会議で、教区民の対立を煽るような率直な意見を述べ、「うちの女房は、口を挟んではいけない場合というのがいつまで経っても判らないのだな」と夫にも思われてしまう（*JP*: 135）。ジェーンが司祭夫人として不適格なのは全て、当時期待されていた「女らしさ」（率直な意見はその正反対）から彼女が逸脱しているからに過ぎないということを、ここでピムは描き出している。

以下は、おそらくまだ日本では知られていないこの作品の粗筋じみたまとめである。オクスフォード大学の、前途有為と思われた女子卒業生が、若い頃の志望を果たしていない同窓会の描写（*JP*: 7-15）から始まるこの小説が、結局は独身で婚期を逸する瀬戸際だったプルーデンスが結婚に近づく推移のなかに、一九五〇年代の女性が、まだ時代の制約から逃れられない様が、多面的に扱われていることが読み取れるであろう。

ジェーンとプルーデンスは、ともにオクスフォード大学の卒業生だが、二人の関係は元の個人指導教員と学生。いま四一歳のジェーンは、早々と大学時代にニコラス（Nicholas Cleveland）に恋をして、まもなく彼と結婚、あこがれていた聖職者の妻となり、フローラという子供も生まれ、この秋には娘もオクスフォード大学に入学する。一方プルーデンスは二九歳になったが、未婚のまま。大学時代には、彼女には多くの崇拝者がいた。だが彼女がいま恋している相手は、彼女自身の説明によれば彼女が「個人的な助手」（*JP*: 10）として仕事を手伝っている既婚者で、経済史専攻のアーサー・グランピアン博士（Dr. Grampian）。

プルーデンスに好意を持っているジェーンは、この恋はダメだ、と思ったが、博士の奥さんが亡くなれば話は別――（と、ここまで考えて）そうだ、プルーデンスの結婚相手として〈男やもめ〉、つまり妻を亡くした男を探してあげよう、と、一足飛びにこう考えた（*JP*: 14）――この『エマ』のパロディを基調とするコミカルな雰囲気を、ピムはこの作品の全篇を通じて保つのである。コミカルと言えば、プルーデンスはあまり分別（prudence）を特徴とする女ではないし、姓で呼べば彼女は『エマ』のなかのミス・ベイツ（Miss Bates）そのままなので、プルーデンスはこう呼ばれるのを大変いやがっている。

ジェーン一家は、田舎にある新しい教区に着任。中年の独身女性ミス・ドゲット（Doggett）が、うるさ型のリーダーとして教会の飾りつけをし、ミス・モロウ（Jessie Morrow）という、彼女の従姉の娘で三七歳の（*JP*: 139）女がこのドゲットに、給与つきのコンパニオンとして付き従い、二人は同居している（実際にはドゲットはモロウを、叱りつける相手として珍重している）。村の墓地には、通常の花や樹木の飾りつけではなく、大きな額縁に入ったハンサムな男性の写真が飾られている新しい墓がある。「自分の写真を自分のお墓に飾るなんて！」（*JP*: 27）とジェーン。するとそばにいたミス・モロウが、それが最近奥さんを亡くしたフェイビアン・ドライヴァ（Fabian Driver）氏の写真だと説明する――ピムはさっそく小説に〈男やもめ〉を登場させたわけだ。墓石を建てるまでの「暫定措置」だと思われたのに、やがて、金を使って墓石を建てることもないということになったらしい。「奥さんも、石なんかより旦那さんの写真のほうがいいわね」（*JP*: 28）とジェーン。「でも旦那さん、奥さんよりほかの女たちが好きだったのよ」（*JP*: 28）とミス・モロウが解説。

フェイビアンは確かに妻コンスタンス（Constance）の死に衝撃を受けたけれども、妻が彼の愛人を家に招いて庭で語らっていたのを思い出し、今はもう人生を再スタートさせるつもりでいる（*JP*: 57）――この小説は、新たな世代の行動様式を観察し記録する作品だが、ここでもありえない女同士の語らいが記され、その末尾にピムはこう書く――「彼女らは、同じ男を共有している二人の女が一般にそうするとおり、少しぎこちない調子で（awkwardly）話していたのだった」（*JP*: 57）。

ジェーンはこの〈男やもめ〉のほかに、この村に住む、国会議員をしている名家の御曹司で三二歳のエドワード・ライアル（Edward Lyall）をも、プルーデンスの結婚相手として考えている。とにかくプルーデンスを村に来させようと、ロンドンで彼女に会って話すうち、偶然アーサー・グランピアンがプルーデンスに声をかける。この灰色の小男、眼鏡の後ろに砂利のような小さな目をしたこの面白くもない男の、どこに、何を、プルーデンスは見たというのか？――ジェーンは驚く（*JP*: 75）。ピムは、これはプルーデンスのインプルーデンスを示すものだと洒落ているのかもしれない。だが「プルーデンスは生まれつき美男子に不信感を抱いていた」（*JP*: 93）とも書かれている。

プルーデンスがジェーンの司祭館にやってくる。ジェーンはプルーデンスが「両の瞼に」、銀粉がその中に煌めく驚くべき緑色のアイシャドウを塗りたくっているのにあきれる（*JP*: 84）。しかし、何と何と！　夫が、司祭のくせに賛嘆の目をプルーデンスの両瞼に向けているので、ジェーンは、効き目があるのねと感服する。プルーデンスが煙草をふかす場面はあちこちにちりばめられ、僅か一三歳の違いで、彼女とジェーンが全く異なった時代に生きている感じを示している。プルーデンスはフェイビアンと地元の酒場で飲む機会を得、彼の横顔を素敵だと思い、別れ際には彼が彼女の手にキスするところだったが、ミス・ドゲットとミス・モロウが現れて、これは実現しない。プルーデンスはまたロンドンでもフェイビアンと食事をともにするのだが、そのときジェーンのことが話題になり、プルーデンスは「あの人、大変な才能よ。何冊も本を書いたっておかしくなかったのに」（*JP*: 102）と語る。ケンブリッジ大学出ながら、もともと付け刃の教養しか持たないフェイビアンが「本を？おやまぁ、ご大層な」と女が本を書くことをからかうので、彼女はきっとなって「何がいけないのよ」（*JP*: 102-103）とやり返す。プルーデンスの現代性は、厚みを増して示されてゆく――「フェイビアンさんは、女が愚かで、なよなよしてるほうがいいの？」――プルーデンスはここで「なよなよ」の部分にfeminineを用いている。この単語を「女らしい」という良い意味から「知性を磨かない甘ったれた」の意味へと転換しているのである。

ジェーンは、スカートの裾からスリップが（昔の言葉で「シミちょろ」になって）覗いていても平気という女（*JP*: 67）。しかし文学が話題になると、ありとあらゆるイギリス文学からの引用が口元から噴出する女でもある。フェイビアンが亡妻コンスタンスの遺品を整理する日、ジェーンは教会のジャンブル・セール用の品を貰うという、いわば公務で彼の家に出かけ、そこでコンスタンスが若い頃、恋人フェイビアンに贈った詩集を彼女の書棚に見つける。マーヴェルの「愛の定義」からの引用であるとジェーンが見抜いた詩句とともに、日付と、「CからFへ」という献呈の署名がしてある。こんな記念の品をジャンブル・セールなんかに出しては絶対にいけないわ――

ジェーンは、いつコンスタンスが自分の贈り物を自分の書棚に取り返したのだろうと考えた――もしそれが、特別の場合に行われた意識的な行為であればの話だが。だとすればそれは特別に苦しいフェイビアンの背信行為のあとだったのか？　それとも、書物が特に秘蔵されていない場合にはよく起こるように、いわば自然にこの書棚に入っただけなのだろうか？（*JP*: 110）

これは『秋の四重奏』で、マーシャがあちこちで貰ってきた老人割引のちらし類が、彼女の没後にきちんと積まれていた描写に匹敵する一節である。人の死後には、何気ない遺品のなかから、その人物の実質が見えてくることが多いという〈人生の真実〉がここに呈示されている。そしてフェイビアンはジェーンに「本ならお好きなように。自分で貰ってくれてもいいし、ジャンブル・セールに出してくれてもいい」（*JP*: 110）と言う。彼は一方では遺品の整理が悲しいと言いつつ、このせりふによって、その悲しみが見せかけであることを読者に悟られてしまう。

さてジェーンは教区教会会議をすっぽかして、ロンドンの学会へ行く（この文学関係の学会の描写、またバーバラ・バード［Barbara Bird］という女流作家の活動の描写は、私たち日本の英文学関係者にとっても興味深い。なおバード女史は、ピム自身の諧謔化された自画像だろう。*JP*: 116-120）。ロンドン滞在の機会に、ジェーンはプルーデンスにフェイビアンとの仲が、深いものかどうかを確かめようとする。ジェーンはプルーデンスにからかわれただけだった。「アーサー・グランピアンはどうなったの？」と尋ねるとプルーデンスは「まあある意味で、つまんないご老人ね、ちょっと可愛いけど」（*JP*: 124）と答える。彼は〈元カレ〉として祠に祀られたのだ。ジェーンはプルーデンスの世代のことは判らなくなったと感じた。他方、司教座聖堂参事会員となった、この教区の前司祭がやってきて、ジェーン宅の洗面所にウサギのかたちの石鹸があったことを危険視する発言をする。偶像崇拝とされたのである。「男っていろいろの点で、とっても子供っぽいのですから」（*JP*: 150）とジェーンは夫を弁護する。この点ではジェーンのほうが、高位聖職者より進歩的なのだ。

さて三七歳のミス・モロウは、フェイビアンがプルーデンスと結婚しそうなのを察知して、「敏速に行動しなければ」(*JP*: 139) と決断する。彼の亡妻のドレスを先日の遺品整理の際に自宅に持ち帰っていた彼女は、それを自分にフィットするように仕立て、それを着込んで、彼女の隣家に住むフェイビアンのもとへ忍び込む。「そのドレス、似合うね。亡くなったコンスタンスも、そんなの持ってたよ」(*JP*: 141) とフェイビアン。こうして二人は切っても切れない仲となる。これを知らないジェーンは、ロンドンから招いたプルーデンスに「まだ彼から結婚の申し込みは受けていないわ」と言われて

じゃぁどうしてあなたのほうから言わないの? 女性たちは今じゃヴィクトリア朝みたいな位置にいるんじゃないのよ。今は女も、男がしてよいことなら、ほとんど何をしてもいいのよ。それに女のほうがどんどん大きく、背も高くなってるから、男たちは小さくなってきてるのに。あなた、気づいていないの? (*JP*: 161)

と指摘する。このときジェーンは、プルーデンスがフェイビアンからプレゼントされたという詞華集を見せてもらうが、それは亡妻が彼にかつて贈ったのと同じ詞華集の新本で、「フェイビアンからプルーデンスへ」として、かつて亡妻が書いたのと同じ詩句がそこに引用してある (*JP*: 164)。彼とミス・モロウの関係はミス・ドゲットから、「二人はお友達か、それ以上か——わたしちょっと、それ以上知りたくないわ」という言葉でジェーンに伝えられる。ピムはこの場面で「このこと以上に、ミス・ドゲットが知りたいと思っていることはなかった」(*JP*: 184) と書く。せりふを書き込んで、そのときの発言者の真意を別途記す、ないしは読者に想像させるというやりかたは、ピムのお家芸である。

プルーデンスの職場の同僚に、ジェフリー・マニフォルド（Geoffrey Manifold）という二〇台後半の男（ただし、女は三〇歳というと年老いた感じだという会話のなかで、彼の同僚の女は「マニフォルドは三〇よ。男だったら、三〇と言っても、そう悪くない感じね」と言っている。*JP*: 97）がいて、ネスカフェの缶を引き出しに鍵をかけてしまっている締まり屋ぶりを発揮していた。プルーデンスはこの男に、自分のグランピアン博士への想いまで見抜かれているようで、従来から気持ちが悪かった。だが同僚たちは「彼はちょっとあなたが好きみたいよ」（*JP*: 100）と噂していた。プルーデンスが、思いがけないフェイビアンの心変わりに思い乱れていたとき、この男がやってきて、彼女はその目の前で泣き崩れた。そのときにはジェフリーは、アイシャドウが流れ出さないかどうかを気にしてくれただけだったが、夕方、フェイビアンかジェーンが電話してきそうなときに、彼が「どう、大丈夫？」と電話してきた。あれからずっとわたしのことを気にかけていてくれたんだわ！　プルーデンスの気持ちは大きく彼のほうに動く。初めはジェーンに「ここから何かが生まれたら、全てが台無しね」（*JP*: 216）と言っていたプルーデンスは、巻末では、アーサー・グランピアン博士が、気が滅入るから夕食をともにしてくれというのも断って、自分の生活の充実感に圧倒されつつ、ジェフリーと映画に行く約束を優先させている（*JP*: 221-222）。

プルーデンスは博士の個人的助手ではありながら、みずから学問の世界に入る気もなく、こうして「平凡な男」と彼女自身が表現するジェフリーに急接近する。彼女もまたジェーンと同じく、仕事に生きる女にはならないのである。

『天使には及ばずながら』*Less Than Angels*, 1955

『天使には及ばずながら』のヒロイン・キャサリン（Catherine Oliphant）は、未婚の三〇台女性で、女性誌向けに、肉を食べやすく調理するのと同じに甘く味付けした恋愛物語（*LTA*: 7）や、自分では従うつもりのない

《生活の知恵》を書く大衆作家である。彼女には、前二作のヒロインと異なって、独自の仕事がある。しかし極めて高い知性と、イギリス文学の広範な知識を有している。そして彼女の文学愛好は、人間的価値観と常に連動している——たとえば彼女が、同棲相手に去られた悲しみを紛らわそうとベッド際の蔵書を探したところ、堅信礼の贈り物として少女時代に受け取った書物類が目に入る。それらはハウスマンの詩集や『ルバイヤート』など、絶望を吹き込みかねない異教的雰囲気に満ちたものばかり。「宗教生活に乗り出す年若い少女に、これらは危険ではないか」（*LTA*: 138）と考える。文学作品の内容を熟知し、その人間的意味を解する女でなくては、持ち得ない感想である。

また彼女は、文学が人間観察と分析に関して有意義であることを常に意識していて、周囲にたくさん居る人類学者だけではなく、自分の同棲相手の人類学者トム（Tom Mallow）の学問姿勢を批判的に見ている。彼らが人類学から離れることこそ、幸福への道だとまで考えている。作品全体を通して人類学は「些末で、硬直化し、人を孤立させる」（Weld: 129）とされており、引退した人類学者が、他人の業績の粗探しを趣味とする様も描かれる（*LTA*: 148）。キャサリンには、トムを含めた学者そのものが、作家に比べて、人間についての深い分析意識を欠く存在に感じられる——

まぁ、なんて学者たちは臆病なのかしら！　詩人や小説家なら、トムが研究対象の種族について持っているよりはるかに少ししか知識がなくても、人間の心、精神、魂について、自分たちなりの分析を手にして飛び込んでゆく（“rush in”する）のに！（*LTA*: 167）

これは知識がなくても分析を心がける文学のほうが人間的だという意味である。この小説の題名『天使には及ばずながら』（*Less Than Angels*）は、複数の意味を持つけれども「天使が怖れて踏み込まぬところにも、愚者は飛び込む」（"Fools rush in where angels fear to tread."）という諺が念頭に置かれていることを感じさせる。なぜなら、上記の引用のなかに、詩人や小説家たちが"rush in"すると表現されているからであり、諺に出る「天使」よりは小型の存在（愚者）ながら、という謙遜を標榜して、詩や小説のほうが、上記のようなたぐいの人類学よりも優れているという主張が隠されていると見てよいのではないか。

「同棲相手に去られたキャサリンにも人生は続いていた」で始まる第一三章冒頭では、「人生」というものが詩的に語られている——

彼女は「人生」のことを旧友のように感じていた。いや、荷厄介な高齢の親戚とでも言おうか。ひとを小突きまわしたり、へばりついたりする。絶対にわたしを放っておいてくれないくせに、幸せな瞬間をいくつか宛がってくれる力は具えているのね。でも今はとてもけちんぼで、そんなものを呉れそうにもない。（*LTA*: 154）

——キャサリンはシェリーの詩に出てくる「喜びの精」は、この場合美しい若い男性の姿をしていなけりゃならない、と思う。だがそんな男の姿を思い浮かべることさえできないので、夜は彼女の愛読する「憂鬱な詩人たち、ハーディやアーノルド」（*LTA*: 154）、そしてドストイェフスキーなどに縋るのである。そもそも上記引用の「人生」論は、ハーディの詩想とよく似ている——「毎年毎年　君（＝人生）が割り当てのように送り届けてくる／心労だの苦痛など」（ハーディ「彼は多くを期待しなかった——我が八六歳の誕生日の省察」詩番号873）と歌ったハーディも、全てが美しいわけではないよと自ら語った「人生」との折り合いをつける作品を書き連ねた。そして、キャサリンの、自己の鬱屈を憂鬱な詩人によって慰められようという選択は、文学を批判の対象ではなく、自己と同じ人間の心情の吐露として見る者にのみ可能な選択である。

さてキャサリンと別れてゆくトムは、人類についての知識は豊富なはずなのに、新しい恋人ができてキャサリンの許を去った直後、キャサリンに電話したら元気そうに聞こえたということを根拠に、実際に彼女が元気だと考える（*LTA* : 141）たぐいの男である。彼はまた、新しい恋人ディアドリ（Deirdre Swan）が、キャサリン同様に係累がなければいいがとディアドリとの馴れ初めのときから考えるが、それは「係累がなければ、意のままに振る（reject）ことができるから」（*LTA* : 142）と思うからとされる。「恋愛」の当初から、別れるときの都合を考えるこの種の男が、今日（一九五〇年代）、世に全く咎められることなく闊歩していることを、ピムはなるほど正面からは批判しない。しかし恐るべき世相を描き出す意志は強固である。このトムという人類学者が、友人マーク（Mark）に女性の交際相手ができたとき、まず「彼女、金持ちだと良いがね」と言い、次いでその令嬢を確保するためには「花束を贈れ、そして間髪を入れずに、彼女が行ったことのないような珍しいレストランへとランチに誘え」と教える（*LTA* : 165）。女をあしらう手管と名付けられるたぐいの知識・巧みな処世術ならよく知っている。自分の研究対象が持つはずの人間性に満ちた価値観とは遊離してしまった、こうしたタイプの学者をピムは描き出す。なるほどトムは自己の上層階級の特権をかなぐり捨ててアフリカに出て行く新しさを持った男ではある。しかしこの作品は同時に、こうした人類学者の非人間性、いわば非人類性を描くのである。これはハクスリーが、「機械類による人類の完全到達性」（CY : 303）を理想とする男や、人間性を喪失した理化学者（Edward Tantamount, *PCP*）を描いたり、全てを科学のみで説明しようとする男（Theodore Gumbril, *AH*）や、科学による苦悩解消薬ソーマ（Soma, *BNW*）を呈示したりしたことの継承である。

しかもそれを喜劇的タッチで描くところもハクスリーふうである。彼が新しい恋人ディアドリとしばらく楽しんだあと、さっさとアフリカへ再び旅立つ時、空港へ見送りに来た元カノである悲しみのキャサリンを「暖かく」ゆっくりと抱きしめ、別れをキャサリン以上に悲しんでいる今度の恋人に関しても「そのあと彼は、ディアドリにも同じ抱擁を与えた。二人のあいだに、何の差別（difference）も生じさせないように見えるような抱擁を」（*LTA*：193）――この意味では、彼は平等主義者として、また元カノ・キャサリンの心情の「良き」理解者として振る舞う。この心遣いはしかし、（ディアドリを傷つけないようにとの配慮が全くないことから）およそ人間的には感じられない。こうしたところから、ハクスリーふうな喜劇性と諷刺が生じている（つまりこの二人の作家には、その諷刺の基盤となる確固たる価値観がある）。そしてこんにちの日本でこの二つの抱擁の偽善性が理解されるだろうか、むしろ一つ目の抱擁をして去る彼を「思いやりのある人」として評価する読者がいるのではないかと考えるとき、ハクスリーとピムの、二一世紀へ向けた予言者の目を感じるのである。

順序が前後するが、これより先に、トムはアフリカへ出立する前、故郷の実家へ帰る。そこには彼の初恋の相手エレイン（Elaine）がいて、彼女の妹が結婚する話題が出たとき、エレインは「あなたにもお相手がいらっしゃるって聞きましたけど」と言う。するとトムは「俺が？……俺は仕事と結婚しているのでね」という言葉でそれを否定する。二人は過去を思い出しながら一時を過ごし、トムは例によって「優しい」別れのキスを与えるが

エレインは彼の「お休み」を告げるキスを冷静に――庭園での親しげなおしゃべりのあとだったのでトムをがっかりさせる冷静さで受け止めた。だがトムには判らなかった、彼のことを考えまいと、それまでどのように彼女が自分を訓練したかを。そして犬たちや庭園の世話、女性用施設での労働、教会への奉仕など、これら田舎での活動が、あたかも彼女の全生涯の目的であるかのようにして彼女が生き続けてきたことを。（*LTA*：185）

またしても彼の人間理解の浅薄さの実例である。これらの活動は、エレインが簡単に彼を忘れるようにはして

くれてはいなかったのである。時代の推移によって、エレインの妹たちは職業を持てるように教育されたけれども、一方では、エレインは実家にとどまる娘となった。もし彼女の目にとまっていたなら、アン・エリオット（『説得されて』）の言葉をきっと書き抜いていただろう、エレインがこのジェイン・オースティンのヒロインと同じ年齢であるから、なおさらである――ピムはこう書いて上記『説得されて』の言葉を引用する――「言うも愚かながらわたしたちは、あなたがたがわたしたちを忘れるようにはさっさと忘れることができないのです。それはたぶん、わたしたちの長所というより、運命なのです」（*LTA* : 186）――ピムはこれを引用して、エレインは前作のプルーデンス同様、なおヴィクトリア朝的なロマンスに生きる女であることを、共感を交えて記している。一方、ディアドリもエレインに劣らず純情に見えたが、彼女には「現代」が洗礼を与えていた。トムが空港の彼方に去るやいなや、ディグビィ（Digby Fox）が彼女の腕をとり、親切きわまりない態度で彼女に気を遣い始める。そしてディアドリは、空港での哀切な別れの際にトムへの情熱は消費し尽くしたと感じて、すぐさまディグビィに愛情を感じ始め、彼の昼食への誘いに応じる（*LTA* : 223）。

この前後に多くの人類学者が、私的研究費獲得を目指して、メインウエアリング（Mainwaring）教授の田園邸宅に集まる。ピムの小説にたびたび現れるエスター・クロヴィスという人類学一本槍の独身女性が、ここでも教授の助手を務めていて、アメリカの富裕な後援者から寄付のあった研究費用の資金が、言語学者のジェミニー（Father Gemini）にかっさらわれたことを報告する（*LTA* : 217）。重要な研究のための資金が、全て個人の寄付頼りという矛盾を嘆く声が聞こえるが（*LTA* : 220）、これは冗談交じりに「過激な左翼寄りの考え方」として一蹴される。人類学を巡っては、遠国でフィールド・ワークをせざるを得ない学問分野であるから、エスター・クロヴィスは、人類学者は神父のように独身であるべきだと言うし、天使には及ばない生身の人類学者が私生活と学問のバランスが難しい（Rossen : 121）という面もピムは指摘するけれども、全体としてこれが有意義な学問かどうかについてのアイロニーが至る所に表現されている。前作でジェーンの娘の恋人ポールが地理学を専攻していることへの疑問に通じる見方である。

このアイロニーに肉付けするように、ヒロインのキャサリンは別の男性――長らく利用しないまま大きなバッグに人類学用の一次資料を屋根裏に持ち、それを活用できないことにノイローゼ気味になっていたアラリック・リドゲイト（Alaric Lydgate）とパブでビターを飲み、「その資料を使って書かなければならないのが、むしろあなたの悩みの種になってるんじゃないの？」（*LTA*: 224）と語りかけて、彼からこの重荷を取り除く。ガイ・フォークスの夕べ、二人は庭で焚き火をし、資料の束を火にくべる。エスターが驚いて資料の一部を炎から救おうとするが、アラリックは資料から解放されたことを喜んでいる（*LTA*: 228）。そして小説は、アフリカでの政治暴動に巻き込まれたトムの死という方向に進み、ディグビィの友人のマーク（Mark）も人類学を止めて、婚約者の父の工場で働くことになる――「それはまるで修道士が僧院を捨てて、世俗の富を抱擁するのに似ていた」（*LTA*: 233）。またディアドリはトムの死の知らせを受けるが、この日彼女はディグビィとのデートに夢中になっており、

> ディアドリはディグビィにぴったり身を寄せているようだった。夕食時にも、彼からほとんど目を逸らすことすらしない。彼女は、一人の恋人を失い、それと同時にもう一人を得たらしいことから来る心の混乱のあまり、言葉を発することも容易ではない様子だった。（*LTA*: 240）

時代の風俗はこのように進み、このなかで、人類学だけではなく、言語学もハイエナという単語の語源調べに研究費を使うのなら、それは浪費だと当の言語学者の助手が語る場面も導入される。文化系全体の学問が疑問視

されるのではなく、かつては機能してきた文学と人間生活の密着性を評価し、これとの対比において、これらの場面が機能するのである。

小説の終幕では、ディアドリの実家で安楽な二週間を過ごしたキャサリンが、再び「残酷な世の中」に出ることにする――「彼女は…自分のタイプライター、自分の奇妙な、孤独の生活を懐かしがり始めた」(*LTA*: 248)。そして自分だけのフラットに帰って、猛烈に仕事を始める。ブラームスの高貴な音楽に心を刺激されて「《労働の尊厳》という言葉のなかには、女性もまた参画できるような意味があるのではないかと」(*LTA*: 249) 考えるのである。キャサリンは、彼女の孤独を心配するディアドリから、「いつでも我が家に逗留なさって」と誘われたときにも、感謝しながら「わたし、一人でいても全く平気なの。それにわたしの人生がこれで終わったわけでもないし」(*LTA*: 255) と言って辞退する――

> キャサリンは一瞬、あの厄介な年寄りの親戚、すなわち《人生》のやつが、ふざけるようにして彼女の袖を引っ張ったような感じに襲われた。「わたし、もちろんディアドリさんに会いに来ます、たぶんお隣さんにもね」(*LTA*: 255)

お隣さんとはアラリックのことだった。まもなく、キャサリンが庭でアラリックの食用ルバーブの収穫を手伝っているのが隣家の窓から見られた。アラリックは人類学者となる重苦しい夢は捨てたが、文学作品を書いてみたいという気持ちになっているのである。

『満杯の幸せ』*A Glass of Blessings*, 1958

『満杯の幸せ』(*A Glass of Blessings*, 1958) が書かれたのは一九五五―六年のことで、ピムの五〇年代喜劇風小説最後の作品である。その語り手であるヒロイン・ウィルメット（Wilmet Forsyth）は、結婚前にロマンティックな恋愛の経験がなく、その種のロマンスにあこがれている。「人は七〇歳になるまでには、ものごとはいずれ過ぎ去ってゆくのだから、などと自信を持って自分の経験から言えるようになるなるのだろう」（*GB*：130）と三三歳の女ウィルメットが考えるのも、「人生の真実」をピムが語りつつ、人生における全経験を我がものにしたいという彼女のあこがれを表している。

さて高級公務員の夫は、妻のウィルメットに贈り物はしてくれる。しかしアンティーク・ショップに君の喜びそうなものが出ていたから、とか、前に君が欲しいといっていたものだったからとか、かならず実際的な理由がつく。「今日は晴れた美しい日だったから」というようなロマンティックな理由で贈り物を考えることがない（*GB*：151）。ツァガリスも指摘するように、この夫は「誕生祝いとして、妻の銀行口座に金銭を振り込むことさえする。ウィルメットはこのやりかたをあまりに実務的と感じる。彼女にはこれは自分の生活のなかのロマンスの欠落の証拠と映る」（Tsagaris：101）。これがウィルメットの最大の不満である。彼女は、自分の親友の兄ピアズ（Piers Longridge）が、琺瑯引きのヴィクトリア朝の箱という、ロマンティックなクリスマス・プレゼントを贈ってきたと思いこみ（実際には贈り主は親友の夫）、ピアズとの交友を深める。ピアズの住居を見たいという思いに駆られていたとき、ピアズに食事に誘われ、食事のあと、これからどうすると問いかけるピアズに、あなたの家に行くと言うのである。家事などできそうにないピアズには自分のような女が必要という彼女の思いこみは強かった上、彼が共同生活をしているという相手が女ではないことを確かめたい気持ちもあった。

このように行動する女であるから、この語り手ウィルメットは、「甘やかされて身勝手な（spoiled and pampered, Tsagaris：97）」女であるとは言えよう。しかし夫の勤める官庁で、女子職員愛蔵の翡翠《ひすい》の仏像を持ち出すという問題を起こしたベイソンという男が、夫の尽力で家政夫として再就職した司祭館でも、司祭が飾っていたファベルジェ金細工の卵を勝手に持ち出すという小事件を起こしたときの彼女の対処は配慮に満ちている（*GB*: 177-80）。ベイソンが朝食に卵を食べるかどうかと尋ね、卵は嫌いだと彼が答えると「でもファベルジェの卵はきっと好きみたいね」（同177）と言いにくいことを言ってのけ、彼がそれを無断で持ち出したことを認めさせ、借りただけと言い訳をする彼を直ちに司祭の居室に連れ込み、司祭を別の話題に誘ううちにファベルジェ金細工を元の位置に置かせるのである。もっとも司祭は、ベイソンがときどき卵を持ち出していることを知っていて、聖職者らしく許していたことがあとで判る。こうしてここではクリスチャンがクリスチャンらしく行動することにウィルメットは感動し、これがじわりと彼女の自己改革を促すけれども、同時にピムは、ウィルメットの義母シビル（Sybil）の無神論を示しつつ、無神論者であるこの六八歳の老女が、クリスチャンに劣らず貧者への共感と援助を初めとして、社会に有益に働きかけていることを、日夜、そばでウィルメットに見させている。

そしてウィルメットは自己認識をみごとに更新する。そしてこれは、ピアズが彼女を女としては必要としていないこと、すなわち彼の共同生活者は、家事全般を嬉しそうに切り盛りしているシスターボーイふうな美男子であることを知ったことから始まる。メアリ（Mary Beamish）が修道院から俗界に復帰してウィルメットが何かに自身を喪失している様子に気づいたとき、ウィルメットは「人生って必ずしも評判通りのものじゃないわね」（Life isn't always all it's cracked up to be. *GB*: 201）と嘆き、

それに時には気づいちゃうことがあるのよね、自分は思ってたとおりの人間じゃなかったってことにね――実際には、ちょっと恐ろしい人間だったってことにね。これはなんだか、屈辱的だわ。（*GB*: 202）

と語って自分が人妻でありながら浮気をしそうになっていたことについて自己総括を行う。この言葉に対するメ

アリの返事――メアリは、そんな自己反省がウィルメットには当てはまらないとした上で、仮に当てはまるとしても「人がそんな発見をして、その真実を受け容れるんだったら、その人、ますます素晴らしいと思うわ」(*GB*：202)――この返事のなかに作者のウィルメット評もまた伺える。ウェルドはこの小説を「熱烈な性愛小説(bodice ripper)では決してなく、道徳意識の強い教養小説(buildungsroman)である。すなわち彼女の結婚、友愛、自己の教会、共同社会という観点からの、《私》から《私たち》へと向けて心理的な旅をする物語」(Weld：106)と評する。これは多くの読者の賛同を得る意見であろう。

『愛の甘い報酬は虚し』*No Fond Return of Love*, 1961

ピムの次の作品『愛の甘い報酬は虚し』は、批評家によっては「彼女の初・中期小説中、最後のものだが最もおもしろくない作品」(Nardin：5)として論評の対象から除外することもある。だが作品を読み終わった瞬間、この小説の表題の意味が「決して馬鹿馬鹿しいとは言えない愛の報酬」に早変わりすると感じられる面白さを持っている上、このあとに続く『不釣り合いな慕情』(*An Unsuitable Attachment*, 1963)の主題(身分違いの結婚)を先取りしながら、三〇歳を過ぎて結婚の可能性が日々に小さくなってゆく当時の女性の孤独感(言うまでもなく、日本の一九六〇年代においても「オールド・ミス」という言葉が、三〇過ぎの独身女性の孤独な生活感覚を、哀愁と侮蔑の双方を語感ににじませながら用いられていた)を、人間の本質の探究という詩的な領域に踏み入ってまで示している作品でもある。

こうした二人のヒロインが登場する。小説中の視点の多くは、ダルシー・メインウェアリング(Dulcie Mainwaring)に与えられる。彼女は三歳も年下だった婚約者モーリス(Maurice)に、僕は君に値しないから辞退すると言って婚約を破棄された女である。英文学の素養は豊富、また有能な索引作成者、校正者ながら、自分の研究はあまり進んでいない。パーティで誰かが食物を配る役を喜んでいると見て取ると、例えば、それを手伝ったりしない（*NFR*: 13）など、女性特有の心遣いの細やかさを持っている。もう一人はヴィーオウラ・デイス（Viola Dace、ヴァイオラと読まないと思われる。彼女は「ヴァイ！」と呼びかけられて、自分の名がヴァイオレットであることを思い出したくない。*NFR*: 9）。ワーズワスに心酔していた父親に、「こけむす石のそばに半ば隠されたヴァイオレット」の詩句から、ヴァイオレット（Violet）と名付けられながら、一七歳のとき、これをヴィーオウラに変えてしまった女。ダルシーを食事に招きながら、何の食事の準備もしない女。彼女は名の埋もれた一八世紀英詩人を研究している。学会に行ったとき、ヴィーオウラは著名研究所の司書（イギリスではこの種の司書は、たいへん尊敬される知的職業）で独身女性のジェシカ・フォイ（Jessica Foy）が、スープの給仕をしている姿に接するが、このフォイに「アメリカ人でさえ〈専攻対象〉にしないほど名の埋もれた詩人を見つけて、あなた運が良いわね。名の埋もれた詩人が少なくって、大問題なのに」（*NFR*: 11-12）とからかわれる。女性が男性に伍して学問分野へ進出し始めてはいるものの、誰もまだ論じていない分野にのみ研究領域を持つという、軽度の諷刺がここに見られる。そう言えば、この学会で、これも独身の女性研究者ミス・ランドル（Miss Randall）が行う講演の表題が「インデックス作成に関しての諸問題」という、いかにも些末な感じを与えるものである（*NFR*: 7）。

この二人（および脇役で登場の、数多くの知的エリート）の女性、昔で言えば婚期を逸した女性の心理をこの小説は主題とする。ダルシーは自分の寂寥感を慰めるために、他人の生活に興味を持つのだと称する――「自分以外の人びとの生活が、たぶんわたしの逃げ場なのね。その暖かい雰囲気を楽しめばいいじゃないの…人様の不幸の恐ろしさだって、遠くから見てればいいんだし」（*NFR*: 13）。ヴィーオウラはこのようなダルシーからコーヒーを一緒に飲もうと誘われて「これは善意を標榜して他人の生活に介入する輩だ」（*NFR*: 14）と警戒する。両方のせりふにそれぞれ伏流と言うべき、哀感が漂う――前者についてはは言うまでもないが、ヴィーオウラの言葉は、孤独な自分の生活に探りを入れられたくないという切実感から発しているのである。

　このように、せりふの裏側を常に読者に意識させるのがピムの小説の味わい。学会から帰ったダルシーが、学会は面白かったですか、と隣人に尋ねられて「面白かったのなんの！」と答えつつ、エイルウィン・フォーブズ（Aylwin Forbes）という美男子の学者に出遭いながら、彼には妻があり、その妻はヴィーオウラを夫の情婦と考えて実家に帰ったという話を聞いてきたのだから、はたして面白かったと言えるのか、と彼女は考え込む。またやがて偶然ダルシーに町で話しかけられたヴィーオウラは、別れ際ダルシーに「また会いましょうね」と言われて、相手が期待しているとおりの言葉「いちど夕食に来てくださいよ」（*NFR*: 46）とつい言ってしまい、その気もなかったのに、日時も決まってしまう。ダルシーの側に、ヴィーオウラにはわたしの友情が必要だという自己正当化（*NFR*: 47）のほかに、彼女を通じてエイルウィンの消息を聞きたいという思いがあることを読者は想像させられる。

　この小説は、のちの傑作『秋の四重奏』の予告編のようなところが多い。公共図書館の場面は、この小説にも出てくる。こうした図書館には、ほかに行くところがないから来る人が多いという〈真実〉がダルシーの感想として語られる。聖職者録を引き写して、何か司祭に懇願の手紙を書きそうな人、戦前の『サマセット州事典』を、何のためにか取り出している、服装は良いが足の具合が悪いことを靴が物語っている中年女性（*NFR*: 60）。しかもダルシー自身が、エイルウィンの兄のネヴィル（Neville Forbes）が司祭を務める教会を割り出すために、公共図書館を訪れたのである。

　ヴィーオウラから電話があり、家主と喧嘩したから、お宅に泊めてくれと言う。亡父母が遺してくれた大きな家に住むダルシーは、最後の手段として自分が選ばれたのだとしても、また自分が利用されているのだとしても、これを嬉しいことに感じた（*NFR*: 69-70）。やがて汚らしいヴィーオウラが到着。下宿人なのに、まるでホテルの客然としている。コーヒーは皿洗いのあとにしましょうか、とダルシーに言われても、ヴィーオウラには皿を洗う気は全くない（*NFR*: 93）。これからエイルウィンのために索引を作るから、あまりあなたと顔を合わせませんからねとヴィーオウラはのたもうのである。これは大英博物館で待ち伏せて、昨夜ヴィーオウラがエイルウィンに依頼させた仕事。この挿話を通じて、友人の役に立つことができると気持ちを高ぶらせていたダルシーの失望と孤独が描き出される。

ダルシーとヴィーオウラが画廊で絵を見ていたとき、ダルシーの元婚約者モーリスに出遭った。ヴィーオウラのほうが彼に惹きつけられ、心を乱すハンサムな男に、見るよう薦められた絵を、忠順で潤んだような目で見ている（*NFR*: 119）。誰か別の女と婚約したらしい指輪をはめたモーリスが、ヴィーオウラとともに住んでいるのかと尋ねるので、「ええ、とってもいいとり決めで」（*NFR*: 119）と口では言うものの、あまり気の合わない女の友達なんかより、結婚のほうがずっといいわ、とダルシーは思い、沈み込む。

他方ダルシーには未婚の叔父（Bertram）叔母（Hermione）がいて、兄妹で共同生活をしていた。ダルシーは、二人の住居がエイルウィンの兄のネヴィルの教会に近いので、その噂聞きたさに二人を訪問する。叔父叔母は常に些細なことで諍いをしている。「誰かと一緒に歳をとるということは、こんな風になることなのかしら」（*NFR*: 131）とダルシーは考える。しかも叔父は宗教団体の寄宿舎に入るというし、叔母はこの家を出るという。ピムが多くの小説のなかで取り上げる姉弟、兄妹、女二人などの共同生活が、さまざまなトラブルを産むという主題が、このように随所にちりばめられる。

さてダルシーは、姪のローレル（Laurel）をしばらく家に住まわせていたのだが、ある日ローレルは友人マリアン（Marian）を連れてきて、マリアンと同じ宿に引っ越してよいかと尋ねる。マリアンが、「叔母様、こんなこと言い出して、傷つけられません？」と尋ねるので、まだそんなふうに傷つくほどの叔母ではないので、と答えつつ、まだ傷の程度を何段階かに感じられる自分に安心するのである（*NFR*: 148)。またローレルの母（Charlotte）が、いわば後見人のいなくなるローレルの引っ越しに反対するかと思いきや、この下宿替えは、母の果たさなかった自由の夢を娘が実現するので反対せず、すんなり決まる。ダルシーは「一見幸せそうに結婚している女でも、こんな生活に密かにあこがれていたって告白することがあるのね」（*NFR*: 153）と思って、自分を慰める。ダルシーには、こうした成り行き一つ一つが、自分の年齢と人生の狭まりを感じさせる不快な出来事なのに、ピムは、彼女が不快に思ったという表現は極力用いないで、これらを語ってゆく。

ダルシー、ヴィーオウラの二人は、ウィーン生まれの、女中兼料理人の弟・ビル・セッジ（Bill Sedge）に出会い、一緒にレストランへ。驚いたことに、ヴィーオウラが彼に興味を示し、あとでダルシーに向かって、彼は人に女であることを感じさせてくれる男だという。ダルシーは、それならビルは、わたしには自分が欠陥女だと感じさせるわね、と答える（*NFR*: 211)。ビルはヴィーオウラに興味を示したのに、ダルシーには知らん顔だったからである（だがピムは、この理由は読者に悟らせるだけで、明言しない）。ビルは社会階層上、彼女たちより下層に位置する。それでもこの若い男が興味を持ったのが、ダルシーのこれまでの知識では欠陥女性のように思われていたヴィーオウラであって、自分ではなかったことが、ダルシーには堪えたのである。だがピムは「堪えた」とは書かない。胸を衝くような悲哀感が彼女に襲いかかっていることは、読者のほうが察しなければならない。この襲撃がどんなに度重なっているか、その重みがどれほどのものか、もし作者に（想像の範囲を狭めて）明言されていたならこの小説は、心理描写の質を大きく低下させただろう。

やがてダルシーはヴィーオウラとともに、エイルウィンの母が経営するホテルへ旅をする。彼と関連のあるものなら何にでも関心を持つという心理描写である。エイルウィンの妻マージョリー（Marjolie）とその母親（Mrs. Williton）もちょうどこの時、ホテルに来ていた。これを察知してダルシーが、ドアのそばの本棚に身をかがめて見るうち、マージョリーとその母親のいるところへエイルウィンが入ってきて、妻に別れ話を持ち出し、自分に意中の女がいるようなことをにおわせる（実はこの時までに、エイルウィンはダルシーの姪ローレルの若い魅力にとりつかれているのである）。

ダルシーはヴィーオウラがビル・セッジへ旅先からの手紙を書くのに夢中になっているので、一人淋しくホテルを抜け出て海岸に出ると、エイルウィンがそこにいる。彼は彼女の名さえ覚えていないで、ローレルの叔母さんと呼ぶ。そしてローレルへの恋を、みずから打ち明けるので、ダルシーはついに耐えられなくなり、大胆に、あなたは分別ある結婚をなさるべきお歳なのだから、自分に相応しい、あなたの仕事を評価するような人を選ぶべきですと叫ぶ（*NFR*：311）。まるで彼の妻として自己推薦したような言葉になり、ダルシーは後悔するが、エイルウィンはかえって彼女に好意を感じたのか、振り返りながら去る。

そのうちヴィーオウラが、ビル・セッジと結婚することをダルシーに告げる。またビルはシャンパンを持参しており、それを開けて三人で乾杯しながら、ダルシーの叔母ハーマイオニーが結婚することも告げる。同居していた姉が死んで泣いていた司祭と結ばれるのである。ダルシーはハーマイオニーが結婚指輪を誇らしげに見せつける場面にも耐える。

だが姪のローレルは、エイルウィンに誘われて、学者や神父などが女を連れて語らう場へ行ってきた、そして結婚を申し込まれた、きっぱり断ったと叔母ダルシーに告げる。またエイルウィンの元妻が、列車の中で出遭った男と結婚するのだと伝えられる。ダルシーは、二人の女性を失ったエイルウィンを慰める手紙を書いて外出するが、結局それを破り捨てる。しかし思いがけなくエイルウィンから電話があり、仕事を手伝ってくれと言う。仕事については要領を得ない話しぶりだった彼は、直接会って話したいというのでダルシーは待った。エイルウィンは、庭にいっぱい花のあるダルシーの家へ、大きな花束を持ってやってきた。

『不釣り合いな慕情』*An Unsuitable Attachment*, 1963

『不釣り合いな慕情』は一九六三年にはケープ社に出版を拒否された。六五年までにピムはこれを書き換えたが、出版社の拒絶が相次ぎ、日の目を見たのはピム没後の一九八二年だった。すでに既成作家として認められていたピムが、この憂き目にあった理由は何だったのだろうか？　多くの論者によって、抽象的には「古めかしさ」が指摘されている。しかしもう一歩進めて、具体的にこれを考えるなら、次のように言えるのではないか？

一九六三年前後には、穏やかな「不釣り合いな慕情」どころか、全く不釣り合いな結婚とされてきた男女の組み合わせが、イギリス本来の階級間の問題を超えて、白人と有色人種との混淆にまで広がった。七〇年代になると、有色人種の知的部分は、医師や技師、学校の教師などとなって二〇世紀の中産階級の中核に座を占めた（そしてこの七〇年代に公立学校で、イギリス人としてイギリス文化を吸収し大人になった第二世代は、やがて世紀の終わりまでには下層の白人よりも標準的なクイーンズ・イングリシュを話しつつ、あらゆる分野で活躍するようになる。ついでながら、二〇〇〇年には、ロンドン地区の白人と有色人種の人口比が一対一となったと報じられた）。こうした世の趨勢のなかで（しかもイギリス本来の「身分違い」の問題は、E・M・フォースターの諸小説で問題提起が完了したと感じられているなかで）、イギリス国教会の司教座聖堂参事会員の令嬢が、父親の没後、下層階級で定職さえない五歳年下の男性と結婚するなどという成り行きを不釣り合いな結婚として呈示したことが「古い」と感じられたのであろう。

しかしイギリスの変化を描き出すという点で、この小説はピムの他の作品に勝る部分を持っている。イギリス国教会は依然として作品の中心に据えられているが、六〇年代のその縮小ぶりが顕著に示されることになる。この時代には、無神論者や不可知論者は増え続けていた。この小説のヒロインの一人アイアンシー（Ianthe Broome）が司書として勤める図書館の上司メルヴィン（Mervyn）は不可知論者である。彼はしかし、聖灰水曜日には他の熱心な信仰者に「敬意を表して」その日の弁当からは肉類を排除している（*UA*：93）。不可知論が穏健化していることがかえって、その一般的広がりを感じさせる。また当時、尼僧に対する庶民の感覚が否定的なものとなっていたことも、この作品は描き出す。アイアンシーが地下鉄に乗ろうとしたとき、尼僧の黒装束の女に呼び止められ、それが学校友達だと判る場面がある。アイアンシーが地下鉄に乗りこむと、窓外の尼僧を見ていた乗客の一人が小声ながら「尼さんを外に出すべきじゃないわね。あんな黒い服着て、うろうろ歩いてるなんて。ぞっとするわよ。子供たちが怖がるじゃないの」（*UA*:136）と眉をひそめる。アイアンシーがあとでこのことを、教区司祭の妻ソフィア（Sophia）に話すと、ソフィアは「今じゃ、修道女のなかには、ほとんど修道院に閉じこめられていないのが多いのよ」（*UA*:140）と答えている。キリスト教の現代的状況を随所に配して、教会中心の話を進行させるのである。

上記アイアンシーは、前述の司教座聖堂参事会員の令嬢で、叔父（Randolf Burdon）も司祭であるが、作品の半ば過ぎまでは高貴なキリスト教信者の一族としての、鑑と言うべき理想的な振る舞いをする。また彼女が、傍から見るとうんざりするほど慣習的な「良き趣味」で飾られた「典型的なイギリス淑女の寝室」に寝ている様、古めかしい女の役目についての考えを持っている様も示される（*UA*:68-69）。それが、最後には「不釣り合いな結婚」を選ぶ当事者となる。

また彼女の結婚相手として相応しいかもしれない男性の一人ルパート・ストウンバード（Rupert Stonebird）は、いま三六歳で独身だが、父親はイギリス国教会も高教会の教区司祭だった。ルパートはオクスフォード大学一年生のときまでは、少年時代からのキリスト教信仰を失っていなかったと書かれている（*UA*:35）。すなわちその時点で信仰離れをした男で、いまは社会人類学者として、アフリカでの婚外性愛の研究中である。最近彼はキリスト教に再接近したが、それは強烈な香煙のにおいに郷愁を感じたからに過ぎない（*UA*:35）。教義や思想とは無関係な信仰しか、このオクスフォード大学卒業生の精神には存在しない。

同様に、この物語の仲間のパーティに現れた人類学者エヴェラード（ミルドレッドとともに『優秀な女たち』に登場した主人物。いまは彼の妻となったミルドレッドを伴わずにこの小説に現れる）も、数年前に教会に再接近したというが（*UA*：128）、ピムの愛読者ならそれは「優秀な」教会補助者だったミルドレッドの影響であろうと感じるであろう。また彼は、小説家と人類学者には共通性が多い、と言い始め（*UA*：127）、小説家のほうは統計的数字に悩まされることはないけれど、と語ったその直後、同じ人類学者であるルパートに向かって突然「ここでの教会生活は、どうかね？　何かのかたちで、教会生活はやりがいがあったかね、面白いかね？」と尋ねる。すなわち話の流れ、話のつながりから考えて、教会は人類学的見地からの人間観察の対象でしかなく、イギリス人の日常生活の一部として捉えられていることが判る。

物語の中心となる聖バジル教会では、司祭マーク（Mark Ainger）とソフィア（Sophia）の夫妻が教会行事を取り仕切っている。しかし司祭館の隣に住む獣医の姉に当る女が、この夫婦の庭を覗き見ると、英国国旗が洗濯紐からぶらさがっている（*UA*：22-23）。ソフィアは、司祭の妻となっていても「身分より下の結婚」をしたことを後悔していて、未婚の二五歳の妹ペネロピーをルパートと結びつけようと画策している。ペネロピーという女も、ルパートに会うことになったとき、最初に考えつくことはルパートに母親がいないことを確かめることである（*UA*：37）。一方ルパートのほうは、彼女のことを「ラファエロ前派的ビートニク」（*UA*：38）だと思う（ビートニクという言葉は古くなったが、一九五〇年代から六〇年代にかけてイギリスに登場した、既成価値を認めない、服装も超現代的だった一種の「新人類」）。「悲劇的な恋愛経験」があるというのに、何らそれによって高貴になったように見えない女（*UA*：122）。教区の教会関係者が団体でイタリア旅行をするときにも、ペネロピーはアイアンシーについて「わたしたちほんとうは何一つ共通するところがないわね、ルパートのこと以外は」（*UA*：124）と感想を漏らす。アイアンシーはこのときはまだ、キリスト教文化の鑑であったから、ペネロピーは自らその反対であることを認めたわけである。そしてこれが司祭の妻の妹。この姉妹は結託して、パーティに招いたルパートに係累がないことを聞き出そうとする――

ソフィアとペネロピーはルパートに向かって、彼自身のこと、彼の生活、彼の仕事などについての質問を浴びせかけた。彼には母親、妻、婚約者、または「友達」が背後にいないかどうかを、実際にはそれを問いただすことなく、探り出そうとしていた。

「わたしほんとに心配していましたの」とうとうソフィアは必死になって言った。「あなたにはお母様とか、奥様、婚約者とか、当然ご一緒にお招きすべき方々がいらっしゃっておかしくないのに、お一人だけ夕食会にお招きして、社交の夕べなのに恐ろしい失礼をしたのじゃないかと思いましてね」（*UA*：41）

これは巧みかもしれないが、司祭の妻らしくない世間知だけからなる言辞である。ソフィアは夫への不満を他人に漏らすときにも「わたしの愛猫フォースティナと同じように、うちの人は考えることも気の持ちようも自分勝手（self-sufficient）だ」と嘆く。傍で聞いていた者（当時キリスト教的行動の模範だったアイアンシー）は、司祭の奥さんが、夫を猫と同列に扱うのはいけないと思うのである（*UA*：99）。またのちにソフィアに、妹の縁結びを画策していることを打ち明けられて、アイアンシーがそんなことしていいかしらと抗議したとき、ソフィアは「あらわたし、フォースティナが母親になれない手術をしたときにも、悪いことしたかしらと悩んだわ」（*UA*：195）と言うので、これも（猫と妹が同列だから）司祭の妻の言葉として不適切だと思う。このソフィア、ルパート、ペネロピー、そして小説の終幕でのアイアンシーという四人の重要人物が、ともにイギリス国教会の要職にあった（または、現にある）人間と密接につながりながら、そこからかつては期待されていた考え方や行動に、あまりなじまない人物たちとして捉えられていることが判る。

日曜にアイアンシーが教会に来なかったとき、異変がないかどうか心配して彼女の家を訪ねるという聖職者の妻の役割を果たすソフィアの描写にも、司祭の妻に期待される奉仕とは別個の面が示される。ドア口で待つと、湯たんぽを手にしたルパートが出てくる（これは喜劇的）。その直前に彼は訪ねてきていて、彼女が病気だと知ったのだという言い訳を耳にしたソフィアは、わたしの妹ペネロピーの相手にと思っていた男がこんなところに！と思ってかっとなり、「湯たんぽを入れるなんて男の仕事じゃないわ！」、カバーを先に取ってからお湯を入れなきゃ、ほら見て、すっかりずぶ濡れじゃない！　と言いつつ湯たんぽを取り上げる（*UA*: 104）。恐懼してルパートが去ったのち、アイアンシーを見ると病気ですっかり容色が衰えて醜いので、ソフィアは憐憫混じりの満足を感じる（*UA*: 105）。アイアンシーが、こんな姿を人に見られるのは嫌ね、でも見て行ったのはただのルパートに過ぎなかった、と言うので、ソフィアはまだペネロピーにも脈はあると感じて帰途に着く。

今度はアイアンシーの若い同僚ジョン（John Callow）が病臥する。アイアンシーが見舞いに行き、彼が自分を思ってくれていることに、また自分を頼りにしてくれていることに感激する（*UA*: 118）。

やがて上述のイタリア旅行。そのとき二人の年輩の女性の付き添いとして副牧師職のブランシュ（Basil Branche）がローマに来ている。「病がちな副牧師」求むという広告に応じて、引率を引き受けたという。ソフィアは、この男は別に「旧型の《安全無害の》副牧師」ではなさそうなのにという感想を抱く（*UA*: 150）。事実ブランシュは、さっそくアイアンシーをそばへ呼ぼうとする（彼女はこれを避ける）。またソフィアは妹の相手としてこの男はどうかしら、と考える。副牧師のアイデンティティとしてかつて共通の理解のあった「安全無害(tame)」という資質は、現代のイギリス国教会聖職者からは消えている。それなのになお、副司祭職の男は、ソフィアの妹と「釣り合う」と考えられているという諷刺がここには見え隠れする。後刻妹ペネロピーがブランシュとともに喫茶店にいたとき、ミス・ビードという年配の女が、失礼な言葉つきで入ってきて、命令するような口調でブランシュを連れ去る（*UA*：168）。ピムはこれ以上は書かない。しかし当然、安全無害なガイドを雇っていると周囲には見せかけて、この老女はブランシュを恋人として独占しようとしているわけである。

イギリス国教会の支柱となる独身女性の典型と考えられていた高位聖職者の娘アイアンシーが結婚を決断するプロセスは、納得の行く描き方で為されている（ただし、この過程を不自然とする論評もある：Cotsell：100–01）。一つは結婚できない女だとソフィアに断定されたことへのしっぺい返し。もう一つは、中年の上司メルヴィンの奇妙奇天烈な求婚であった。メルヴィンには、心霊術に凝る変わり者の老母がいる。「うちの母が死ねば、我々は二人とも独りっきりになるね」（*UA*：204）というのが、実質上、彼の求婚の言葉なのである。そうなったら、僕は君の家に住むよ、だって素晴らしい家具が僕は大好きなんだ、とこう来る。アイアンシーは「わたしが男に愛されるのは、わたしの家と家具だけのせいなのかしら？」（*UA*：204）――独り身を当然とされたり、哀れまれたりする自分が情けなくなっていたときに、下層出身のジョンが、彼女に借りていた金を返しに来、二人は両思いになった。

二人の結婚について憂慮したのがアイアンシーの叔父夫婦（Randolf BurdonとBertha）。先にも書いたとおり、この叔父は聖職者である。夫婦はソフィアを訪ねてきて、不相応な結婚をしないよう姪を説得してくれと言う。「ほんとに不幸な選び方ですの。姪より何歳も年下ですし、社会的にも下の男だわ」（*UA*：222）とバーサ。ソフィアは、大昔からその種の説得をした人びとは多いが、成功した試しはないと言って断る。ジョンは図書館で仕事をしているといっても、正規の資格は取っていないのに「少なくとも図書館で働いてはいるのね。その点はちょっと救いだわね」（*UA*：223）とバーサは言い、自分は両親の薦める相手と〈自分に相応しい〉結婚をしたけれど、恋はしなかったという悔いにとらわれる。二人はあきらめて、叔父叔母の義務を果たしたとでもいうような表情で帰って行った。そして最終章は、二人の婚礼を描くが、花婿付添人になるよう頼まれて感激したあの変わり者の上司メルヴィンの胸に、詩の一行が思い浮かぶ——「尼僧の衣装の上に乗った紅い薔薇の花束」かなんか、そんな詩句だった——実はこれはハーディがスウィンバーンの逝去を歌った詩（ハーディの詩番号265, *A Singer Asleep*）の、わざと曖昧にされた一行なのである。司教座聖堂参事会員の令嬢アイアンシーは、修道女に等しい未来しか周囲から期待されていなかったのに、彼女はいま紅い薔薇に恵まれている——不可知論者メルヴィン、すなわち神離れの詩人スウィンバーンを容認しているメルヴィンの、ハーディ解釈である。

こうしてこの小説の大きなテーマは幕を閉じるが、また他の側面からも変わりゆくイギリスは描かれてゆくことにも、一、二注意を払っておきたい。これらも、上に述べたテーマと連動するからである。まず人種の混ざり合い。有色人種が教区に多くなり、特に駅前の建物には彼らが多い。道路を隔てた、駅から遠い地区に、教会を中心にした白人グループが住んでいるのである。黒人のなかには、キリスト教信者もかなり居て、ソフィアは彼らと話すときには、ただの日常性のなかでの通常の教会会衆とのつきあいではないから、大いに緊張する。またアイアンシーが叔父に聖バジル教会での説教を依頼しに行ったときには、黒人信者のことを知って「こんにち異教徒なのは、白人のほうね」（*UA*: 92）という感想を抱く。

この六〇年代には、テレビを見る見ないが、文化をどう理解しているかを示す試金石であった。この作品より前の『天使には及ばずながら』にも「我々の生きる時代のシンボル」としてのテレビ・アンテナ（*LTA*: 153）が描かれていたが、この作品の司祭一家には、聖職者として当然のことながら、テレビはない。司祭夫妻は、近くに越してきたアイアンシーのところへ聖職者としての巡回訪問をする。アイアンシー（終幕に至るまでは、理想的なクリスチャン）はテレビを有していないことを、二人は見取って帰るのである（*UA*: 30-32）。一方、先の病気から回復したアイアンシーが、今度は欠勤を始めたジョンを見舞いに行ったとき、彼が住む同じフラットの若い娘が「テリー」（TV）を見ている。アイアンシーはこのことから、彼の住居の周辺では、どんな（非クリスチャン的な）ことでも起こりうると感じるし、ジョンもこの住居を恥じて、近く転居すると言う（*UA*：111-17）。これもまた宗教に関連した「変わりゆくイギリス」の描出の一環である。

『ある学術的問題』*An Academic Question*, 執筆 1971〜2; 刊行 1986

ピムの次の小説『ある学術的問題』は、初め一人称で書かれ、出版を拒否されて三人称に変えたが、これはピムの気に入らなかった。ピム自身は表題もつけていなかった。彼女の没後、ホウルト（Hazel Holt）が、「この二つの草稿を融合させ、ピムが書いていたいくつかのメモを活用し、原初の手書き原稿も参照して」（Holt：Note）できあがったテクストである。この纂修と公刊は意義のあることだが、学術的な先陣争いのなかで、死期の迫った老学者には無断で資料を持ち出した若い学者を、諷刺的に咎めているのか、よくあることとして放置しているのか、作者の態度が明らかでない点が、作者による最後の校訂を経ていないこの作品の最大の欠点である。この老学者の介護に当たった妻とともに病室を訪れこの資料を持ち出した夫は、学術的な先陣争いに勝利する。しかし老学者の死後、人に気づかれずにいかにして資料を元に戻すかを妻がためらっているうちに、資料室が落下した花火のために火事となって、この難問が雲散霧消する。おそらくは先行作品にも見られた人類学者への諷刺の極点として試みた作品と思われるが、上記の成り行きからも判るように、窃盗まがいの資料獲得がお咎めなしとされているようにも読める。

しかし作品の細部を検討するなら、大学や学問の世界に巣くう不純や病弊を主題としていることが見えてこよう。語り手「わたし」は二八歳、カーロ（Caro）という名で通しているキャロライン・グリムストン（Caroline Grimstone）で、四歳の娘ケート（Kate）がいる。夫アラン（Alan）は、もとはテクニカル・カレッジに過ぎなかった二流大学の教員。このため母は今も彼を「わたし」の夫と認めず、「わたし」の姉はテレビ・デザイナーとロンドンで同棲中、これも母の嘆きの種。こうした二〇世紀後半の状況のなか、大学では学園紛争が起こり、学生は学食の質の改善と避妊器具の自動販売機の設置を要求している（*AQ*: 6）。これには語り手は何のコメントも加えていないが、学問と無縁な要求の虚しさを描こうとしていることは明らかである。また人類学の主任教授メイナード（Crispin Maynard）は、学生を批判するわけでもないのに、学園紛争をよそに、平気でイタリアの別荘へ行って帰ってきた。

家では夫は「わたし」を寝させたまま、論文執筆に夢中で、無視された感じの語り手は、親友として常々話し相手にしているコウコウ（Coco）という若い男性の大学研究員に相談をもちかける。恋人を作ったら、という忠告が返ってくるが、コウコウ自身は仲介役をやりたいという（コウコウが同性愛者らしいというほのめかしが六五頁に出る）。他方、夫はアイリス（Dr. Iris Horniblow）という離婚した女流人類学者に対して、大変親切である。彼女は夫に、本来なら見ることができたはずのない写本への注釈の付け方（一種の虚偽）を尋ねに来る。

「わたし」は老人ホームで、八〇歳のスティリングフリート氏（Mr. Stillingfleet）に本を読んでやるという仕事をする。氏が触ってはならぬと言う書類箱のなかに、未公刊の原稿があるかもしれない（*AQ*: 27）。それを一目見るのが君の仕事だよ、と夫に言われる。ぐずぐずするうち、夫は妻についてきて、氏が眠ってしまったときにあの禁断の箱を開けて、書類を自分のブリーフケースに入れる（*AQ*: 42）。そのお陰で夫は論文を完成する。氏は翌日亡くなるのだが、瀕死の老人をだますかたちで自己の野心を満足させようとする夫の姿勢のなかに、人間性の欠如を明らかに描き出しながら、ピムは直接には非難の言葉は書かない。だがこのあと、夫の情事や、アイリスの若い燕との情事などを通じて、本来は恋愛や結婚についての倫理を守るべき第一の階層として旧来のイギリス人に考えられていた純粋文化系の大学教員が、このように変化してしまった様子が、「変わりゆくイギリス」の大きな特徴として捉えられるのである。

　ピムの小説には、ほとんど子供が出てこないのに、この小説では語り手の子供だけではなく、離婚した女流学者アイリスの子供たちをもピムはわざわざ登場させている。そしてアイリスの子供であるリューク（Luke）が暴力をふるってばかりいる様を見たメイナード夫人に、「離婚で壊れた家庭（a broken home）の子供たちには、たしかに特殊な問題があるわね」（AQ: 46）と語らせている（今後の日本でのゆゆしき問題の指摘でもある）。アイリスの子供たちを預かった日、語り手の娘ケイトはリュークにいじめを受けた。ケイトは「もうリュークなんか来ないわね」（AQ: 66）と言う。仕事を終えて立ち寄ったアイリスは、語り手とコウコウの関係を根掘り葉掘り聞き出し、ただの友達という語り手の言葉に対して「あんなカッコいい（dishy）旦那が居て、どうしてそれ以上のものを欲しがるのよ」と言う。Dishy という汚い言葉遣いに、語り手は唖然とする。そしてアイリスはスコッチを飲んだあと、「ギャロップ調査なんかしなくったって、女は酒を飲むとセクシーになるわね」（AQ: 66）と言う。

　語り手は久しぶりに姉と森の散歩をする機会を得た。しかし姉は、二人が幼時に親しんだ花には何の興味も示さず、自らのソーシャル・ワーカーとしての仕事の話ばかり。かと思うと、よく通る声で「私、先月中絶したのよ」（AQ: 70）と平気で言う。語り手は、中絶されたのは姉の今のセックス・パートナー以外の男による子どもだったかもしれないと思った――知的階級のあいだでも、性生活はこのように変化していることをピムは記してゆく。そしてエスター・クロヴィス（Esther Clovis）という女性人類学者（この女性は学問の上では優秀だが、男性が恋愛の次元では相手にしない女性として、ピムのいくつもの小説に、共通した副人物として姿を現す）の葬儀にお前が行ってくれと夫に頼まれて、無事に参列を済ませて帰ってくると、夫はアイリスと差し向かいで飲んでいた。あなたもどうぞとばかり、アイリスは酒をついでくれる。彼女の帰ったあと、語り手は「浮気してたのね！」と夫を詰問するが、夫は「アイリスとはベッドに行くつもりはない、だけど別のがいるよ、ロンドンへ出かけたときの編集助手の女がそうだ」と言う。相手がアイリスではなかったことに勝利感はあったが…。夫はベッドでは「このほうが結婚生活を豊かにしていいじゃないか」と言う（のちに友人に相談したときにも、同じことを言われる）――これも「変わりゆくイギリス」のなかで、新たな〈常識〉が根付き始めていることを表す。

語り手はロンドンの町を彷徨い、やがて探り当てて、夫の女クレシダ（Cressida）に会う。誰とでもベッドに行き、あとはけろりとしているフレンドリーな女なので、まじめに問題に取り組みすぎていたと思われ、別の人物が訪れたのを機に、語り手は辞去し、クレシダ相手の問題解決の機会は失われた――すなわち、語り手は自分が時流に流されることを許容したのである。こうして、このような情事に目くじらたてないという〈常識〉は、彼女のなかにも入り込むわけである。

のちに語り手がアイリス宅を訪れると、長い間待ってようやく、強い香水の匂いをさせた彼女が現れた。そして大学へ新任として来たばかりの二五歳ほどの講師が、家族然として存在しているのを目にする。語り手はすでに、この年齢差の大きい二人の大学人の「情事の終わり」を感じとるのである。

老教授メイナードは、夏学期の終わりに退職すべきなのに、自分は「人生の秋」にいるのだからという屁理屈をつけて、大学に出続ける。一一月一日に彼の肖像画の除幕式があるので、それまで実質上の引退はしないわけだ。そしてこの肖像画は、メイナードに献呈されたのに、彼は巧みにそれを大学に寄付し直して、大学に飾られることになった。この小説の主題が「大学や学問の世界に巣くう不純や病弊」だと先に述べたが、この挿話は滑稽で「病弊」とは言えないとはいえ、この主題の一端を担うものである。

その直後のガイ・フォークスの日。学生たちが放ったロケット花火が、大学の窓を破り、貴重な資料を保存してある部屋が火を噴き、火を消し止めるための放水のため、この部屋の書類が完全に損壊状態となった。病没したスティリングフリート氏の原稿を元に戻すという難問は、こうして消失する。しかし夫はそれまで、この原稿へのアクセスを求めてやってきた雑誌記者ロロ・ゴーント（Rollo Gaunt）に対して、それは大学の古文書室にあり「誰でも見られますよ」などと言って煙に巻くなど、平気の平左で、この、やましくあるべき筈の問題に対処してきたのである――夫アランのこの間の態度を描くに当たって、ピムの姿勢は一貫した諷刺である。書類の完全損壊によって、学者の倫理問題がこの小説のなかで放置されたのではなく、花火による火事という学問とは無縁な終わり方になったこと自体に対しても、疑いもなくピムは諷刺を籠めているものと思われる。

さて語り手はまた老人ホームで、入所者に本を読んであげることになった。その相手である老女（Miss Veitch）は、大切に一つの箱を所持している。生涯独身だった彼女が、若いころに貰った恋文がその箱に入っているのだとみずから言う（181）。語り手自身については、「精神内容が空虚で、自分の衣装ばかりに気をとられている女」（Tsagaris : 130–131）という見方もできるが、ピムが三人称の語り手に書き換えながら、それを嫌ったということを考え合わせれば、一人称の語り手は自己の欠点をさらけ出しつつ語る場合が多いから、彼女には私たちは寛容に接してよいだろう。彼女は、結婚していながら、他のピム小説に現れる独身女性に劣らず孤独である。読者は彼女に感情移入してよいのではないか？　最後の場面で、結婚に恵まれなかったあの老女が、実らなかった恋の記念物を宝として箱に収めている場面をピムが選んだのは、世の推移によって語り手カーロには、この老女には許されたこうした想像上のロマンスさえ過去の世代のものとして許されていないことを示唆していると思われる。この老女は「変わってしまったイギリス」の、一種の記念碑なのである。

参考・引用文献

Cotsell, Michael. *Barbara Pym* (Macmillan Modern Novelists). Macmillan, 1989.
Doan, Laura L.(ed). *Old Maids to Radical Spinsters : Unmarried Women in the Twentieth-Century Novel*. University

of Illinois Press, 1991.

——"Pym's Singular Interest : The Self as Spinster." In Doan above, 1991.

Hazzard, Shirley. "Excellent Woman." In Salwak below, 1987.

Larkin, Philip. *Required Writing : Miscellaneous Pieces, 1955-1982.* New York, Farrar Straus Giroux, 1984.

——"The Booker Prize 1977." In Larkin above, 1977.

——"The World of Barbara Pym." In Larkin above, 1977.

森松　健介「『反古と化したる書籍類』をめぐって——ハクスリーの初期小説と諷刺」、『イギリスの諷刺小説』（東海大学出版会、1987）所収。

Nardin, Jane. *Barbara Pym.* Boston, Twayne Publishers, 1985.

Rossen, Janice. *The World of Barbara Pym.* Macmillan, 1987.

Salwak, Dale(ed.). *The Life and Work of Barbara Pym.* Macmillan, 1987.

Soule, George. *Four British Woman Novelists : Anita Brookner, Margaret Drabble, Iris Murdoch, Barbara Pym : An Annotated and Critical Secondary Bibliography.* Magill Bibliography Series, The Scarecrow Pr. & Salem Pr., 1998.

Tsagaris, Ellen M. *The Subversion of Romance in the Novels of Barbara Pym.* Bowling Green State University Popular Press, 1998.

Weld, Annette. *Barbara Pym and the Novels of Manners.* New York, St. Marton's Press, 1992.

Aldous Huxley's Works:

Crome Yellow. Chatto and Windus, 1921, rpr. 1929.

Antic Hay. Chatto and Windus, 1923, rpr. 1930.

Those Barren Leaves. Chatto and Windus, 1925, rpr. 1950.

Point Counter Point. Chatto and Windus, 1928. rpr. 1954.

Brave New World. Chatto and Windus, 1932. rpr. 1958.

Barbara Pym's Works :

Civil to Strangers, 1936, E.P. Dutton, 1987.

Crampton Hodnet, 1939 *(pub. 1985),* Macmillan, 1985.

Excellent Women, 1952; A Plume Book, Penguin Books USA Inc., 1978.

Jane and Prudence, 1953, Moyer Bell, 1981.

Less Than Angels, 1955, E. P. Dutton, 1978.

A Glass of Blessings, 1958, A Plume Book, Penguin Books USA Inc., 1978.

No Fond Return of Love, 1961, Boston, G. K. Hall & Co., 1986.

An Unsuitable Attachment, 1963 (revised & pub., 1982).

The Sweet Dove Died, 1963 (pub. 1978), Moyer Bell, 1978.

An Academic Question, 1971-2 ; ed. Hazel Holt. New York, E. P. Dutton, 1986.

Quartet in Autumn, 1978, Pan Books, 2004. （小野寺 健訳『秋の四重奏』みすず書房、2006）

A Few Green Leaves, 1980, Perennial Library Edition, Harper & Row, 1980.

モダニズムの中の女王
――シルヴィア・タウンゼンド・ウォーナー『まことの心』における ヴィクトリア女王の表象

中和彩子

一 はじめに

シルヴィア・タウンゼンド・ウォーナー（Sylvia Townsend Warner, 1893-1978）の三番目の長編小説『まことの心』（*The True Heart*, 1929）は、アプレイウスの『黄金の驢馬』のクピド（エロス）とプシュケの挿話を、一八七三年のイギリスを舞台として語り直した作品である。主人公とその恋人を始めとする多くの登場人物たちの名前や役割、出来事などが、もとの物語を思い起こさせる。

ロンドンの孤児院を卒業した一六歳の少女スーキ（Sukey）は、奉公先のエセックスの沼沢地の農家で、知能は低いが心優しいエリック（Eric）と出会い、互いに好意を抱くようになる。スーキには知らされていなかったが、エリックは、スーキの奉公先を世話してくれたミセス・シーボーン（Seaborn）の息子で、転地療養のためここに滞在していた。しかしスーキの行動が引き金となって持病の大発作を起こしてしまったエリックは、母の手で自宅に連れ戻される。一途なスーキ（表題の"heart"は心、愛情のほか「勇者」の意味も含む）(1) はエリックを追って奉公先を逃げ出し、さまざまな人々や出来事に邪魔されたり助けられたりした末にエリックとの再会を果たし結婚に至る。ときにリアルであり、ときに幻想的であったり荒唐無稽でさえあったりする、スーキの数々の冒険のクライマックスは、バッキンガム宮殿でのヴィクトリア女王への謁見である。スーキはある時点から、ヴィクトリア女王から聖書を賜ってエリックの母のもとに赴けば、聖書と引き換えにエリックを獲得できるという空想にとりつかれるが、やがて奇跡的な幸運に恵まれ、奇想が現実となったのだ。このクライマックスは、エロスの母ウェヌスがプシュケに与えた最後にして最大の試練（冥界の女王プロセルピナから美をもらってくること）の書き換えにほかならない。しかし、物語終盤にしかかかわらないプロセルピナと違い、ウォーナーの小説のヴィクトリア女王は、実際の登場に先立って、図像として、あるいは人々の噂話や主人公の空想の中などに繰り返し現れ、プロットの大きな推進力となっている。

ヴィクトリア女王の戯画化ということなら、絵にしろ文章にしろ戯曲にしろ、在世中から無数に行われてきた。訝る女王からスーキが聖書をせしめてしまう場面は、それら無数の戯画の一つと数えられるかもしれない。あるいはまた、このファンタジー小説とも読める作品の、最もファンタジー的なシーンかもしれない。しかし、ここに登場する「本物」の女王と、小説内に遍在する女王の数々の表象とを、時代のコンテクストも参照しつつ見比べることによって、この『まことの心』の特異さが浮かび上がってくる。

本稿は、ウォーナーの作品の中でほとんど論じられることのなかった『まことの心』を、ヴィクトリア女王の表象という観点から論ずる。本論に入る前にまず、比較のために、直近の過去の文化を批判しそこからの断絶を謳いあげた二〇世紀初頭の知識人のひとりとして、ヴァージニア・ウルフ（一八八二—一九四一年）が、ヴィクトリア女王とその時代をどのように表象していたかを見ておきたい。

二　ヴァージニア・ウルフの作品の中のヴィクトリア女王

ウルフの小説のすべてが、ヴィクトリア朝時代に生まれ育った登場人物や、ヴィクトリア朝時代そのものを扱っている。ここでは、そのうち、ヴィクトリア女王が表象されている二作品として『オーランドー――伝記』（一九二八年）と『幕間』（一九四一年）を中心にとりあげたい。

『オーランドー』は、ヴィクトリア朝時代を、イギリスの気候風土に驚くべき変化が起こった時代として描きだしている。その誇張的で象徴性を持たせた戯画によれば、「一九世紀の一日目に、ロンドンのみならずイギリス諸島全土を覆った巨大な雲」がイギリス国民に「驚くべき影響を与え」続けた。(2) 土砂降りが続き、太陽の光も雲と大気中の水分とで色あせるような「この傷つき陰鬱な天蓋のもとで」、「さらに悪いことに、湿気が家という家に入り込み始め」、そのせいで人々の生活様式や精神生活、文化も連鎖的に大きな変化を余儀なくされた。(3) オーランドーは、厳格な結婚制度の存在に気づくと「それでは［それを作ったのは］ヴィクトリア女王か、それともメルバーン卿か？」と、その不自然さに違和感を表明しつつも、「時代精神に無条件降伏して」結婚を渇望するようになり、また、クリノリン（オーランドーの家政婦は、婉曲に言及しようとして「女王さまが……お召しになっていらっしゃるという、何と言いますか、あの……」と顔を赤らめる）を身につけもする。(4)

この二〇世紀小説の想像力の中では、ヴィクトリア女王は、イギリス全土を覆う雲や湿気や時代精神、風俗の元締めであるようだ。より具体的な力の顕現としては、宙に浮いていたオーランドーの爵位、館、領地の所有権を認める法律文書が「女王からの委任状を携えたふたりの警官」によってオーランドーに手渡される。(5) このような大きな影響力・権力として存在する女王であるが、人物としての存在感は剥奪されている。オーランドーは、自分の三〇〇年以上にわたる長い半生を顧みて結局何も変わってはいないと結論し、「たしかに玉座にましますはエリザベス女王ならぬヴィクトリア女王、でも何の違いが……」と思う(6)。しかし、オーランドーにとって、エリザベス女王は身近に接した血縁者であったのに対して、ヴィクトリア女王は違う。身分を回復したオーランドーのもとに「女王陛下のクリーム色のポニーが……城にて晩餐を共にし一泊されたくとの御意を運んで」やってきたことも、町中の祝賀ムードや他の貴族らからの招待状同様、「オーランドーの人生には全くとるにたりない一挿話にすぎなかった(7)」。

最後の小説『幕間』においても、ウルフは、ヴィクトリア女王を敢えて舞台から排除しているように思われる。ポインツ・ホールの野外劇の中で、ヴィクトリア朝時代を代表させられたのは、(居酒屋の主人バッジ扮する)警官。彼は、ロンドンで「女王陛下の帝国の交通を整理する」仕事は楽ではないと語る(8)。続けて、

ペルシャのシャー。モロッコのサルタン。あるいは女王陛下その人さえも。あるいはクック社の旅行者たち、黒人、白人、水夫、兵隊、大洋を渡り、女王の帝国の領土と宣言する、彼らの全てよ、わが警棒の〈支配〉に従え。……しかし、わが仕事はそれだけではない。私は女王陛下の全臣民の清廉と安全を保護し監督する。陛下の領土の全てにおいて。神と人の掟に彼らが従うよう、要求する(9)。

さらには、「白きヴィクトリア女王のもとでの」キリスト教国にあって、警棒の支配は、「思想や宗教。飲酒。服装。作法。結婚にも」及ぶのだと彼は高らかに宣言する(10)。

このように、『幕間』の中の劇作者ミス・ラ・トロウブは、ヴィクトリア朝時代を、帝国中に浸透する警察的権力(女王自身はその頂点にあると同時に、そのもとにあるとされる)に代表させるのだが、興味深いことに、エリザ

ベス女王については直接登場させ、セリフを言わせている。演者（タバコ販売のミセス・クラーク）の正体をほとんど隠すほどの見事な扮装――「彼女は時代そのものに見えた」――に、「［観客は］皆拍手喝采し、笑」う。[11]エリザベス女王は、観客の前に、時代の象徴であると同時に、肉体を備えた人として現前するのだ。

ここで思い出されるのが、ウルフのエッセイ「伝記という芸術」におけるリットン・ストレイチーに関するくだりである。ウルフは、ストレイチーの『ヴィクトリア女王』（一九二一年）を高く評価して、つぎのように述べる。

ヴィクトリア女王については、なにもかもが知られていた。彼女がしたことのすべて、考えたことのほとんどすべては、誰もが知っていることだった。ヴィクトリア女王ほど綿密に実証され、正確に確実性が立証される人物はいない。伝記作家は彼女を作り上げることができなかった。なぜなら、どんなときでも彼の創作を阻止するなんらかの記録が手元にあったからだ。それで、ヴィクトリアについて書く際、リットン・ストレイチーはこうした条件に服した。伝記作家の選択し物語る力を十分に駆使したが、ヴィクトリアが、事実の世界の中に踏みとどまった。陳述の一つ一つが実証され、事実の一つ一つの確実性が立証された。その結果、ボズウェルが親愛なる辞書編纂者のためになしたことを、なつかしい女王のためにたぶんなすことになるであろう伝記が生まれたのである。将来、リットン・ストレイチーの描いたヴィクトリア女王が、ボズウェルの描いたジョンソンがいまはジョンソン博士の決定版であるように、ヴィクトリア女王の決定版になるだろう。その他の女王伝はかすんで、姿を消すだろう。[12]

ストレイチーは事実のみを扱うことによって「ヴィクトリア女王の決定版」を呈示しえたとウルフが考えていることは、ウルフ自身の実作との関係から興味深い。

ウルフの目には、ヴィクトリア女王は唯一の実像を持つがゆえに小説的な存在ではなかったといえる。[13] 他方、エリザベス女王は、伝記作家ストレイチーにとっては鬼門だったかもしれない――ウルフは『エリザベスとエセックス』（一九二八年）を失敗作と断じる。それは、エリザベスについては「分かっていることがほとんどなく――ストレイチーは創作を迫られた。それでも、分かっていることもあり――創作が阻止された」ため、実在の人物としても想像上の人物としても説得力ある人物として呈示しえなかったからだ。[14] しかし、小説家ウルフにとっては、自分の登場人物として呈示する余地のある存在だったことになる。

ウルフの書いた「伝記」からも、このような創作姿勢がはっきりとうかがえる。『オーランドー』は架空の人物の伝記である。実在のエリザベス・バレット・ブラウニングを扱った『フラッシュ』（一九三三年）の場合は、飼い犬の視点という現実にはありえない視点を取り入れており、かつ、巻末に「この伝記には典拠としたものがほとんどないことを認めなければならない」と記して想像力の産物であることを宣言しているのだ。[15]

ウルフはモダニストのご多分にもれず、ヴィクトリア朝時代・文化に対して批判的で冷笑的な小説をものした。その中で、ヴィクトリア女王については直接的な表象を積極的に避け、何かによって間接的に表されるものとして登場させた。その結果、ウルフの小説においては、ヴィクトリア女王は、時代・帝国を覆い尽くす大きな力として存在する。

このようなウルフのヴィクトリア女王とその時代のイメージは、ウォーナーが、『まことの心』の脇役のひとり、女王をよく知る貴族のコンスタンタイン・メルイッシュ（Constantine Melhuish）に語らせているものに近い。彼は、朝のコヴェント・ガーデンで出会ったスーキが、バッキンガム宮殿の女王に会いたい一心でエセックスのチェルムズフォードから農家の荷馬車に便乗してやってきたことを知って、強い好奇心を抱き、協力する気を起こす。スーキのおかげで、自分が今まで女王のことを十分に考えていなかったことに気づかされたコンスタンタインは、女王に伺候する妹エミリー（Emily）に向かって、興奮気味に話す。

僕たちは［ヴィクトリア女王］に慣れすぎてしまっている。あまりに間近で見ている。イングランドの女王は、近くで見るようなものではない。でもいつの日か、後の世に、二〇世紀のいつか、人々は顧みるだろう。するとほら、そこに彼女がいるだろう。セントポール大聖堂のように、地平線を背景にしゃんと座って、陰鬱に、荘厳に、ずんぐりとした姿で。でも堂々としたずんぐりぶりなのだ。王冠を戴き背筋をぴんと伸ばしてそこに座って、すべてのものを小さくみせ、すべてのものの母となっているのだ。そして僕たち、女王の御代に生きている僕たちはみんな下に隠れてしまうだろう。僕たちは大聖堂のドームの下にいることになるのだ。(16)

エミリーは、自分には絶対思いつかなかった「みごとな考え」だと感心する（二四六頁）。ウォーナーは、当時の二〇世紀人のヴィクトリア朝イメージのひとつの典型を、コンスタンタインの予言的明察という形を借りて語ってみせたといえるだろう。女王の名を冠したヴィクトリアニズムという言葉が作られたのは、二〇世紀初頭であった。

三　『まことの心』と女王の表象

最初に述べたように、『まことの心』において、ヴィクトリア女王とその表象は大きな役割を担っているが、作者は、この小説をヴィクトリア女王を中心に構想したわけではなかった。一九七八年版自序によると、ウォーナーは、最初の小説『ロリー・ウィロウズ』（*Lolly Willowes*）を書き始めたころ、「俗謡かおとぎ話をひとつ取り上げて、語り直しをするのは、［物語を書く技術の］よい練習となるだろう」と考えたという。[17] もちろん、『ユリシーズ』に代表されるモダニズムにおける神話の語り直しにも影響を受けていたかもしれない。ウォーナーの場合、俗謡の語り直しは短編小説「エリナー・バーリ」'Eleanor Barley'、おとぎ話は『まことの心』となった。

私は登場する神々を、名前や能力を変え、ヴィクトリア朝の人物に作り替えるのに大いに工夫を凝らした。ミセス・シーボーン（Seaborn）は海から生まれた（sea-born）ウェヌス。［売春宿の女主人］ミセス・オクシー（Oxey）は結婚の守護神ユーノー。（売春宿の備えがあってはじめて、慎み深い女性たちは貞操を保つことができるというのは、この時代一般に認められている道理であった。）リンゴ売りの女性とミセス・ディズブロウは［プロセルピナの母の］デメテル［＝ケレス］。ヴィクトリア女王はペルセフォネ［＝プロセルピナ］。これらの変装は非常にうまくいったので、私のたくらみをわかった書評家は皆無だった。母だけがこの物語の基礎が何であるかわかった。[18]

ウォーナーは、この序文の二〇年以上前にも、ウィリアム・マクスウェル宛書簡（一九五四年七月五日）において、「あなたは［この小説］[19] をとてもよくご存じですが、その下部構造はおわかりでしたか？」と、得意げに同様の種明かしをしている。その文面からは、プロセルピナの納得行く作り替えのために労力が費やされたことが推測される。

「まことの心」は、定旋律の上に書かれています。……［俗謡を定旋律にした「エリナー・バーリ」］のほうが軽い練習でした。定旋律がはるかに大ざっぱで、あれこれ工夫が要らなかったからです。私はヴィクトリア女王が冬のペルセフォネ［＝プロセルピナ］と結びついたとき、とっても嬉しかった。[20]

こうしてウォーナーが、プロセルピナの対応物としてヴィクトリア女王を小説に呼び込んだとき、神話の語り直しに必要な要素が揃っただけでなく、ヴィクトリア女王とヴィクトリア朝文化の重要な特質を斬新に捉えた小説が誕生することになった。すでに触れたとおり、ウォーナーは、小説の登場人物のひとりに、二〇世紀の人間から見たヴィクトリア女王について予言的に述べさせている。だが、ウォーナー自身は、この予言とは異なる女王への見方を、小説全体を通じて表現している。

ウルフがストレイチーによって唯一の実像が描かれたとし、自分の小説には登場させようとしなかったヴィクトリア女王を、ウォーナーはあっさりと登場人物にしてしまうばかりか、女王のさまざまな表象を小説の随所にちりばめてみせる。

「イングランドの偉大さの真の秘密」——版画

スーキの波瀾万丈の冒険は、母親に連れ戻されたエリックを追って奉公先を逃げ出したときから始まる。ロンドンのエリックの自宅にたどりついたスーキは、ミセス・シーボーンに結婚の許しを得ようと頑張る（スーキは、そのはずもないのに妊娠していると思いこんでおり、痛ましくも滑稽なシーンを演じてしまう）が、冷たく追い返される。その後スーキは、生活のため、エセックスのチェルムズフォード近くの農場を経営するマラン（Mullein）家の住み込み女中となり、家事と七人もいる子の世話を手伝う。エリックとの再会や結婚の望みから遠ざかるばかりの日々の中で、スーキがヴィクトリア女王に会いに行こうと思い立つきっかけとなったのは、女王を描いた版画だった。この版画は、マラン家の居間のマントルピース脇に、ほかの版画や子どもたちの写真とともに飾られていた。

［この版画には］彼女にも理解できる物語があり、彼女にも読めるタイトルがついていた。……そのタイトルは、「イングランドの偉大さの真の秘密」（*The True Secret of England's Greatness*）だった。物語は単純だが、同時に荘厳だった。ヴィクトリア女王は、玉座の階段に、郵便ポストのように直立していた。女王をとりまいて、低い位置に、遠近感を出す適切な陰影の中に、政治家たち、廷臣たち、陸軍元帥たち、主教たち、小姓たち、女官たちが配されていた。玉座の足下にはひとりの黒人がひざまずいていた。異教徒であることは明らかだが、あの［別の版画の］異教徒たちとは何と違うことか。なぜなら、女王は、手袋をはめた片手で、彼に聖書を贈り物として差し出しているところなのだ。スーキはこの絵の前に立ち、ため息をつくのだった。スーキは何よりエリックとの結婚を望んでいたが、宮廷に上がりたいという自然な願いも持っていた。（一八五頁）

版画は、マラン家の子どもたちの教母ミセス・ディズブロウからの贈り物であった。彼女は、スーキを驚かせたことに、「ケント公爵夫人」（ヴィクトリア女王の母）と呼ばれていた。それが、ミセス・ディズブロウが「ケント公」というパブを経営していることに由来する冗談であると教えられたスーキは、版画——一九世紀における複製メディアとしての特性上、当然、この一枚の存在は、多数の同じ版画の存在を示唆する——の出所に思いを馳せる。

スーキは「イングランドの偉大さの真の秘密」を見やり、そしてミセス・ディズブロウを見やり、それからまた「真の秘密」に視線を戻した。「真の秘密」は教母の手で［この家］にもたらされた。もしかしたら、「ケント公」と呼ばれるパブはみな、イングランドの法によって、彼の輝かしい子ども［ヴィクトリア女王］の絵を忠実に所有する義務があるのかもしれない。もしかしたらそのような絵は毎年政府が配っているのかもしれない。郵便集配人の新しい上着のように。だからミセス・ディズブロウはこの一枚をやってしまってもよかったわけだ。こういった想像により、ミセス・ディズブロウはスーキの目に非常に立派に見えた。あたかも王室の一員であるかのように。（二一七—二一八頁）

ちょうど絵の中の聖書が無数の複製の配布によってキリスト教を広めるように、「イングランドの偉大さの真の秘密」の単純かつ荘厳な物語が、この絵の無数の複製の配布を通じて広まるシステムを、スーキの想像力は描き出している。実は、これには対応する史実があった。

この版画は、タイトル及び聖書を黒人に贈る女王という基本的な構図から、トマス・ジョーンズ・バーカー（Thomas Jones Barker）の一八六三年制作の絵画『イングランドの偉大さの秘密』（*The Secret of England's Greatness*）がモデルとなっていることは明らかである。この絵の謎に迫った井野瀬久美恵『黒人王、白人王に謁見す——ある絵画のなかの大英帝国』、及び、井野瀬の参照しているジャン・マーシュの記述によると[21]、この絵はロンドンの画廊で展示されたあと地方を巡回し、また、その間に作られた複製版画によって、人々に知られるようになった。ジャーナリストのW・T・ステッドは、熱心な共和主義者だった一六歳（一八六五年）のころ、ニューカースル・アポン・タインの画廊で展示されていた絵を見ている。この絵は、この地方のピューリタン色強い労働者たちの間でも大好評を博し、あらゆる教会で、神の言葉を至上と認める地上の君主（それによって君主制が正当化される）の図像として称揚され、ステッドをうんざりさせたという[22]。

この一八六〇年代というのは、井野瀬も指摘するとおり、ヴィクトリア女王がアルバート公（一八六一年没）の服喪のために国民の前から長らく姿を消していた時期にあたる。以下、この時期の女王の表象の特異性について、マーガレット・ホーマンズの論からまとめたい。

ホーマンズによれば、「アルバートの死まで、女王は人々の手の届く人物として中産階級的な君主制を表象していたが、アルバート没後は、女王と女王の表象の間の広がるギャップが、女王の不在によって否応なしに存在するようになった」[23]。すなわち、「ヴィクトリア女王の不在によって生じた空白の中に」生み出された女王の表象の数々（ラスキンの「女王の庭について」やルイス・キャロルの『アリス』物語もその例）は、女王不在による王権の弱体化、あるいは逆に強大化を表現していたのである[24]。

一方、ヴィクトリア女王自身は、表象の力を熟知しており、「単に現れないのではなく、自分の不在の証拠を公表・宣伝してい」たように思われる[25]。女王は、隠遁の日々の小さな動向を「公式の『宮廷報道記者』」を通じてロンドンの新聞各社に発表させていた[26]。また、自著（*The Early Years of His Royal Highness the Prince Consort*, 1867; *Leaves from the Journal of Our Life in the Highlands*, 1868）が「じかに人々の前に姿を現す代わりとして機能することを期待していた」ことをうかがわせる日記の記述もある[27]。さらに、女王の「私はこの悲しい三年間ほど、臣民からの献身、忠誠、衷心からの同情のしるしを受け取ったことはなかった」（一八六四年一二月、パーマストン宛書簡）という一文は、「夫を亡くしたあとの隠遁を、王の座から離れる原因としてではなく、王の座に引き続き居座るための助けとして構成することによって、共和主義の動きをそらす」という戦略が、女王の念頭にあったことを示している[28]。

バーカーの絵が公開され、また版画として複製されていったのは、このような時期だった。井野瀬が論じるように、バーカーの絵は、女王の不在の空白の中に生み出された多様な女王の表象の一つだったのであり、国民に不在の女王を想像させることで、ウォルター・バジョットのいう「興味深い行動をするひとりの人間に国民の注意を集中させる統治形態」である君主制を機能させるのに、一役買っていたともいえるのだ[29]。

『まことの心』に戻ろう。女王の権力の宗教的な源を見える形にした版画の図像は、スーキに一つのヴィジョンを与える。

［スーキは］「イングランドの偉大さの真の秘密」をじっと見つめていた。口は半開きになり、頰はピンクに染まり、身体は絵のほうに前かがみになり、霊感を受けたように静止していた。彼女は途轍もなく刺激的な、途轍もなく心弾ませるヴィジョンを目の当たりにしている人のようだった。

実際そんなヴィジョンを彼女は目の当たりにしていたのだ。ヴィクトリア女王がいた。その後ろには政治家たちや廷臣たち、陸軍元帥たち、主教たち、小姓たち、そして女官たちがいた。聖書はまだ女王の手にあった。黒人だけがそこにいなかった。彼の代わりに、玉座の足下にひざまずいているのは、スーキ・ボンドであった。スーキはずっと宮廷に上がりたいと思っていた。さあ今こそ行くのだ。（二〇〇頁）

「宮廷に上がりたいという自然な願い」を抱いていたスーキ（一八五頁、強調は引用者）が、「霊感を受けたように」絵の中の黒人の代わりに自分自身を見出す（二〇〇頁、強調は引用者）。無邪気なスーキの抱く「自然な」ファンタジーは、スーキひとりのものではなく、W・T・ステッドをうんざりさせたような、女王の表象をめぐる大きな社会のシステムが生み出したものだった。[30]

代理としての王女

もちろん、スーキの決意には同時に個人的な文脈もあった。その文脈を与えたのは、ミセス・シーボーンが女王の娘（王女）に無礼を働いて不興を買い、以来狂乱状態になったという事件である。

スーキの前の奉公先の先輩女中で、今は若主人と結婚しているプルーデンス（Prudence）がマラン家を訪ねて話してくれたところによると、ある除幕式に列席していたミセス・シーボーンが来賓の王女に勝手に近づいて礼をし、ブーケを差し出そうとした。

そしたら――あなた方がその場で見ていればねえ――王女さまがミセス・シーボーンにあの目つきをくれたんですよ。ミセス・シーボーンに向けられた、というわけじゃなくって。王女さまは［全く無表情に］そこにお立ちになっていただけでした。ちょうど、ミセス・シーボーンとブーケが悪臭を放っているのに、お育ちのよさでそのことをおくびにも出さないでいるみたいに。……うまく言い表せないけれど、あのことを考えるだけで、私はぞっとしてならないんですよ。（一九六頁）

ところがミセス・シーボーンは、周囲の緊張の中、すぐに体勢を立て直して王女を見返したあと、一部の失笑を買って顔をほてらせながら元の席に戻ると、「［式典の間］中ブーケを壊れ物であるかのようにしっかりと持っていた」という（一九七頁）。これを聞いたスーキは実際に居合わせたかのように恐怖を感じる。そして、版画を見やると前述のヴィジョンが見え、女王に会いに行く決意をするのである。語り手はのちに、この時のスーキの考えの筋道をつぎのように代弁する。

プルーデンスから聞いた話がまだ耳の中で燃えている状態で、「真の秘密」の版画を見やり、ヴィジョンを見たとき以来、彼女は、エリックは交換取引で自分のものになると、信じて疑っていなかった。……この策略は、愛の神のものであろうと天使のものであろうと、とにかく確かに［スーキに］吹き込まれたのだった。スーキひとりではそのような、雲のごとく高遠で、ねずみとりのごとく的確な計画を思いつくことはできなかった。……それはパズルのピースのようにすべてがぴたりとはまるものだった。ミセス・シーボーンは王の／王室の軽蔑（a royal slight）のもとに屈服した。聖書を授ける王の手（a royal hand）。スーキ・ボンド、愛する者の母親に見下された求婚者。その誇り高さゆえに今や恥辱が研ぎ澄まされるばかりの尊大な母親に。しかしスーキ・ボンドは、……女王から戴いた聖書を携えれば、もう卑しむべき存在ではなくなるだろう。そうすれば、このように言えるのだ。「これであなたは恢復します。……さあ、私に正当な代価を下さい。私にエリックを下さい。公正な交換です。」（二四九—二五〇頁、強調は引用者）

ここでは、ミセス・シーボーンが、王女個人のではなく「王の／王室の軽蔑」を受けたと表現されているが、同様の換喩的変換は、小説中何度も繰り返されている。

王女の眼差しなど怖いと思わないマラン氏が、王女に対して不敬な冗談を言ったとき、妻は「王族（the Royal Blood）について何て言いぐさなの！［この事件］が女王様のお耳に入ったとき、何とおっしゃっただろう」と思いやって、王女への無礼は女王への無礼だという認識を示す（一九九頁）。同じ認識が、ある教区牧師の妻が、くだんの除幕式の前、ミセス・シーボーンについて言った「あんな恥知らずに王女さまを歓迎する役をさせたら、女王さまに対して侮辱するようなものですよ」という陰口にも表れている（一五九頁）。

これがさらにずらされると、王女は女王に置き換わってしまう。スーキは、女王に対して謁見の目的を説明して言う。

「陛下、私はあるレディのことで参りました。サウスエンドの教区牧師の奥様です。ミセス・シーボーンというお名前です。陛下、ミセス・シーボーンは陛下のお気持ちを害したと信じており、何も彼女を慰めることができないのです。彼女は陛下が腹を立てていらっしゃると思っております。」（二六二頁、強調は引用者）

女王のほうでは当然ながらスーキの話を理解できないため、スーキはさらに説明を加え、「誰も［ミセス・シーボーンを］慰めることができないのです。陛下以外の誰も。それで私はこちらに参りました」と締めくくる

（二六三頁）。しかし、実はスーキは、女王から聖書を手に入れることを考えているとき以外は、女王と王女を混同することはないのだ。たとえばスーキは、プルーデンスの激しい怒りの表情を遠くから見かけて、「ひょっとしたらあの王女さまになったつもりででもいるのかも」と思ったり（二二三頁）、狂気のミセス・シーボーンの眼差しを陰から見て、「王女の眼差しをまねしているのだ」と感じたりしている（二七八頁）。

一方で、王女への不敬は王室すなわち女王への不敬という、ほかの登場人物たちにも了解されている（つまり常識的な）感覚があり、他方で、女王から聖書をいただくための口実の必要性がある。スーキの中でその両者が合わさったとき、当然のように「王女」は「女王」に置換されてしまうのだといえるだろう。

このように、小説は、王女を女王の代理、あるいはいっそ女王そのものとして呈示してしまう。この表象のしかたは、誕生したばかりのマスメディアと不可分の存在であったヴィクトリア女王を「史上初のメディア君主制」と定義するジョン・プランケットが記述する、つぎのような現実の写しともいえよう。

［一八五〇年代後半までに］王権／王室（royalty）は、今やますますその政治への関与よりも「公的」行事への参加によって定義されるようになっていた。……君主の公的な役割の数々は一八五〇年代末までに確立し、その中で、将来のイギリス王室の諸活動の先例がつくられた。(31)

一八五〇年代末には、息子たちや娘たちのほうがひいきされ、注目がヴィクトリアとアルバートから離れていった。……しかし、意義深いことに、皇太子と第一王女が成年に達したとき、ふたりの負った役割は、両親の作った先例に倣っていた。皇太子の初めての公的行事への参加は、一八六〇年六月の、ヴォクソールの美術学校の礎石を据えることだった。一八五九年の第一王女の最初の息子、つまり女王の初めての男の孫の誕生。アルフレッド王子の見習い将校としての英国海軍への入隊と一八五八年一一月の初めての外国への航海。一八六〇年の皇太子のカナダと北アメリカ歴訪。これらはみな、勤勉で倫理的で、脚光を浴びる存在としての王室を継続させるエピソードだった。[32]

ヴィクトリア女王は、女王自身のみならずアルバート公、そしてのちには子どもたちも加わって、市民として姿を現すことによって機能した初めての王権だった。女王の隠遁期には、人々の前に姿を現すことを「イギリスの王室の期待される役割の一部」と認識する内閣側は、「ヴィクトリアの頑固な拒否と、皇太子を自分の代理として振る舞わせることに対する反対とにしばしば逆らって、王室の活動を奨励しようとし」ている。[33] ヴィクトリア女王自身の意向はどうあれ、女王の子どもたちは女王の代理・延長だったのだ。『まことの心』の中では、スーキの要求によって、女王は、王女の振る舞いの責任を不本意ながらとらされる。しかもそれをスーキは、あくまで女王の振る舞いとして述べ立てるのである。

さまざまな複製

以上のほかにも、ヴィクトリア女王の表象は、当時の現実を反映してこの小説の中で増殖し遍在している。女王の肖像は、切手や貨幣として流通していた。スーキの孤児院では、二週間に一度、一ペニー切手が支給されていた（五頁）。六ペンス硬貨については、くだんの版画同様、スーキが自分なりの女王イメージを作るのに貢献していたことが、つぎの場面からわかる。

［女王と対面し、視線を交わした瞬間、］スーキは女王というものがどういうものかについての自分の想像をすべて忘れた。スーキは優美にして荘重な「真の秘密」と六ペンス硬貨の若き日の女王――すらりとしていて厳しい感じがした――

を忘れた。スーキは赤くて素朴［な顔］という最初の印象を忘れた。（二六一頁）

あるいは謁見に先立ち、メルイッシュ兄妹が観光のため連れて行ってくれたマダム・タッソー蝋人形館には、「ひとりの王女が長裾の豪奢な衣裳で身をかがめて女王の手にキス」する像があり、スーキはもしやその王女の衣裳を自分も着ることになりはしないかと期待する（二五九頁）。（実際にエミリーが買い与えてくれたのは、新品ではあるが今着ているものと同じ服だった。）

女王の視覚的・言語的表象に過剰にさらされていたスーキには、謁見の間《ま》に二人の喪服の貴婦人が姿を現したとき、「そのどちらが女王であるかは迷いようがなかった」（二六〇頁）。そして、畏怖の念に打たれて頭の中が真っ白になりながらも、不思議なことに、スーキは「自分がすべきことを正確に知っていることに気づいた。つまり、ひざをついて、それからゆっくりと頭を上げて女王の顔に見入ったのである」（二六一頁）。

表象とオリジナルの逆転

以上のような女王の表象をめぐる状況に全く気づいていないのが、貴族のコンスタンタインである。彼は、女王その人が身近な存在である点で、社会の中で極めて特権的な少数派に属する。そして、女王に会いたがるスーキに出会って初めて、女王がいかに特別な存在であるか気づかされるのである。コンスタンタインは、スーキ（社会の階梯において女王との距離が最も遠い存在）と、時間的に女王から隔たった二〇世紀の人々とが、同じ女王観を持つと想定する。即ち、セントポール大聖堂のように聳え立ち、ドームですべてを覆う存在としての女王である。だが、この理念的なイメージは、すでに見てきたように、スーキの持つ具体的な女王像とは大きくかけ離れている。

コンスタンタインがスーキから聞かされたのは、女王に会うためバッキンガム宮殿に行きたいということだけだった。スーキは、その動機など詳しいことは一切語らず、コンスタンタインも訊ねようとはしない。そこで、コンスタンタインの側に、スーキに対する幻想が生まれる。彼は、スーキのことを、拾い上げて何気なく眺めてみたら思いがけなく精緻にできていることに気づかされた羽のような、要するに「妖精、ラスキン」を連想させる存在であると妹に説明している（二四七頁）。

しかし、スーキのほうでは、にぎわい始めたコヴェント・ガーデンで周りの様子をうかがっていたところにコンスタンタインを見つけ、必要な助言を与えてくれそうな紳士として期待したのである。まもなく幸運にも、コンスタンタインのほうから紅茶を持ってスーキに近づいてくる。ひどく濃いその紅茶はスーキの口には合ったが、コンスタンタインは気に入らず「インド茶だな」と言う。

そこで間があって、スーキは、礼儀正しくするにはインドについて何か意見を述べなくてはならないだろうかとつらつら考えた。インドから「王冠の宝石」（the Crown Jewels）に会話をもっていくこともできるかもしれず、そして「王冠の宝石」から——（二四一頁）

そこで時計の鐘の音に我に返ったスーキは、意を決して「よろしかったら、バッキンガム宮殿にどう行けばよいか教えていただけますか？」と直截に尋ね、教えてもらう。こうして、スーキがインドの紅茶からインド、そして女王へと話を進めることを思いつく程度の知識と知恵を持っているということを、コンスタンタインは知らずじまいになる。

「貧しい召使の少女が誰でも……こんなにすぐさま［都合のいい］紳士を見つけることになるわけではない」い

とスーキ自身が内心得意になって認識しているとおり（二四八頁）、スーキの女王への拝謁が実現するという展開は、非現実的なまでに幸運であり、ファンタジー小説にふさわしい文法である。とはいえ、スーキがそういう願いを持つようになった経緯には、既述のように、女王のさまざまな表象が国民にとって身近であった現実が関わっている。また、スーキが願いを実現させるにはどうすればよいか考える筋道は現実的だ。

ここで、プランケットの論を再び参照しておこう。

> 矛盾する肖像の数は、王室が表象を自己形成していたわけでは決してないということを示している。ヴィクトリアは、臣民の生活の中に、驚くべきほど浸透していた――しかし、臣民が彼女の存在感を不当に利用《アプロプリエイション》したり増殖させたりすることを通じてのみ、そうであったのだ。この条件は、彼女の力と無力さをともに理解するための鍵である。女王像を生み出すメディアの構造をたどって明らかにすることによってのみ、我々は女王があまねく存在するという感覚を理解することができる。ロシアの人形のように、ヴィクトリア女王の大きなイコンは、無数の異なる小さなバージョンからできあがっている。[34]（強調は引用者）

プランケットの言う「ヴィクトリア女王の大きなイコン」は、コンスタンタインの「セントポール大聖堂」に相当するであろう。浮世離れしたコンスタンタインは、スーキたちが日常的にヴィクトリア女王の「無数の異なる小さなバージョン」に接し、さらにそれらを勝手に増殖させていることや、スーキが本物の女王を自分のイメージに合わせて不当に利用《アプロプリエイト》したことなど、想像すらできない。

雄牛をアルバート公を連想させる「コンソート」という名で呼び[35]、子どもたちの教母を「ケント公爵夫人」とあだ名し、不敬な冗談を連発するマラン氏は、王女の不興を買ったあと狂乱状態で家に閉じこもっているという美貌のミセス・シーボーンについても、「新しい夫を探してりゃいいのに。一人の夫は、五十人のヴィクトリア女王よりも彼女の役に立つだろう」と無遠慮なことを言う（一九九頁、強調は引用者）。この冗談は、いみじくも、ヴィクトリア女王がイメージの上でいくらでも増殖可能であることを言い当てている。

それでは、イメージとしての女王に親しんできたスーキが、本物の女王と対面したとき、スーキの女王イメージに何が起こるのだろうか。

非常に鋭い目つきで、無言で、女王はスーキを見返した。スーキはそのまじめで鋭い視線を受けて、涙のような感情に圧倒された。スーキは女王というものがどういうものかについての自分の想像をすべて忘れた。スーキは優美にして荘重な「真の秘密」と六ペンス硬貨の若き日の女王――すらりとしていて厳しい感じがした――を忘れた。スーキは赤くて素朴という最初の印象を忘れた。自分の前の顔の中にスーキが見たものは、これら全てを消し去ったのだ。それは、ぬぐい去れない悲しみの相であった。年齢と悲しみとが、子どものような顔をおさえこんでしまっていた。スーキを、子どものようなまじめな注意と好奇心をもって見つめている目が、心配と悲嘆の涙と警戒心で踏みしだかれ、なぐりつけられたかのような肉体から咲き出でていた。そして、二本の深く刻まれたしわが、子どもっぽい半開きになった小さな口を大事そうに囲っていた。（二六〇―二六一頁）

スーキの抱いていた複数の女王イメージは、現実の前にすべて忘れられ、消し去られている。しかし、小説は、現前する「本物」が表象を単純に凌駕することを許さない。目の前にいる、悲しみと肉体的苦痛と老いにとらわれた女王に対して、スーキは、ときおりためらいつつも版画に描かれた女王の役割を果たさせるまで引かない。さらに、この倒錯にだめ押しするかのように、謁見の場面だけでなく全編のクライマックスとなるはずの聖書の授受の現場が描かれないのだ。女王が「聖書を持ってきなさい」と女官に言いつけたところで場面が切り替わり、つぎの段落では、スーキは貴族の兄妹の家で、賜った聖書を前に「女王を欺いたのだ。あんなに仁慈深い君主、あんなに悲しそうな老婦人に対してこの上なく後ろ暗く不実な振る舞いをして」と後悔している（二六六頁）。

小説の中で反復的に描かれてきた、女王がひざまずく黒人に聖書を渡すというモチーフ。スーキはその黒人の位置に自分がいるという啓示的なヴィジョンを見、その実現を夢見て冒険を重ねてきたのに、その最も大事な瞬間の描写が、まるでさらなる反復にすぎないとでもいうように、省略されてしまう。ここに、ヴィクトリア女王の表象とオリジナルの価値の逆転が起こっている。

「本物」の価値の格下げは、下賜された聖書の扱いにも見てとることができる。版画の図像において、聖書はイングランドの女王の「偉大さ」の源であり、これを受け取る黒人は女王の権威・権力のもとに置かれることが暗示されている。スーキはこの遠大なシステムを、ミセス・シーボーンに（スーキを経由して）下賜された聖書が女王による癒しを伝えるという筋立てに書き換えた。しかし、クピドとプシュケの物語において、プシュケがウェヌスのために持参した函にプロセルピナが入れてくれたはずの美が、途中で開封してしまったプシュケに冥界の死の眠りをもたらすように、スーキの聖書も然るべき効力を発揮しない。聖書を途中で開いたスーキの目にたまたまとびこんできたソロモンの雅歌（七・六―七・一三）が、彼女を甘く深い眠りへと誘う。エリックに起こされ、折しも通りかかった狂乱のミセス・シーボーンを物陰から見ているると、彼女は地面に放置されていた聖書をとりあげて後ろから頁をめくっていくものの、「一瞬の後には、見返しと［女王の］署名にたどりつくであろうところ」で取り落として立ち去る（二七九頁）。スーキがエリックを連れて再び女王のもとに向かおうとしていたところに、ミセス・シーボーンの後見の親戚の紳士（神話のユピテルにあたる）が現れる。エリックの世話を負担に感じていた紳士とスーキの利害は一致し、恋人たちの結婚が決まる。このような物語の展開により、聖書の下賜を通じて発揮されるべきヴィクトリア女王の権威は骨抜きになっている。

女王の表象が過剰に増殖する空間となっていた小説は、その終盤のクライマックスにおいて、表象と「本物」の価値の逆転をもたらす。そこで、小説の時代設定が一八七三年であることには重要な意味があるように思われる。すでに触れたとおり、一八六〇年代、女王の長すぎる服喪中に盛んに生み出される女王の表象が、あるいは王室の置かれた情況を映し出し、あるいは女王の不在を補完した。その後、女王が徐々に国民の前に姿を見せるようになっていた時期が、『まことの心』の舞台として選ばれている。ウォーナーは、女王の多すぎる表象が、再登場した生身と並存して、あるいは凌駕して機能してしまうさまを、描き出したのである。

四　おわりに

ウォーナーの小品に、即位記念行事の準備をめぐって起こった村の騒動を回顧する「神と我が権利」（'Dieu et Mon Droit'）がある。(36) 一九三六年の暮れ、エドワード八世即位記念行事の準備を済ませていたところに王位放棄の知らせが入り、準備を見直すための臨時の村の会合が開かれるが、話し合いはマグのことに終始する。村で注文済みのエドワード八世の肖像入りマグは、業者が無料でジョージ六世のものに取り替えてくれるというが、村人たちのほとんどが退位したエドワードのほうを欲しがり、「ジョージ一個」「エドワード二個」といった言葉の飛び交う侃々諤々の議論の末、二種類とも配られることになる——ただし、「自分のエドワードには自分で金を出す」という条件で。

ウォーナーはここで、具体的な権力の行使によってではなく、記号化することによって遍在する王権を呈示している。それは現実の王権を弱めると同時に、王権のイメージを自明のものとして流通させる。ここからは、『まことの心』の増殖するヴィクトリア女王の表象と共通の問題を見出すことができる。言ってみれば、ウォーナーは、『まことの心』の中で、権力とメディア、複製されるイメージという二〇世紀的問題を、ヴィクトリア朝の言説空間の中に書き込んだのだ。二〇世紀初頭の作家たちは概して、直近の過去であるヴィクトリア朝時代を肯定するにせよ否定するにせよ、現在と断絶した過去とみなしていた。その中で、ヴィクトリア朝時代とモダニズムの時代との連続性を示したウォーナーの視点は、極めてユニークなものと言えるだろう。

＊本稿は、中央大学人文科学研究所「二〇世紀英文学の思想と方法」研究会（二〇〇五年六月四日）における研究報告『Sylvia Townsend Warner, *The True Heart*——一九世紀を書き直す』に基づいている。

（1） Jacobs, Mary, "Sylvia Townsend Warner and the Politics of the English Pastoral 1925-1934", eds. Gill Davies, David Malcolm and John Simons, *Critical Essays on Sylvia Townsend Warner, English Novelist 1893-1978*, Lewiston : Edwin Mellen, 2006, p. 70.

（2） Woolf, Virginia, *Orlando*, Oxford : Oxford UP, 1992, p. 217. 以下、引用の日本語訳はすべて杉山洋子訳（『オーランドー』（一九八三年）ちくま文庫、一九九八年）を参考にした。

（3） *Ibid.*, p. 217.

（4） *Ibid.*, pp. 231, 232, 224.

（5） *Ibid.*, p. 242.

（6） *Ibid.*, p. 227.

（7） *Ibid.*, pp. 244-45.

（8）Woolf, Virginia, *Between the Acts*, Oxford : Oxford UP, 1992, p. 145.

（9）*Ibid.*, p. 145.

（10）*Ibid.*, pp. 145-46.

（11）*Ibid.*, p. 76.

（12）Woolf, Virginia, "The Art of Biography", *The Death of the Moth and Other Essays*, London : Hogarth, 1942, p. 122. 日本語訳は、川本静子訳「伝記という芸術」（ヴァージニア・ウルフ、川本静子編訳『病むことについて』みすず書房、二〇〇二年、七頁）を用い、適宜変更を加えた。

（13）なお、Simon Joyceは、ウルフのエッセイ「ベネット氏とブラウン夫人」中のブラウン夫人が、名前を始めとしてあらゆる点でヴィクトリア女王を思い起こさせるように描かれていると指摘する（Joyce, Simon, "On or About 1901 : The Bloomsbury Group Looks Back at the Victorians", *Victorian Studies*, vol. 46, no. 4, 2004, p. 633.）。そうだとすれば、ウルフは、ヴィクトリア女王の肩書きなどの主要な事実を取り除いてみて初めて、ヴィクトリア女王を小説的に扱うことができたといえるかもしれない。

（14）Woolf, *op. cit.*, p. 123.

（15）Woolf, Virginia, *Flush : A Biography*, ed. Elizabeth Steele, Oxford : Blackwell, 1999, p. 83.

（16）Warner, Sylvia Townsend, *The True Heart*, London : Virago, 1978, pp. 245-46. 以下この作品からの引用はこの版に拠り、文中に丸括弧でページ数を示す。

（17）Warner, Sylvia Townsend, Preface, *The True Heart*, London : Virago, 1978.

（18）*Ibid.*

（19）Steinman, Michael, ed., *The Element of Lavishness : Letters of Sylvia Townsend Warner and William Maxwell 1938-1978*, Washington D.C. : Counterpoint, 2001, p. 51. マクスウェルは、『ニューヨーカー』の編集者としてウォーナーに詩の寄稿を依頼したのがきっかけで、ウォーナーが亡くなるまでの四〇年間、公私にわたる親交があった。一九

三九年にマクスウェルが、「思い出せる限りずっと、［ウォーナーの］作品（特に『まことの心』）を愛読してきて、作品に描かれている非常に多くのことが自分の人生の一部になりきってしまっている」とウォーナーに書き送って（*Ibid.*, p. 7.）以来、『まことの心』は二人の文通の中で何度となく言及されることになる。

（20）*Ibid.*, pp. 51-52.

（21）井野瀬久美恵『黒人王、白人王に謁見す――ある絵画のなかの大英帝国』山川出版社、二〇〇二年、一四二―一五〇頁。Marsh, Jan, "Quest for the queen's secrets", *The Guardian*, Jan. 27, 2001.

（22）井野瀬　前掲書、一五〇―一五三頁。

（23）Homans, Margaret, *Royal Representations : Queen Victoria and British Culture, 1837-1876*, Chicago : U of Chicago P, 1998, p. 60.

（24）*Ibid.*, p. 67.

（25）*Ibid.*, p. 62.

（26）*Ibid.*, p. 62.

（27）*Ibid.*, p. 71.

（28）*Ibid.*, p. 84.

（29）井野瀬　前掲書、一五四頁。（なお、バジョットの出典は、小松春雄訳「イギリス憲政論」、『世界の名著　バジョット／ラスキ／マッキーヴァー』中央公論社、一九七〇年、九五頁。）

（30）スーキの抱いたようなファンタジーは、他のフィクションでも使われている。オリーヴ・シュライナー（一八五五―一九二〇年）の未完の長編小説『人から人へ（男から男へ）』（一九二六年）の冒頭で、主人公の少女は、サーディンの缶詰のラベルから切り抜いたヴィクトリア女王の頭像を宝物としており、空想の中で「南アフリカの小ヴィクトリア女王」としてヴィクトリア女王と会って島をもらう（Olive Schreiner, *From Man to Man*, NY : Harper and Brothers, 1927, pp. 10, 15-16.）。シュライナーがこの作品を構想し始めたのは、『まことの心』の舞台と同じ一八七三年だという

（*Ibid.*, p. xix.）。

（31）Plunkett, John, *Queen Victoria : First Media Monarch*, Oxford : Oxford UP, 2003, p. 53. なお、プランケットは前出のホーマンズに批判的であるが、本稿では両者の立場の相違は問わない。

（32）*Ibid.*, p. 55.

（33）*Ibid.*, pp. 55-56.

（34）*Ibid.*, p. 2.

（35）王室を茶化し、妻を裏切ってプルーデンスと家庭外の情事をもったマラン氏は、あたかもアルバート公から罰を下されるかのように、この雄牛に突き殺されることになる（二一一頁）。

（36）Warner, Sylvia Townsend, "Dieu et Mon Droit", *New Yorker* 20 Mar. 1937, *The Complete New Yorker*, 1st ed., DVD, Random House, 2005.

表層のモダニスト、ノエル・カワード

塚野千晶

ノエル・カワードは時代のあだ花とも評され、一九二〇年代半ばから一九六〇年代までの激動の時代約四〇年を、その時代、時代に合わせて軽やかに泳ぎ渡ってきた作家といわれる。各年代の風潮を敏感に捉え、愛国心、第一次大戦後の虚無感、目標を失った自己中心的な若者たち、心理分析、心霊術、タイタニックの遭難、飛行機、車、電話のような新しい便利な道具など、様々な分野の話題を、次々と舞台上で取り上げた。彼は当時の人々の関心事を見逃さなかった。トレウィンは二〇年代を評して「常に新しいものを求め、新鮮な考えには驚きと喜びの眼を向けると同時に、古い考えでも上手に装いを改めていれば歓迎した」と述べている。(1) これはまさにカワードを連想させる。ただ、風潮には敏感だったが、思潮にはあまり深い関心はなかったように思える。同世代の作家たち、オケーシーやショーなどには、軽薄と馬鹿にもされた。(2) 中身が空虚であると考えられた。そのもっとも大きな理由は哲学に欠ける、深刻さがないことであった。とはいえ、一九二〇年代にはすでに、劇評家はともかく、観客からはかなりの人気を獲得していた。常に期待を裏切ることなく、二、三時間の極上の娯楽を提供してくれたからであった。陽気な二〇年代の旗手といわれる所以はこの辺に見られる。

現在カワードの代表作といわれているものは、詩や小説のモダニズムの時代に書かれている。新しいものには敏感なカワードには、一見、英国の古い文化に抵抗しようとする態度が顕著に見られる。道徳観を軽視し、内容より技巧を重視し、伝統に反旗を翻した点では、モダニストと結びつく。カワードの舞台の衣装や装置はモダニズムを感じさせる。現代的という意味でのモダニストかもしれない。『安易な道徳』に関する『ニューヨーク・タイムズ』の劇評にはカワードの「モダニスティックな人物たち」という言葉が使われている。(3) これまで演劇にはモダニズムという語はあまり使われてこなかった。それは演劇が、詩や小説にはない形態的かつ社会的束縛をもっているため完全に自由な表現ができないからであろう。クリストファー・イネスは英国の劇作家の中で、『人と超人』などで実験的な手法に挑んだショーをモダニズムの作家と見ている。(4) 様々なものを気楽に取り入れ、利用して作品を作り出したカワードは、初期にはショーの作品の模倣も試みている。モダニズムの表面的な特質はこのような模倣を通してカワードの作品に入ったのではないだろうか。その意味で、あえて表層のモダニストという言葉を使ってみたい。

カワードの作劇術に新しい趣向がうかがえるかというと、必ずしも肯定的な答えはできない。彼は演劇を理論的に学んだ人間ではなく、子役からのし上がり、実舞台の上の経験を積み上げて、劇作家の地位を築いた人間である。論理というより経験と本能に従って劇作をしていたといってもよいだろう。だが、時代に迎合したり、人々の意表をついたりしているだけでは人気を保つことはできない。演劇の現場ではカワードは注目され続けた。一九二五年に書かれた『花粉熱』は、今も満員の観客を魅了する力をもっている。二〇〇六年、ヘイマーケット劇場での公演を演出したのはかつての新しい演劇のリーダー、ピーター・ホールであった。垢抜けた、楽しい舞台を作り上げるのに成功していた理由は彼の演出にも負うところが大きいだろうが、言葉の魅力的な表現に長け、様々なムードを演じ分けられるジュディ・ディンチという女優を主演させたことにあったかもしれない。現代作家として国立劇場でその作品が初めて上演されたのもカワードである。一九六四年に『花粉熱』が選ばれたことについて、ホールが演出した『花粉熱』のプログラムの中で、演劇評論家で、『カワード劇集』の編纂者であるシェリダン・モーレイが説明している。(5) この作品が出演する八人の俳優にとっては素晴らしいご馳走であることを、自らも俳優であるオリヴィエと演劇評論家のケネス・タイナンが認識していたのだとモーレイは言う。カワードは国立劇場初代舞台監督オリヴィエの選択を知ったとき、「親父が復活した」と言って喜んだそうである。ある大衆紙の記者が厚かましくも、『花粉熱』は国立劇場で上演されるには少々時代遅れの作品ではないかと質問すると、『醜聞学校』や『誠が肝心』のようなうまく書かれた喜劇は、決して古ぼけることなく何世紀ももちこたえるものだと答えたそうだ。この作品に対する作者の自信がうかがえる。

先の例にあげられた作品と同様にカワードの作品も「風習喜劇」の伝統につながるといえるだろう。彼の作品はシェリダンやワイルドと同じく言葉の面白さでもつといわれる。台詞は簡潔で、慣用句が多く、ある意味では平板、言葉そのものとしてみたら平凡でさえある。オスカー・ワイルドの台詞のような警句もあまりみられない。ただ、台詞が語られる状況、背後の人間関係が意外性を生み出し、短い台詞の間の取り方は後のピンターと共通する。カワードの作品に初めて触れたとき、そこに展開される人間関係の残酷さが印象に残る。限られた一部の人たちのみが連帯できる閉鎖社会がある。たしかに「風習喜劇」においては、一部の才気に富んだ人物のみが優越感をひけらかし、愚かな者たちを笑い者、生贄にすることはよくみられる型であった。王政復古期の「ウィット」たち、ワイルドの社交界の寵児たちがその例である。周囲の人々を振り回す才気をもっていることではカワードの人物も彼らに似ている。しかし、根底には何か異なる要素があるような気もする。カワードは皮肉な風刺作家ではあるが、風刺の対象に憧れを含めたコンプレックスをもっているため、批判が弱まっているのではないだろうか。

人物は類型的である。登場人物の多くは作者が子供のときから生活してきた演劇界の人間である。さらに、いつも同じような人物構成が繰り返し使われる。その意味では、皮相的といわれるのも理解できる。しかし、それは彼が人物の外面だけを描いたということにはならない。彼なりに人物の内面を探ろうとはしている。カワード自身を投影している人物が多くの作品に登場するといわれている。(6) これは作者が自分に異常なまでの関心があって、たゆまず自己観察している結果だろう。彼らは外見は格好いいが、理想化されてはいない。さらに、作者の投影であって、もちろん作者そのものではない。役者として豊かな才能の持ち主であったカワードの作った人物は演技が得意で、ときにはマスクもかぶる。台詞の中に台詞があるという二重構造もみられる。観客にとって、カワード劇の醍醐味は、作者がヒントとして提供する眼に見える姿や仕草、聞こえる言葉や声音から、作者が本当は何を伝えているかを見分けるゲームに挑戦することかもしれない。

カワードのモダンを表す特質を前期を代表する六つの作品の中に探ってみたい。

舞台装置と人物の外見――容姿・衣裳・持ち物

カワードの舞台を見ると装置と衣装が印象に残る。表層にこだわる作家としては当然だろう。装置についてのト書きには、落ち着いてはいるが、古風で色あせた伝統的英国の家具と、アールヌーボーの印象を抱かせるモダンなものとが作品によって使い分けられている。舞台装置で、その作品の雰囲気を設定しようとする試みが感じられる。しかし、カワードの場合には、俳優の側から見た動き易さを可能にする大道具の配置に関しては綿密だが、道具そのものに対しての演出家への指示はショーやイプセンなどに比べるとかなり少ない。むしろどの作品においても同じようなお座なりの説明で済ませている。個人の屋敷やフラットと並んでホテルの一室に場面を設定することもしばしばある。その場合、作者の上流志向を映して、多くは贅沢な調度をしつらえた高級ホテルのスイート・ルームを使っている。

少し例をあげてみよう。『私生活』は二人の主人公が偶然泊まり合わせるパリのホテルのテラスで始まる。二幕はアマンダの魅力的な室内装飾を配置したフラットで展開するが、目立つのはグランドピアノである。蓄音機も音楽が得意だったカワードの道具として欠かせないものである。『生活の設計』においては、主人公の一人であるギルダの生活水準の上昇が居住空間によって示される。一幕では、同棲しているオットーが売れない画家であるため、パリのどちらかといえばみすぼらしいスタジオに暮らしている。二幕になると、同棲相手が売り出し中の劇作家レオに代わったため、比較的居心地のよさそうなロンドンにあるフラットとなる。三幕に至ると、金持ちの画商アーネストのニューヨークの高級な高層アパートの一室が舞台となる。もちろん配置されている家具は垢抜けたモダンなものである。『今のところ大笑い』では、舞台はロンドンのギャリーのスタジオに設定されているが、居心地よさそうな家具は主人公の暮らしを反映して少しばかりエクセントリックとされている。

人物の容姿に言及するカワードの語彙もあまり多くない。女は大雑把に非常に美しいか、魅力的か、十人並みかの三種類に分けられているといえる。さらに美しい女性は自己中心的で、魅力的な女性は冷静な分別の持ち主、容姿優れないものは中身も注目に値しないという構図もあるようだ。男にも「美男の」、「いい男」、「魅力的な」という表現がしばしばもちいられるが、具体的な説明はない。

一九二〇年代は大きな戦争のあとで、ファッションの世界にも変わり行く価値観が反映されている時代である。変化はとくに女性の服に目立つ。一九世紀末に起こった女性解放運動に加え、戦争による労働力の不足が女性に社会に進出する機会を与え、服装も画期的に活動性をもつようになる。スポーツの普及、ダンスの影響もみられる。働き易い、動き易い服装の需要は短いスカート、直線的なスタイル、窮屈なコルセットからの解放、短い髪型ボブスタイルなどの出現をもたらす。また、モードと芸術が接近したことも当然考慮できる。カワードの作品には、このような服装がそのまま使われている印象が強い。(7)

そこでカワードの個々の作品における服装に関するト書きや台詞を検討してみた。すると、一部の作品を除いてあまり具体的な記述がないことがわかる。たとえば『渦』ではフローレンスは素晴らしい服装をし、エキゾティックなネグリジェを着ている。ニッキーは非常によい服装で、ヘレンは小粋な服装と描かれ バンティは当時流行したギャルソン・タイプの女性を想定していると思われる。あまり具体的な指定はなく、漠然とタイプを暗示しているにとどまっている。『花粉熱』のジュディスは一幕では、いかにも英国の奥様然として、大きな日よけ帽に、園芸用長手袋、ゴムのオーヴァーシューズで装備して、花の束を抱えている。息子のサイモンの汚れたテニス・ウエアとジャッキーのショートカットへの言及はあるが、容姿や服装はこの作品ではあまり言及されず、もっぱら人物の身振りと表情に焦点が当てられている。衣装に関する指示がかなり細かいのが『安易な道徳』である。体制側の人間で、抑圧された欲望にゆがんだと説明されているホィッテカー夫人は、一幕では質素なツイードのスカートとシャツブラウスにニットのコートという所属する階級と生活態度を象徴するような普段着で登場する。三幕のダンスパーティのときは、モーヴのドレスにブローチをたくさん留め、きらきら輝く髪飾りで盛装をする。ジョンの姉のマライアンは、大柄で顔色悪い女性であるが、パーティでは白いドレスに、黒に金の水玉模様のインドのスカーフ、金の靴という当世風の少し大胆な服装を試みる。夜のための白い服装はこの当時の流行だった。(8) 末娘のヒルダは平凡な一九歳の娘らしくブルーのきれいなドレスに、それにマッチしたストッキングという衣装でダンスパーティという晴れの場に臨む。三人とも二〇年代の金持ちの女性の許容範囲でお洒落をしているといえよう。それに対し、ラリータは一幕で、夫の家族に初めてお目見えのときは、「ものすごく高価な」服と完璧な真珠のネックレスで美貌を引き立たせている。二幕では、英国のカントリー・ライフに適応できないことを象徴するように、初夏の季節に毛皮のコートというちぐはぐな装いをする。三幕では、挑戦の気持ちを表すように衿ぐりが深く開いた真っ白なドレスに大きなイヤリング、三連の真珠のネックレス、右手に真珠、左手にダイアとルビーのブレスレット、アンクレットまでつけて、赤いオストリッチの羽根の扇に顔も白く塗り、真っ赤な口紅で家族や客たちとの価値基準の違いを見せ付ける服装で現れる。これに対し、ジョンは「馬鹿げている」と、客の女性の一人は「趣味が悪い」と反応する。ラリータの完全な孤立を示す服装であり、人々が彼女の過去と結びつけているものを誇示することで、他の人たちと自分の違いをはっきり示す。その他の作品では、装置と同様に、容姿や服装の記述はあまり多くない。

小道具では、タバコと酒のグラス、ピアノ、蓄音機が社交生活に欠かせないものとして目立つ存在である。演劇には人が集まる場面が多く使われるのだから、上記の小道具は多くの作家に共通するものであろうが、タバコはその中でも特筆に価する。カワードの人物はほとんどタバコを吸う。タバコを勧める、あるいはねだる場面が繰り返される。従来の戯曲と比較してもタバコに関連する仕草はしばしば見られる。とくに女性の喫煙者が多い。現代的価値観や生活態度を与えられている女性の登場人物は必ずといっていいくらい喫煙者である。世界大戦後のモダンな文化の象徴の役をタバコに与えていると考えられる。一九二〇年代のファッション・プレートを見ると(9)、流行の服をまとった女性がタバコを手にしている図がかなり多く見られることから、この考えは的外れではないだろう。

以上のことから、カワード自身は、舞台装置や登場人物の外見を一部の例外をのぞいては細かく定めていないといえる。彼はどの戯曲も短期間で仕上げたといわれる。そのため、台詞には力をいれるが、装置や衣装にはあまり労力をかけていない。綿密で掘り下げた観察も描写も省かれている。その部分は作者を含めた演出家の裁量に任されている。それなのに、作品全体から受ける印象がその時代を鮮烈に映しているので、常に表面的なモダニズムを感じさせられる。

登場人物たち

カワードの作品には大きく分けて、作者の分身と作者が理想とするタイプと作者が軽蔑するタイプが登場することがしばしばある。これらの中で作者の一番の関心は自分の分身にあり、この極度に演劇的なタイプは観客にも大きな興味を抱かせる。

『渦』のニッキー、『生活の設計』のレオ、『陽気な幽霊』のチャールズ、『黄昏の歌』のヒューゴー、『今のところ大笑い』のギャリー、『今夜八時』のジョージと『私生活』のエリオットがこの範疇に相当する人物と言われている。[10] 作者との共通点は人を魅了することに取り付かれた人間たちであるとラーは論じる。どの人物も二〇世紀前半の伝統的英国社会では正常とは認められがたいタイプである。その意味では、カワードは非常に挑戦的であった。代表的な人物を中心に検討してみたい。

ニッキーは二四歳のピアニストである。アメリカでの初演ではカワード自身がこの役を演じている。家族の友人であるポーニーは「あの子は見事なエゴイストよ。魅力的な人はみんなそうだけれど…」、「ニッキーは人々を魅了している間は完璧に幸せ」という。しかし一年ほど滞在していたパリからロンドンの家に戻ってきた彼には、ポーニーが述べていた人を魅了する力があるようには見えない。母親のフローレンスは息子の帰る日を一日間違えていた上に、息子と同じ年の近衛兵に夢中で、上の空で対応する。婚約者を伴って帰ったのにもかかわらず、自分が中心的存在になれないニッキーは突然感情的に爆発する。カワードもよくヒステリックな状態に陥ることがあったと彼の周辺の人たちはいっている。知的な人間であるのに感情のコントロールができなくなる。自分をごまかし続けるにはあまりにも敏感である。自信過剰ともいえる態度をとっていたかと思うと、急に弱気になる。その不安を除くために何かに頼らなければならず、ニッキーの場合はコカインを使用する。正面から現実に立ち向かえない。演技によって局面を打開しようとしても、勘の鋭い婚約者に見抜かれてしまう。

母のフローレンスにも同じ傾向が見られるが、彼女の場合はもっと単純である。類まれな美貌を誇りとして生きてきた彼女は、四〇歳を過ぎてもその魔力がまだ通用すると自らに信じさせようと必死になっている。不安を打ち消すために華美に装い、厚化粧をして派手な社交生活に明け暮れている。

このような、精神的不安定を抱えた人物の周りに、常に冷静さを失わない人物をカワードは配置する。この作品で言えばヘレンがそれに相当する。「時が経っても、年をとらないと考えるのは馬鹿げていると思うわ」とフローレンスに直言する。ニッキーの麻薬常用を見つけ、母親に注意するのもヘレンである。母と息子の両方に彼らが置かれている本当の状況を教える。カワードの作品に必ずといって登場するこのタイプの人間は感情に溺れることは愚かなことと考えている。人生の皮肉な観察者である。自己中心的な人物たちとカワード本人には少し煙たい存在である。もっともヘレンは類型的人物の域をでていない。

感情に溺れないというより、感情に鈍いスポーツマンタイプがフローレンスの恋人のトムである。ニッキーに「英国人の典型的にとてもいい人なんて、僕は嫌いだ」と言わせているこのタイプの人物には作者の軽蔑、淡い敵意と同時に羨望も感じられる。この最初の成功作で、カワードはそれ以後の作品に繰り返し使う人物のタイプを全部登場させたことになる。

典型的な未成熟な男女関係が見られるが、彼の作品の特徴である激しい言い争いはまだ小さな芽を出したところである。ニッキーは知り合って間もないバンティと婚約して家に戻り、母に婚約者について得意げに「すごく頭がいいんだ」と告げる。カワードは「頭がいい」という言葉が好きなようだ。正規の高等教育を受けていない彼の強迫観念を表している言葉かもしれない。若い二人は純粋な愛情で結びついていたのではないことが間もなくわかる。ヘレンに「本当に恋していたの?」と問い詰められニッキーは「うん、――いや――わからない」というあいまいな答えしかできない。ずるずると落ちようとする自分を食い止める「抑制力の一種」としてバンティを求めたニッキーの婚約は、彼とは対照的な人物トムの出現でもろくも崩れ去る。バンティの方もパリで見たニッキーの「うっとりするような魅力、個性、磁石のようなひきつける力」に一時的に眼がくらんだだけであった。ここで使われている形容はまさにカワードその人に当てはまる。バンティはニッキーの生き方を「自己憐憫」、「自己欺瞞」と非難し、「物事に正面から対応する」必要を指摘して、単純で健康的な幼馴染みの方に去っていく。

女二人の情け容赦ない批判で、自分を包む偽りの衣に気づいたニッキーは、母と自分の真実を正面から見つめ始め「もうこれ以上、振りをしてもしょうがない——僕たちの生活はいつも偽りの上に築かれていたんだ」と悟る。自分を暴くだけでは飽き足りず、母にも強引に真実、すなわち母のトムへの執着は「愛ではなく、ほめ言葉やお世辞を求める虚栄心から出たむなしい願い」にすぎないという事実を突きつける。この母との関係も残酷である。どこか『ハムレット』の寝室の場を思わせる。傷をなめあう親子の感傷的な抱擁で幕が降りる。このように観客の涙を求めて、終わりが突然メロドラマ的になるのは、まだ若い作者が手本としていたピネロなどの影響かもしれない。

次の作品ではカワードは前の時代の作家たちの影響から離れる。もっとも、従来の道徳観を超えた人物たちを登場させることで観客の意表をつくという点は変わらない。『花粉熱』は家族全員が自己中心的なブリス家で展開する。この家族は、それぞれが他の人の都合を考えず、勝手に週末に客を招いた。家の中心は元女優のジュディスで、演技がこの家庭では日常的になっている。全員が物まねの天才である。いい争いが絶えない家族をまとめているのは、ヴィクトリア朝的な社交規範ではなく、限りなく想像力を発揮してそれぞれが自在に役を演じ分けることである。この作品を「悪い風習喜劇」と呼ぶことは理解できる。一幕のジュディスは英国のカントリーハウスに住む上流夫人を演じている。服装はもちろんであるが、言葉使いも会話の内容も上品な奥方風である。難しい花の名前を唱えたりしている。しかし、上流階級にとっては欠かせない条件だった礼儀・しきたりほどこの家族に欠けているものはない。彼らはそれらを軽蔑してきた。招いた客たちの方は、礼儀やしきたりによって行動することを当たり前と考えてきた人たちである。本来だったら、手厚くもてなされるべき客がこの家族のエゴの餌食になる。四人の家族が招いた四人の客は、年齢も個性も様々だが、礼儀を無視した家族の対応に等しく途方にくれる。ジュディスとソレルは、招待客のことで口論を始める。サイモンも加わって、自分のことしか考えられない親子は客の泊まる部屋のことで興奮し、ついにソレルは感情を制御できなくなり、泣き出す。しかしこの家族は長い間、同じ感情を持続できないので、母親の現役復帰宣言で、芝居の話題に注意は移ってしまう。ジュディスは物静かなカントリーレイディから、「興奮と輝きに憧れる」女優に変わる。そのような瞬間に折りよく女優ジュディスに魅了されたサンディが現れ、熱烈なファンの賛辞を捧げて喜ばれる。マイラの到着には敵意をあからさまにするジュディスの冷たい言葉が待っている。リチャードとジャッキーに至っては、到着後すぐ二人だけで放置される。外交官リチャードの社交術も内気な社交下手なジャッキーには通じず、間が持たず苦労させられる。一幕では客たちの訪問を通して、ブリス家の無作法ぶりが披露される。

二幕では「副詞ゲーム」というブリス家の一員だけが得意とする遊びを通して、彼らの横暴さが一層はっきりしてくる。部屋の外に出された鬼が、メンバーの行う動作から一つの副詞を当てるというこのゲームは、想像力と演技力の欠如する者には苦行となる。一家は芸術家でない客たちには非常に不利な遊びを強いて、自分たちだけが優越感を味わったあとは、最初の相手とは異なる人との恋愛ゲームに移る。ここでもジュディスが中心になる。リチャードをピアノと歌で誘って、男がそれに応じそうになると、貞操を危険にさらされた人妻の役を演じる。サンディがソレルに恋人気分にさせられているのを発見すると、裏切られた年上の女の悲哀を演じたあと、娘を嫁に出す母の役に転じる。ディヴィッドとマイラが親密なのを見れば、夫に捨てられ離婚を決意する妻役に変身する。サイモンはジャッキーと婚約する。千変万化の女優を演じて楽しむジュディスに一家総出で、協力しているようである。

三幕では、客たちが彼らにとって支えだった礼儀を捨てて逃げ出しても、気づかず、自分たちの話に夢中になる家族の様子が示される。馬鹿騒ぎの一夜が明けて、客たちは朝食に降りてくるが、当然満足できるような準備はできていない。そこで家族への不満が爆発する。わけもわからず、婚約をさせられた二人の若者たちは憤慨し、マイラもリチャードももてなしのひどさをこぼす。平凡な人たちには、ブリス一家は「全部頭がおかしい」と思われ、一刻も早く退散したいという結論に至る。礼儀作法にこだわるリチャードは「全部いっぺんに消えたら、無作法ではないか」と一瞬ためらうが、誰も残されたくはなく、社交規範を無視する行動をとる。ブリス親子はデイヴィッドの書いた小説の中の地理的記述をめぐって、口論を始め、感情が高ぶったジュディスを中心に興奮が最高潮に達したとき、客たちの閉めたドアの音が鳴り響く。ジュディスは「何て無作法な」といい、デイヴィッドは「最近の人間はまったく異常な行動をするね。」とつぶやく。最高に皮肉な台詞である。ジュディスもフローレンスと同じく、失った若さに執着はしているが、それが彼女を身動きできないほど縛り付けているわけではない。このわがままだが、才能に恵まれた女優には作者の共感が感じられる。分身の一人ともいえよう。

この作品には、プロットといえるようなものはない。客が来て、不満の一夜を過ごして帰っていくだけである。登場人物の会話と行動に現れた反応の面白さだけで構成されている。そのために読み返した作者は舞台での成功に自信がもてなかった。そこでもっとわかりやすい作品を先に世に出すことにする。それが『安易な道徳』である。『渦』と設定に多くの共通点をもつ『安易な道徳』では、既成社会への反抗者はラリータである。彼女は虚栄とわかりながら、作者と同じく「私は人気というものにくだらない情熱を感じている」と認める。自分よりはるかに若いジョンの情熱を信じて結婚してみたものの、彼が本来所属する英国の地方の屋敷に到着してみると、閉塞的な環境に圧迫されて撤退を余儀なくされる。前の時代のメロドラマにしばしば登場した、美しく垢抜けた過去をもつ女は、上層中産階級を批判しつつ、その社会に憧れ続けた作者を映している。プルーストの『ソドムとゴモラ』をこれ見よがしに読む「知的」で、趣味よく、しかも華麗に装ったラリータを受け入れなかったのは、中産階級を代表する有能な主婦である義母のホィッテカー夫人とその子供たちである。離婚暦や多くの恋人との恋愛遍歴をもち、古い考えに正面から挑むモダンなラリータは、夫の母親や姉妹の偽善を暴くことには成功したが、夫を含めた英国の中産階級の古い体質を変えるには至らなかった。過去のスキャンダルが表面に出て、ダンスパーティから締め出されたラリータは、わざと派手な装いで登場して、参会者を唖然とさせるが、そのときにはもう屋敷を永遠に去る覚悟を決めていた。「私はあなたたちの社会制度に従って生きているのではありませんから」と自分の抱く価値観がホィッテカー家のものとは異なると居直る。しかし思ったことを率直に飾らず語ることをのぞけば、過去は過去で現在には関係ないという彼女の新しい考えにあまり強い説得力はない。この点でも作者と重なる。

一方、一時的に捨てられたが、ラリータとの関係が危うくなったとき、ジョンの愛情の対象になるセアラは感情に溺れることがない冷静な女性である。年上の男友達のチャールズにいわせれば、その割り切った観察眼は「現代風な若い娘」ということになる。セアラは包容力を備えた、過去にとらわれない考え方ができる女性として描かれている。

『花粉熱』が四組のカップルで構成されてその複雑に変化する関係で観客を混乱させたのに比べると『私生活』ではカップルを二組に整理したためにすっきりと均衡の取れた構成ができている。才気にあふれる会話を織り成す登場人物の傍若無人な行動からも、プロットらしいプロットの欠如という点からも『花粉熱』に類似した作品である。世界的恐慌を経て、登場人物のそれぞれの価値観への執着や抵抗が弱まり、男女の複雑な心理的な駆け引きを表現する方法に興味が移っている。作者は「洞察力があり、ウィットに富み、心理的に少し不安定ではあるが概して構成もうまくできた」と評価している。[11] エリオットはカワードを投影した人物の一人である。最初の相手の個性の強さに懲りたと感じたエリオットとアマンダは再婚の相手に凡人を選んだが、新婚旅行が始まった途端に凡庸な人間に飽き足りなくなり、癇癪をおこす。エリオットの妻シビルは女学生気分がまだ抜けなくて結婚にロマンティックな夢を求めている。最初の妻のことをいつも気にしている。エリオットはシビルとの愛は「多分、前より賢明なもの」と言い、「愛は懸命で、思いやりがあり、ドラマティックとは程遠いものでなければならない」と言い聞かせるが、アマンダに会うと賢さや思いやりや冷静さを失い「ダーリング、ダーリング、君が大好きだ」「僕のもとに帰ってきてほしい」と告白し、二人で逃亡することを提案する。アマンダも保護者然と振舞う、古臭い女性観から抜け出られない夫ヴィクターにいらいらして、ヴィクターが求める従順で型にはまった従来型の女とは反対の人間であることを主張し始める。だから思いがけず再会した前夫の誘いに、「そんなことできないわ。駄目よ、あなたにもわかっているでしょう」「そんなことをしたら、ヴィクターは絶望する」と言葉の上では一応抵抗しながら、次の瞬間には「パリにフラットをもっているの」と応じる。初演のときのカワードとガートルード・ローレンスのようにエリオットとアマンダの表面の言葉と心の中の微妙な食い違いを巧みに演じられる俳優が主演すれば大変見ごたえがあると思われる。それに比べると、ヴィクターとシビルは生彩がない。

一時の感情の高まりで復縁してみたものの、徹底的に自己中心的な男女が穏やかに暮らせるはずもない。衝突しそうになったときの合言葉も決めては見たが、効力は発揮しない。「女がやたらに相手を変えるのは不都合」というエリオットに対し、アマンダは「それは、男にとって不都合ということでしょう」と応じる。エリオットは冷ややかに「ずいぶん、モダンな考え方だ。君の進んだ見解にはまったく驚くよ」と答える。エリオットがアマンダを「機転が利かない」と罵り、アマンダがエリオットを「思いやりがない」「虚栄心が強い」と攻めたかと思うと、次の瞬間には甘い愛の言葉と抱擁を交わす。いかにもカワードの分身らしい考えを示しているのは、次の引用である。

アマンダ　恐ろしいのは、ずっと幸福でいられないこと。
エリオット　それは言わないで。
アマンダ　だって本当ですもの。すべては下手な冗談みたいなものよ。
エリオット　神聖で美しい愛のことかい？
アマンダ　そう、その通り。
エリオット　（部屋の中を芝居がかって、大股に行ったり来たりしながら）いつも僕が自問自答しているのは、究極の真実を絶え間なく追究する意味だよ。やれやれ、そんなことに何の意味があるんだ。
アマンダ　笑わないで頂戴。私は真面目なんだから。
エリオット　（真面目に）真面目になっちゃ駄目だよ。そんなことをしたら奴らの思うつぼだ。
アマンダ　奴らって？
エリオット　人生を耐え難いものにしようとする、役立たずの道徳家だ。奴らを笑ってやるんだ。軽薄たれ。奴らの神聖なスローガンなんて何もかも笑い飛ばせ。軽薄こそは奴らのいやらしい甘ったるさや光明をぴりっとさせてくれる。
アマンダ　すべてを笑いの対象にすることって、自分たちも笑うことじゃないの。
エリオット　その通りさ。僕らは立派に道化役だよ。(12)

再び激しい口論が始まり、ついには暴力にまで及んだところへヴィクターとシビルが現れて呆然と二人のけんかを眺めるシーンで幕が降りる。

三幕は、それぞれの配偶者の寝室の前で目が覚めた二人の困惑で始まり、ヴィクターが弱気になるシビルを慰める場面になるのも『花粉熱』に類似している。寝室から現れたアマンダもエリオットもまともな対応をしないので、ヴィクターは殴ると脅すが、エリオットは自らの信条通り「軽薄な態度には大変ひどく困惑している気持ちが隠されていると君は考えたことがないのですか」と軽くかわそうとする。むしろ相手の鈍感さを非難している。アマンダも世慣れないシビルに終始優越感を持って対応する。やがて、それぞれの相手を弁護して口論を始め、同じように暴力を振るい始めたシビルとヴィクターを残して、エリオットとアマンダは手に手をとって微笑みながら部屋を出て行く。『花粉熱』を逆にした幕切れである。

『生活の設計』は、劇作家のレオと画家のオットーとギルダという一人の魅力的な女性との奇妙な関係を描いた作品である。一幕は、オットーと同棲していたギルダが、久しぶりに旅から戻ったレオと一夜をともにしたところから始まる。レオは動揺したオットーにギルダとの関係は深刻なものではない、お互いずっと惹かれあっていたからたまたまチャンスがあったときに楽しんだだけと言う。激怒したオットーは「君の言っていることは安っぽい日和見主義にすぎない。興奮するチャンスがあれば、君はどんな神聖なものでも犠牲にするんだろう」と怒る。レオが「ブラヴォー、不滅のドラマだな」と茶化すと、純粋でロマンティストのオットーは「お前のは死んだ喜劇」とやり返し、二人に呪いの言葉を残して飛び出していく。

二幕はロンドンに場所を移し、自宅で新聞の劇評を読み漁るギルダとレオを描く。劇作家として成功したレオは、自分の作品がどう評価されているか気になっている。

ギルダ　『デイリー・メール』は、大胆で、劇的で、才気に富んでいると書いているわよ。
レオ　『デイリー・エクスプレス』はむかつくだってさ。
ギルダ　それ以上言われたら、私なら深く傷つくわね。
レオ　残念なことに『デイリー・ミラー』は少々的外れな文句をつけている。
ギルダ　上品ぶっているのね。ふざけた、つまらない作品だそうよ。
レオ　（『デイリー・ミラー』を読み上げ）「変化と退廃についてはおおむねわかっているようだ。性格描写はところどころ失敗しているが、台詞は洗練され、最初から最後まで高水準を保っている。才気に富む、いや、異彩を放っている箇所も多い。」
ギルダ　その「いや」が気に入ったわ。
レオ　（読み続け）「しかし」、よく聴いてくれよ、「しかし、この作品は全体的には、はっきり言って薄っぺらである。」
ギルダ　あら、まあ、わかっちゃったのね。
レオ　（飛び上がって）薄っぺら、薄っぺらだと！　薄っぺらとはどういうことだ。
ギルダ　薄っぺらは薄っぺらよ。世界中どこへ行っても薄っぺらは薄っぺらで、ずっとあなたについてまわるのよ。(13)

二人の劇評漁りはさらに続くが、これらの批評はカワードの作品に対する劇評をそのまま写しているようで興味深い。この当時のカワードが常に演劇界への挑戦的姿勢をとりながら、反面自分の評価を気にしていたことがわかる。ギルダはレオが脚光を浴びて得意になっている様子を皮肉にからかう。ギルダはレオとの華やかな生活に満足できない。レオの正式の結婚の提案も受けいれられない。彼女のモダンな道徳観では結婚は、「男の人のすねをかじり、男を完全に駄目にしてしまう退屈で、自力で暮らすことが出来ない女になること」で、従来の夫の庇護を受けて暮らす女の生き方に疑問を投げかけている。カワードの芝居には従属に甘んじる女性はあまり登場しない。ここにも時代の先端の風潮を表層だけでも捉えようとする傾向が感じられる。[14] レオの方は「僕は芸術家だから、一切の世俗を閉め出して、芸術のためだけに生きるという古臭い決まり文句は受けいれられない。そんな考え方は、リッツでカクテルパーティを開くみたいなたわごとだよ。」とカワードらしい言葉を吐く。

ギルダが一人になったところに、肖像画家に転向して成功したオットーが訪ねて来る。彼は「人生とはまず第一に、そして究極も、生きることだ」と、一幕の純粋で青臭い青年から変身を遂げていることを示す。「豊かでスリルに満ちた瞬間を楽しんで生きることこそ最高」と悟ってレオとギルダの元に戻ってきたのである。この人生観もカワードを映している。この時点では男たちの自由で反体制的な生き方に同調しきれないギルダは男たちを見限って去る。しかし、彼女には男たちのような芸術家として生きたい野望もある。一方帰宅したレオはオットーが戻り、ギルダを失ったことを知る。男二人はいかにもカワードの描く人物らしい台詞で言い争ったり、共感したりして時を過ごすうちに幕が閉じる。

三幕では、アーネストの庇護を求めたギルダが望み通り室内装飾家として活躍するニューヨークの生活が紹介される。アーネストは、レオやオットーのような既成社会に反抗することに快感を覚えるタイプの人間ではなく、世の決まりを尊重し、それを利用して生きている。彼との生活に満足していたように見えたギルダは昔の仲間の出現を機会にもとの自由で気ままな生き方に戻る。カワードの他の作品の場合と同じく、常識的な人間は、ここでもはじき出されてしまう。

『陽気な幽霊』は心霊術の流行に目をつけ、霊界から呼び戻された先妻の幽霊を登場させる作品である。小説家のチャールズは、小説の資料を集めるために、同じ村に住む交霊術師のマダム・アーカーティーを招き、交霊のパーティを開く。妻のルースは、冷静で知的な女性で、心の中では非科学的な実験を馬鹿にしながら、夫の仕事には協力する。ただ、このような常識はずれな試みには一抹の不安も感じている。不安は的中して、アーカーティは間違ってチャールズの先妻エルヴィーラを呼び出してしまい、一見平穏に見えた夫婦の関係に混乱がおきる。理不尽なことは何事も認めようとしないルースはいら立ちを抑えられない。チャールズは「君はすべてを自分が納得するように巧みにすりかえてしまう」と妻の押し付けがましい態度を批判し始める。一般常識をもって、現実生活を上手に切り回そうとする人々、特に女性を、想像力を欠いたつまらない人間と軽蔑していたカワードの考えを代弁している。しかもチャールズを、二人の女が競争で争う魅力的な男に設定しているところも『私生活』と変わらない。

幽霊の姿が見えないルースは、夫を病人扱いし始める。エルヴィーラの方も嫉妬も手伝ってルースの態度を批判する。一人の男をめぐって幽霊と生身の女が対立する場面は、カワードの特徴ある簡潔な台詞によって鮮やかに展開する。チャールズに先妻の幽霊の存在を打ち明けられたルースは、不本意ながらアーカーティの力を借りて追い返そうとする。ところが、初めて幽霊を呼び出すことに成功したと知った交霊術師は有頂天になるので、言い争いになる。幽霊の姿を見ることも、声を聞くこともできないでいらだつルース、ルースを見ることもその言葉を聞くこともできるので優越感は抱きながらも、先夫の気遣いに嫉妬するエルヴィーラ、両者に気を使いながらも、新しい経験を楽しむチャールズの織り成す光景は作者の得意とした混乱の喜劇を作り出した。彼は幽霊を登場させることで道徳的な弾劾を避けながら、二人の妻を同時にもつ男を描いたとも言えよう。ルースはエルヴィーラの目的が最終的にはチャールズを霊界に連れ去ることであると気づき、夫に忠告するが無視されてしまう。妻の予感どおりチャールズの車に細工して殺そうとしたエルヴィーラの計画は失敗し、代わりにルースが死亡事故を起こしてしまう。一人になって解放感を味わっているチャールズのもとにエルヴィーラが現れ、新たな口論が始まる。

エルヴィーラ　あなたをあの世に連れて行くのに成功していたらと考えると震えがくるわ。本当よ…そうなっていたら、永遠に口論やつまらない争いを繰り返すだけだったでしょう。ルースと一緒の方がまだまし。あの人は少なくとも自分の仲間を探して、私の邪魔はしないでしょうから。

チャールズ　じゃあ、僕は邪魔するのかい。

エルヴィーラ　みんな私が馬鹿で、あなたが私を愛していると思ったせいだわ。あなたが可哀相だと思ったのよ。

チャールズ　そんな風に侮辱されるのはもううんざりだ。消えてくれ。

エルヴィーラ　私だってそうしたいのは山々よ――私は損になることは辞めるべきだとずっと思ってきたの。死んだのもそれが理由だったわ。(15)

エルヴィーラはこの世に滞在することにうんざりして、アーカーティーに頼んで霊界に送り返してもらおうとしたが、技術が口に伴わない交霊術師は、また間違ってルースの幽霊を呼び出し、新たな口論の始まりを招く。カワードの芝居の多くはその大半が口論に費やされる。その才気あふれ、当意即妙なやり取りが魅力を生む。それでも最後には偶然の力を借りて二人の妻を追い出すことに成功したチャールズは大得意で、それまでの自分の一生を支配してきた女たちへの別れの演説を芝居気たっぷりに行って幕となる。

『今のところ大笑い』の主人公ギャリーは女性に抜群の人気をもつ俳優で、カワードに非常に近い人物といえよう。ギャリーはこの作品を書いた時期のカワード同様、もはや若くない。だんだん容貌にも自信がもてなくなってきている。人気のかげりはアフリカ巡業という形になって忍び寄ってきている。そのために、自分の魅力の網にかかった人を拒むことができない。ところが、網には三人の危険な獲物がかかってしまう。一人目がダフネで、次が狂信的な自称劇作家ローランド、三人目はしたたかな人妻ジョアンナである。

もともと、道徳的にはだらしがない彼は、自分のスタジオにしばしば、女性を連れ込んで恋のアバンチュールを楽しんでいる。しかし、ギャリーは二人の賢い女性の監督下からは抜けられない状況にある。一人は別居中の妻リズ、もう一人は秘書モニカである。出勤してきてギャリーが若い娘と一夜を過ごしたことを知っても、モニカは動ぜず、一刻も早くその世間知らずの女を追い払うように主人に命じる。ギャリーはモニカの前では、鏡でわが姿を点検しながら、年をとった素振りで同情を引こうと試みる。彼は実人生でも常に演じている。一夜の恋の相手のダフネにも「僕はいつでも演技をしているんだよ。まったくひどいことだ。いつでも、食べたり、飲んだり、恋をし、苦しむ自分を観察しているんだ。気が狂いそうになるときがある。」とぬけぬけと自分の不始末をいい逃れようとする。ダフネは一度きりの遊びのつもりが、初心な娘はスターの魅力のとりこになり執拗に追いかける。妻にいわせれば、ギャリーは「〈否〉とか〈さよなら〉がいえない人」である。本人に向かって「理性、威厳、地位を自覚し、自分の年齢に直面しなさい」と忠告するところは『渦』のヘレンを思わせる。

自称劇作家との問題も「否」といえないギャリーが面会を許可したことから起きる。新しい演劇の信奉者を自認するローランドは、最初の訪問のときは、ギャリーがくだらない作品にしか出演しないことを責め立てる。「筋なんて問題じゃありません。大事なのは思想です。チェホフを御覧なさい。」「あなたの出る芝居はどれもいつもまったく同じで、浅くて軽薄で、知的意味がこれっぽっちもありません。」まるで、カワードへの批評を聞いているようである。このときばかりはギャリーはこの若者を無愛想に叱りつけ、追い返そうと試みるが、それが逆効果になって、ローランドは一層付きまとうようになる。ローランドを魅了したのは、日常生活でも演技するギャリーであった。「あなたはいつも演技をしている。それがたまらなく魅力的なんです。いつものことなので、自分では慣れてしまって気がつかないんですよ。僕もいつも演技をしています。あなたの驚いた顔が面白くて気が狂った振りをしました。あなたの顔の表情はどんなときでも魅力的ですよ。」と言ってアフリカまで追いかける意気込みを示す。
ギャリーの恋愛沙汰が、長年の仕事のパートナーの妻にまで発展すると、彼の人気を支えてきたチーム（妻と興行師、演出家、秘書たち）の連携に危機を招く。モリスの妻ジョアンナは女性としての自分の魅力を試したい――つまり、彼女もギャリーと同様に自己陶酔にかかっている女――気持ちも手伝って積極的にギャリーの誘惑にとりかかる。ギャリーを商品として仕事をしている仲間にとっては、チームワークを乱す大きな危機である。ギャリーはスターの自分を利用して甘い汁を吸っていると仲間を非難し、仲間たちはギャリーの自己中心的な生き方を批判する。結局、手強いジョアンナを撃退したのは、冷静なリズとギャリーの残酷な自分中心的な言葉である。ギャリーは言う。「ジョアンナはセックスに時間の大半を費やしているけれど、本能的に楽しんでいるわけではない。セックスは目的を達するための手段だよ。あいつはコレクターなんだ。」アフリカ巡業まで同行しようとするダフネとローランドをまいて、リズとともにこっそりとスタジオを出るところで幕が降りるこの作品は、無責任な人間関係で騒動を巻き起こした男の喜劇を描いている。

カワードは作品に新しい考えや社会の風潮を盛り込んだことを、概して、自ら評価していたと思われる。ところが、演劇評論家の世界ではそうはいかなかった。演劇界の「恐るべき子供」であったカワードは不道徳、厚かましさ、軽薄ばかりが強調された。(16)『サンデイ・タイムズ』の保守的な劇評家ジェイムズ・エイガットは、『渦』の初演を評して、最新流行の演劇と呼ぶ。「少々ショッキングかもしれないが、これが必ずしも観客の人気に影響してはいない」とは認めるが、あまり好意的な評は書いていない。一幕の才気の煌きを演劇的と一応ほめはするが、二幕ではピアノを演奏する場面が多すぎるとか、三幕はよく書けてはいるが長すぎるとか、女性の登場人物のタバコの吸い方などに文句をつけたり、瑣末な部分に文句をつける。酷評に至っていないのは、『渦』がテーマと人物は軽佻浮薄であっても、古い演劇の模倣が目立ち、枠をそれほど外れていないからであろう。しかし、『花粉熱』に関しては、「カワード氏が描く人物は、誰一人として健康とも清潔とも言いがたい。不健全な託児所の床を這い回る凶暴な赤ん坊たちとでも形容したい。ずっと続く揶揄に関しては見事に厚かましく、フランス人なら十分評価する楽しい娯楽といってもいいかもしれない。このような作品は演劇のためにはならない。こんなものを好むのは、ごく一部の都会人の観客であろう。」と真っ向から否定する。同じ批評家は『安易な道徳』でカワードが説教好きなマライアンを性的抑圧にゆがんだ女としていることに激しい怒りを示す。エイガットにとっては、カワードの劇作家としての技術はある程度認められても、既存の道徳観を危うくするような考えは許しがたいものであった。カワードの作劇術のうまさは、早くから評価されていたことが、この当時の劇評からわかる。『オブザーヴァ』の評者は『安易な道徳』について、観客を喜ばすコツを心得た作者の仕事として、台詞の巧みさをあげている。一九三〇年の『花粉熱』の再演に対しての『サンデイ・タイムズ』の批評は『花粉熱』を最上のファンタスティック・コメディと認め、それは極端が生み出す楽しさと新鮮さであると書く。ワイルドの『誠が肝心』と比較すると、ナンセンスである点は共通するが、言語構成の洗練では先輩の作家に劣るとも論じる。『私生活』については、『タイムズ』は「アマンダとエリオットはカワード氏の才能が咲かせた見事で軽薄な花」と述べ、印刷されると狂気の賜物とも見えかねない台詞が、舞台では素晴らしい効果をあげるという。『オブザーヴァ』のアイヴァ・ブラウンはカワードの大胆な技巧を褒め、従来の演劇の人物や構造に関する規則を無視しても、自らの才気のままに執筆する作者を皮肉に論じている。『生活の設計』には「三人の登場人物が生み出す奇妙なナンセンスを作者が楽しんでいる」という批評が『ニューヨーク・タイムズ』に載せられている。ブラウンの『陽気な幽霊』評は時間がかかりすぎの上、最後にチャールズが女性からの解放に満悦の態を示すのはカワードらしさを消すと述べる。別の批評では、カワードが扱いにくい題材を見事に処理して、到底信じがたい事態を観客に受けいれさせる手並みに感心する。第二次大戦後の上演については、時代的、思想的意味を探る批評もないわけではないが、カワードに対する評価は概ね、題材の新しさに対する興味、登場人物が社会通念を無視、軽視することへの反発、軽薄な台詞の連続への怒りと、台詞の巧みさへの賞賛が入り混じっている。

社会に対して果敢に反逆する人物を主人公にすることで、演劇界の寵児になったカワードは深い意味での改革者とはいえない。たしかに既成の道徳観に満足せず、新しいものにひかれていたことは否定できないが、真の反逆や革新の姿勢はないように思う。反抗自体に格好のよさを見出し、表面的な新しさが観客にもてはやされると悟ったカワードは見事に最先端の現代人《モダニスト》を演じてみせた。彼の後期の作品では、現代性は次第に薄れていく。(17) 『ルルの世話を頼む』やギルグッドのために書いた『ヴァイオリンを持つ裸婦』などはうまくできた娯楽性に富む作品であるが、若い頃の特徴であったグロテスクで残酷なまでの新しさは影を潜めてしまう。自力で批判の対象としてきた社会に押し入ってその一員になったカワードは、攻撃の矛先を緩めた。以前から、彼が掲げていたもう一つの目標―人生とは楽しむもの―の方へ向いていったのかもしれない。後期の作品は従来の演劇の慣習を存分に利用した作品である。以上のことを考えて私はあえて二〇年代、三〇年代のカワードを表層のモダニストと呼んでみたのである。さらに、この特質のためにカワードの劇作家としての輝きが少しでも鈍るものでもないと付け加えたい。

ノエル・カワードの作品は左記のテキストを使用した。

Noel Coward Collected Plays Vols. 1～6 Introduced by Sheridan Morley, Methuen 1988.

（1）J.C. Trewin, Raymond Mander & Joe Mitchenson : *The Gay Twenties : A Deck of the Theatre*, Macdonald, London, 1958, p. 9.

（2）John Lahr : *Coward the Playwright*, Methuen, London, 1992, p. 1.

（3）Raymond Mander & R. Joe Mitchenson : *Theatrical Companion to Coward*, London, 1957, p. 81.

（4）マイケル・レヴァンソン編『モダニズムとは何か』松柏社、二〇〇二、第五章、クリストファー・イネス「演劇におけるモダニズム」三一六頁。

（5）Theatre Royal Haymarket : *Noel Coward's Hay Fever* 2006 プログラム Sheridan Morley : 'Hay Fever'.

（6）John Lahr, *op. cit.* p. 2.

（7）二〇世紀前半の服装に関しては監修　深井晃子『世界服飾史』、美術出版社、及びR・ターナー・ウィルコックス著、石山彰訳『モードの歴史』、文化出版局を参照した。

（8）前掲『モードの歴史』三一六頁。

（9）前掲『モードの歴史』三三〇－六頁。

（10）John Lahr *op. cit.*, p. 2.

（11）Noel Coward : *Play Parade* II p. viii.

（12）Noel Coward : *Plays Four : Private Lives* p. 56.

（13）Noel Coward : *Plays Three : Design for Living*, p. 34.

（14）Jean Crothia : *English Drama of the Early Modern Period : 1890–1940* : 1996.
この中で著者はカワードが彼なりにフェミニストであったといえるなら、自分の観客が演劇の持つ巧妙さを意識していると主張した彼はモダニストでもあるといえようと論じている。

（15）Noel Coward : *Plays Four : Blithe Spirit*, pp. 108–9.

(16) カワードの劇評については、前掲 *Theatrical Companion to Coward* と Jacquill Russell の編纂した *File on Coward, A Methuen Paperback*, 1987 から引用した。

(17) 二〇世紀前半に同性愛を舞台の上で肯定するような作品を書いたカワードはこの意味でも反逆的で新しい作家といえたかもしれないが、本論ではあえてこのテーマには言及しなかった。

ワットは何処へ行くのか
―サミュエル・ベケットとホロコースト

鈴木邦成

一　はじめに

サミュエル・ベケットの『ワット』(*Watt*)は、一九四二年から四五年までのドイツ軍占領下の南フランスで書かれた。一九四二年にパリでレジスタンス運動を行なっていたベケットのアパルトマンにドイツのゲシュタポが踏み込み、間一髪で逮捕されるという危機に直面した彼はパリを脱出し、南仏のアビニオンに避難することとなった。ベケットが身を寄せたアビニオン地方の小村ルションには、当時多くのユダヤ人やレジスタンス運動家が疎開していた。ベケットはここで一軒家を借り、農作業をしながら『ワット』の執筆を行なうのであった。日中の農作業、夜間の執筆活動というのが、当時のベケットの日課となっていた。アイルランドのベケットの生家「クールドライナ」は、ダブリン市郊外のフォックスロックで高級住宅地として知られる地区にある。ベケット家は一六八五年のナントの勅令以降、アイルランドに移住したフランス系ユグノーともいわれており、ベケット自身も幼少よりフランス語を勉強していた。フォックスロックの生家は『ワット』におけるノット氏邸のベースになっているともいわれている。当時のアイルランドのユグノー系プロテスタントの上流階級はフランス語を話すことが重要な意味を持ってもいた。ベケットは九歳からフランス語を始めている。[1]

ベケットは『ワット』のあと、フランス語で『モロイ』以下、小説三部作を、さらには演劇『ゴドーを待ちながら』、『エンドゲーム』を著すことになる。いずれの作品もフランス語で発表したのちに自らが英訳している。そしてこれら代表作の執筆第一言語はフランス語であった。一方、『ワット』はベケットの最後の英語を執筆第一言語とする小説である。

ベケットは『ワット』の前作『マーフィー』の英語執筆の際にはすでに、親友のフランス人、アルフレッド・ペロンなどの勧めもあり、フランス語への翻訳の可能性を探っていた。ただし、『マーフィー』は、『ワット』同様に英語を執筆第一言語とするものの、のちにベケット自らの手により仏語訳されている。すなわち英仏両言語での小説執筆がベケット自らの手により行なわれたともいえる。ちなみに『マーフィー』はペロンに捧げられている。ジェイムズ・ジョイスの『フィネガンズウェイク』の仏訳はベケットがペロンの協力を得て行なっている。また、ベケットはスタンダールなどの仏作家の作品の翻訳も手がけた。

しかし、『ワット』の場合、ベケットがその仏訳を全面的にバックアップしたものの、仏訳はリュドビック・ジャンヴィエが行なっている。つまりベケットは『ワット』に関しては英語での小説執筆においてしか関わっているとはいえず、これが英仏両言語で執筆されている他の作品との大きな相違点ともなっている。

こうした作品の背景を考えると、『ワット』がベケット作品の中でじつに特殊な位置にあるということが理解できる。だが、こうした経緯ゆえに、『ワット』に関してはのちのベケット三部作などとは異なり、従来は英語圏文学としての視点のみが重視されてきた。しかし、ベケット文学におけるフランス語の重要性を考慮すると、英仏両語からの多言語的な視点を持って、さらに作品を読み直していく必要があることは否定できない。

二　ベケット作品におけるフランス語の影響

『ワット』では、フランス語自体の影響よりも、むしろベケットのフランス文化、文学から受けた深い影響が感じられる。クローニンが指摘するように、ラシーヌ劇に見られる *lieu vague*、「無からの創出」、ラシーヌ劇などに特有の「登場人物の長い演説の掛け合い」、「リフレクティブ・ダイアローグ」（反響対話）などが随所に見受けられる。(2)

だが三部作以降では英仏語版、それぞれにいくつかの相違点を持たせ、作品のニュアンスを微妙に変えるという試みが行なわれている。そこでまず『ワット』がベケット作品前期において英語から書かれた最後の作品である意義を深く捉えるために、『エンドゲーム』における英仏語版の相違について分析する。なお原語による題名については英語版は *Endgame* で、フランス語版は *Fin de partie* であり、本稿では原題をもって区別する。

サミュエル・ベケットの *Endgame* は、一九五七年にフランス語で発表された彼の *Fin de partie* の自身による「英訳」といわれている。しかし実際に英語版とフランス語版を読み比べてみると、厳密には同一の作品といえないということがわかる。コーンはその論をさらに一歩進めて、レディング大学のベケットコレクションに保存されているフランス語版の第一草稿とオハイオ州立大学図書館蔵の第二草稿を精緻に検証し、英語版としての *Endgame* の完成に至る以前にフランス語版においてベケットが入念な推敲を幾度となく繰り返したことを指摘している。(3) このコーンの研究を踏まえつつ、ベケットの著した *Fin de partie* と *Endgame* という二つの『勝負の終わり』の相違とその特徴について、まず比較考察していく。

コーンは、ベケットの友人、ジャン-ジャック・マユーの次の書簡を紹介している。(4)

La rédaction définitive de *Fin de partie* est de 56. Mais j'avais abordé ce travail bien avant, peut-être en 54. Une première, puis une deuxième version en deux actes avait précédé celle en un acte que vous connaissez.

一九五六年の *Endgame* の最終稿があるものの、それ以前の一九五四年頃にはおそらくベケットは執筆に取り掛かっていて、二幕劇によるフランス語第一草稿と第二草稿を経て、*Fin de partie* は完成された一幕劇となったというのである。第二草稿にはベケット自らの手で、*avant Fin de partie* すなわち *Fin de partie* 以前と書かれてもいる。コーンは、この草稿の内容を分析し、その特徴として、最終版となる英語版の *Endgame* と比べて、量的に長く多く内容的な繰り返しが随所に見られる点を指摘している。[5] ただし、これは英語で書かれた『ワット』にも見られる。彼の英仏両版における分析は、英語版の最終的に完成された版の *Endgame* と初期の草稿によるもののみにより、最も大切ともいえる *Fin de partie* の最終版と英語版の *Endgame* の最終版との比較が欠けているという問題がある。本稿ではこの点に関してさらに考察を深め、コーンの研究を補足していくこととする。

例えば、コーンは英仏版の大きな違いとして、フランス語の tu と vous と英語の you の用法の微妙な相違を挙げている。[6] フランス語では目上の者が目下の者に対して tu を用い、目下の者が目上の者に対して vous を用いる用法があるが、英語では共に you を使うしかない。ハムとクローヴとの主従関係は、それゆえフランス語の場合、英語に比べ明瞭に表現されるというわけである。ただし、『ワット』の場合にはワットとノット氏の間に会話がないのでこの問題が生じない。しかし、彼の英仏両語の相違に関する言及はここまでである。コーンは第一草稿、第二草稿のプロットについては詳細に最終版 *Endgame* との相違を指摘するが、言語的な相違についての踏み込みは決して深いとはいえない。けれども、ベケットの二つの『勝負の終わり』には常に、すなわち英仏どちらの最終稿においても言語的な相違の上をストーリーが錯綜する姿が浮かび上がってくるともいえるのである。

また、コーンはベケットがフランス語版の完成までの過程を通して、作品の推敲を展開し、それが不要部分を削ぎ落とし、表現、内容を洗練させた英語版の *Endgame* の完成に結びついたとしている。[7] だが、作品の完成度を考えると、フランス語版の内容は決して見劣りするわけではなく、むしろフランス語版を英語版以上に高く評価する向きも多い。実際、ベケットも「フランス語だけが自分の欲しいものを与えてくれる」とまで語り、特にラシーヌやマレルブの作品を「切り立ったダイヤ」と称えてもいた。[8] それゆえ、ベケットの『勝負の終わり』の中で *Endgame* に特別な地位を与える読み方が正しいのかどうかは十分議論の余地があるところとも思える。

以上のことを前提として次にコーンが行なわなかった *Fin de partie* と *Endgame* の各々の最終版の相違をフランス語版の特徴に重点を置きながら、次に考察する。

人称代名詞

『エンドゲーム』の英仏両語版を比べた場合、それが草稿であるか最終稿かということ以前に言語的な相違がストーリー構成の根底に存在するように思われる。コーンは先述したように英仏両語における二人称単数の用法の相違を挙げているが、[9] これは何も草稿だけに見られる問題ではない。*Fin de partie* の最終版においてもそれは随所に見られる。

NELL–Pourquoi?
NAGG–Pour te dérider.

NELL-Elle n'est pas drôle.

（*Fin de partie* 35）

NELL-What for?

NAGG-Cheer you up.

NELL-It's not funny.

（*Endgame* 20）

ここではナグが、ネルに tu で呼びかけているが、これはハムとクローヴとの関係で用いられている tu とは若干、ニュアンスが異なっている。すなわちここでも tu は親しみを込めて用いられる対等関係の tu である。[10] さらにここでは、英語版では無生物の it があたかも人格を持っているかのような elle というフランス語では「彼女は」の意味を合わせ持つ代名詞によって表現されている。だが、こうした人称代名詞に関するもの以上に興味深い相違が時制において見られることを指摘しておきたい。

時制

コーンは、まったく触れていないが、フランス語版の時制は英語版の時制とかなり相違する。そして時制に関していえばフランス語時制のほうが英語時制よりも周知の通り、量的、質的に複雑、豊富であり、ベケットもこの点を意識して使用しているように見受けられる。そしてこれは、コーンが言及しなかった *Fin de partie* の最終版にも当然、存在する。一例を挙げると次のようなものがある。

HAMM, excède. – Vous n'avez pas fini? Vous n'allez donc jamais finir? Ça va donc jamais finir!

(*Fin de partie* 38)

HAMM (*exasperated*) Have you not finished? Will you never finish? ...Will this never finish?

(*Endgame* 23)

ハムの使用する時制はフランス語版では、複合過去、近接未来であるが、英語版では現在完了形と未来形である。フランス語の複合過去の用法は英語の過去完了とほぼ対応するが、意味的には、むしろ過去形にあたる場合が多い。無論、現在完了に近い用例も存在するが、基本的には英語の過去形と対応させることはできないと考えるほうが自然だろう。しかも、フランス語版では否定疑問の形となってもいる。また、フランス語の近接未来は会話では未来形の代用としても用いられるが、正確な英仏語の対比ということを考えれば、むしろここは現在進行形、あるいはbe going toの形が用いられるべきである。そのうえ、文末は感嘆符と疑問符という相違もある。

そしてこの両語の相違から、読み取れることは、フランス語の時制表現が明らかにこの場合、英語表現に比べ、時間をピンポイント的に厳密に表現しているということだろう。フランス語版においてのほうが、終わりの時が刻一刻と迫る語感が緊迫して読者に伝えられているともいえよう。だが、英語ではこの時間に対する厳密感が比較すると緩やかな時制表現のために緩和されているともいえる。それは言い換えればコーンの指摘する「英語版で行われているスピーチの切り詰め」[11]へとつながっていくのかもしれない。ベケットが*Endgame*において、設定や状況を読者に曖昧かつ漠然とした形で提示することを好んだことを考えると、時制に関してはフランス語よりも緩やかに定められている英語においてむしろ彼の意図が反映されやすかったということは可能であろう。実際、フランス語の重層的な時制表現は幾度となく、英語版ではベケットがそれを望んでいたことが行間から読み取れるかのごとく、微妙に修正されているのである。さらに以下の例を取り上げる。

(*Un Temps. Ton de narrateur.*) L'homm s'approcha lentement ...

（*Fin de partie* 70）

(*Pause. Narrative tone.*) The man came crawling toward me, ...

（*Endgame* 50）

ハムのスピーチにおいて、フランス語では単純過去といわれる時制が使われている。だが『ワット』ではこうした技巧は見られない。この時制は日常の会話では使われることのない書き言葉の時制だが、例外的な形として物語を聞かせる場合に、このように用いられることがある。しかし、複合過去を使っても問題はない。それゆえ、単純過去の使用されるコンテクストを考えると当然ながら作品に対する深い読みも要求されることになろう。だが、英語では、そうする以外に選択の余地はないのであるが、単純過去と複合過去が過去形にと統合され、この相違に関する概念が存在しないために、単純に過去形が用いられているだけである。まさにコーンの指摘する「切り詰め」がここでも姿を表しているといえよう。

Franglais の問題

Franglais（フラングレ）とはフランス語において使用される英語のことである。これまでほとんど指摘されることがなかったが、*Fin de partie* の中には、いくつかの英語表現が見られる。例えば、sorry（*Fin de partie* 37）、home（*Fin de partie* 56）といったものである。しかも、その逆の例は確認できない。すなわち、英語版においてフランス語が外来語として使用されているという例は見当たらないのである。さらにいえば、フランス語版で使われている英語、home の発音、綴りは、Hamm と似ているようでもある。言い換えれば、ベケットは語彙においても、「切り詰め」を行なっているということなのかもしれない。ちなみにベケット作品においてフラングレは後期作品のフランス語版に多く見られることになる。

以上、考察してきたように、ベケットの『エンドゲーム』の英仏両語版の相違は、忠実なる翻訳の範囲を超えて行なわれており、完全なる一対一の言語対応とはいえない。ベケットは英仏語の作品をそれぞれ別の作品と捉えていたとも読めるわけである。

他方、『ワット』の場合、『エンドゲーム』の経緯とは対照的に、英語としてまず完成している。さらに仏訳はベケットの手では行なわれていない。それゆえ従前の研究では英語圏のベケット研究ではフランス語版の解釈には重きが置かれてこなかった。確かに『ワット』は英語で書かれたベケット前期の最後の作品として重要な意味合いを持つ。しかし、フランス語版がベケットとまったく乖離した形で作られたわけではない。ジャンヴィエの仏訳にはベケットの意図が各所に見え隠れしている。それゆえ『ワット』に関しても『エンドゲーム』などの後期の作品同様に英仏両語版からの多言語的な視点から解釈する必要性がある。

三　『ワット』の構成

『ワット』の作品の解釈をめぐっても、いまだ議論の余地がある点が多い。『ワット』は全体が四部と補遺で構成されている。

『ワット』冒頭は、ベケットと一字違いの「ハケット氏」の登場から始まる。彼はベンチに座り夕方の薄日を楽しもうとするが、すでに一組の男女がそこを占領している。彼は警察官を呼び、彼らを取り除き、座席を得る。そこにニクソン夫妻が現れる。以下、英語版とフランス語版の冒頭を引用する。フレッチャーの指摘によれば、『ワット』のフランス語訳は英語のオリジナル版にきわめて忠実であり、英語から容易にフランス語に翻訳できる形となっている。英仏語で内容や表現に微妙な差をつけた三部作や『ゴドーを待ちながら』などの演劇作品とは、ベケット本人による英仏版の各々の位置付けは異なるといえよう。冒頭部分の英仏両語版を並べると、以下のようになる[12]。

Mr. Hackett turned the corner and saw, in the failing light, at some little distance, his seat. It seemed to be occupied. This seat, the property very likely of the municipality, or of the public, was of course not his, but he thought of it as his. This was Mr. Hackett's attitude towards things that pleased him. He knew they were not his, because they pleased him. (E 1)

Monsieur Hackett prit à gauche et vit, à quelque chose distance de là, dans la demi-jour déclinant, son banc. Il semblait occupé. Ce banc, propriété sans doute de la ville, ou du public sans distinction, n'était certes pas à lui, mais pour lui elles étaient à lui. C'était là l'attitude de Monsiuer Hackett envers les choses qui lui plaisaient. Il savait qu'elles n'étaient pas à lui, parce qu'elles lui plaisaient. (F 1)

フレッチャーなどの複数のベケット研究者は、この冒頭のシーンが、「おそらくはアイルランドのどこか」と推測している。(13) 前述したように、ノット氏邸がダブリン郊外のベケットの生家のイメージから創出されたものとすれば、そこへ向かう道筋ということから、この冒頭のシーンがダブリンをイメージしたものである可能性は相当に高いといえるかも知れない。

ベケットはラシーヌ劇の影響を多大に受けており、その結果、*lieu vague* の概念を重視していることを考えると、(14) 特に冒頭のシーンがどこかということも、続くノット氏邸がどこにあるのかということも、具体的なことは、あえてぼかされている、あるいは特定できないともいえる。

ハケット氏はニクソン夫妻と出くわし、とりとめのない話を始める。やがて三人は道路の反対側に止まった市電から降りてきたワットを目撃する。もう一駅先には鉄道駅があるというのに、市電の停車場に降りたのである。ワットの不可解な様子にハケット氏は好奇心をかきたてられる。一方、ニクソン氏はワットに五シリングを七年間も貸したままになっているという。しかもニクソン氏はワットについて、その国籍も家族も生まれも宗教も職業も暮らし方も特徴も何も知らないという。おそらくは大学を出ているらしい。片足にしか靴を履いていなかったワットが長靴の片方を買うのに五シリングいるというのを断れなかったという。ワットは駅から鉄道に乗り、ノット氏邸に向かう途中であった。

Watt bumped into a porter wheeling a milkcan. Watt fell and his hat and bags were scattered. The porter did not fall, but he let go his can, which fell back with a thump on its titled rim, rocked rattling on its base and finally came to a stand. This was a happy chance, for had it fallen on its side, full as it perhaps was of milk, then who knows the milk might have run out, all over the platform, and even on the rails, beneath the train, and been lost. (E 22)

ワットが鉄道を降りた時には月がもうのぼっていた。すっかり日が暮れていたわけである。やがてノット氏邸が見えてくる。ワットはノット氏邸に到着する。

しかし家の中は思ったよりも暗くはなかった。台所には灯りが見えた。そこでワットは緑色の大きなエプロンをつけた紳士に会う。前には大きなポケットがあり、紳士はそれに両手を突っ込んでいた。それが前任者のアルセーヌである。アルセーヌはノット氏邸でこれからワットが出くわすであろうことのあらましを長々と説明する。

アルセーヌはワットと入れ違いにノット氏邸を去ることになる。アルセーヌが働いていたノット氏邸の二階にはそれまで一階で働いていたアースキンが行き、ワットはアースキンの代わりに一階で働くことになる。ちなみにベケットの生家もどちらかというと暗い雰囲気だったという。そして『ワット』のノット氏邸到着とアルセーヌの演説で第一部は終了する。続く第二部はワットのノット氏邸での一階での生活が描かれている。その冒頭は次のように始まる。

Mr. Knott was a good master, in a way. Watt had no direct dealing with Mr. Knott, at this period. Not that Watt was ever to have any direct dealings with Mr. Knott, for he was not. But he thought, at this period, that the time would come when he would have direct dealings with Mr. Knott, on the first-floor. Yes, he thought that time would come for him, as he thought it had ended for Arsene, and for Erskine just begun. (E 64)

ワットが行なうノット氏邸の仕事はその細部に至るまできめ細かく決められていた。例えば汚れ水の捨て方についても細かいしきたりが存在し、自分勝手に処理することはできない。

For the moment, all Watt's work was on the ground-floor. Even the first-floor slops that he emptied, it was Erskine who carried them down, every morning, in a pail. The first-floor slops could have been emptied, quite as conveniently, if not more conveniently, and pail rinsed, on the first-floor, but they never were, for reasons that are not known. It is true that Watt had instructions to empty these slops, not in the way that slops are usually emptied, no, but in the garden, before sunrise, or after sunset, on the violet bed in violet time, and on the pansy bed in pansy time, and on the rose bed in rose time, and the celery banks in celery time, and on the seakale pits in seakale time, and in the tomato house in tomato time, and so on…(E 64)

しかしノット氏の姿を見かけるということはワットにはほとんどなかった。ワットは三階に住んでいて、毎朝一階に下りて仕事をするわけであった。だが一階にある食堂でさえもノット氏を見かけることはなかった。クローニンによれば、こうした家の仕組み、構造もベケットの生家に似ているという。(15)

So Watt saw little of Mr. Knott. For Mr. Knott was seldom on the ground-floor, unless it was to eat a meal, in the dining-room, or to pass through it, on his way to and from the garden. And Watt was seldom on the first-floor, unless it was when he came down to begin his day, in the morning, and then again at evening, when he went up to begin his night. Even in the dining-room Watt did not see Mr. Knott, although Watt was responsible for the dining-room, and for the service there of Mr. Knott's meals. The reasons for this may appear when the time comes to treat of that complex and delicate matter, Mr. Knott's food. (E 65)

四　「避難場所」としての「ノット氏邸」

ところで、ワットはノット氏邸を「避難所」として認識していたようである。「原注」にそれについての言及がある。そしてなんらかの逃亡、逃避という事情からか、ワットはノット氏邸で感じるさまざまな疑問や不可解な点について、あえて誰かに尋ねるということはない。尋ねることによって、何かが発覚し、自分の立場が不利になることを恐れているかのようでもある。以下はテクストについている「原注」である。

Watt, unlike Arsene, had never supposed that Mr. Knott's house would be his last refuge. Was it his first? In a sense it was, but it was not the kind of first refuge that promised to be the last. It occurred to him, of course, towards the end of his stay, that it might have been, that he might have made it, this transitory refuge, the last, if he had been more adroit, or less in need of rest. But Watt was very subject to fancies, towards the end of his stay under Mr. Knott's roof. And it was also under the pressure of a similar eleventh hour vision, of what might have been, that Arsene expressed himself on this subject, in the way he did, on the night of his departure. For it is scarcely credible that a man of Arsene's experience could have supposed, in advance, of any given halt, that it was to be the last halt. (E 79)

当該箇所は第三部でワットが「収容」された場所がどこかという問題とも関係してくる。refugeが英語よりもはっきりと「隠れ家」、「避難所」を意味するフランス語版でも同様に、この語が使用されている。

Watt, à l'enconrte, d'Arsene, n'avait jamais supposé que la maison de Monsieur Knott serait son dernier *refuge*. Etait-elle son premier? En un sens elle l'etait, mais pas le genre de premier *refuge* à s'annoncer comme le dernier. (F 82 emphasis added)

五　ノット氏の生活

ノット氏については、その姿を完全に目撃することは不可能なものの、日課についてははっきりしていた。例えば、以下のようにノット氏の起床時間と就寝時間は規則正しく決められている。

For on Monday, Tuesday and Friday he rose at eleven and retired at seven, and on Wednesday and Saturday he rose at nine and retired at eight, and on Sunday he did not rise at all, nor at all retire. E 83)

ノット氏の身の回りを世話をする存在については犬に至るまで詳細に設定されていた。

The dog in service when Watt entered Mr. Knott occasional remains were not long-lived, as a rule. This was very natural. For besides what the dog got to eat, every now and then, on Mr. Knott's back doorstep, it got so to speak nothing to eat. For if it had been given food other than the food that Mr. Knott gave it, from time to time, then its appetite might have been spoilt, for the food that Mr. Knott gave it. For Art and Con could never be certain, in the morning, that there would not be waiting for their dog, in the evening, on Mr. Knott's back doorstep, a pot of food so nourishing, and so copious, that only a thoroughly famished dog could get it down. And this was the eventuality for which it was their duty to be always prepared. (E 109-110)

六　ワットの職務

ワットの同僚とも言える存在で二階での仕事を担当しているアースキンは忙しく動き回っていたが、その仕事の詳細はワットには知らせられず、またワットはそれについて深く突っ込んで質問できなかった。

Erskine was for ever running up the stairs and down them again. Not so Watt, who came down only once a day, when he got up, to begin his day, and only once a day went up, when he lay down, to begin his night. Unless when, in his bedroom, in the morning, or in the kitchen, in the evening, he left something behind, that he could not do without. (E 115)

ただ、ワットはノット氏、あるいはノット氏邸について深く知りたいとは思うものの、そこになんらかのタブーが存在しているようであった。ワットはノット氏邸においても「よそ者」で、そこは彼にとって避難場所に過ぎないのかも知れない。それは「仮の宿」であって、しかも彼に安息を保障するものでもない。彼は次の避難所への移動を常に考えなければならないようにも読める。ワットとノット氏の関係にはどこかに遠慮が感じられる。ワットはノット氏に対して強い畏敬の念を抱いていたように思える。

> Watt did not know whether he was glad or sorry that he did not see Mr. Knott more often. In one sense he was sorry, and in another glad. And the sense in which he was sorry was this, that he wished to see Mr. Knott face to face, and the sense in which he was glad was this, that he feared to do so. (E 145)

ワットが二階に移動する時が来ると、アースキンが去り、代わりのアーサーがやってくる。ノット氏邸では使用人は一階から二階、他所へというサイクルで一定期間、それぞれの職務に従事したあと、次の職場へ自動的に移動することになる。ワットはノット氏邸において「よそ者」であったが、同様に、アースキンもアーサーも「よそ者」で、ここで働く者は誰もが安息を保障されているわけではなく、次の避難場所への移動を余儀なくされているようにも読める。

> But at last he awoke to find, on arising, on descending, Erskine gone, and, on descending a little further, a strange man in the kitchen. (…) The strange man resembled Arsene and Erskine, in build. He gave his name as Arthur. (E 147–148)

七　「パビリオン」が意味するもの

これで第二部は終わる。だが続く第三部は当然、二階でのワットの仕事に関する詳細が語られるという読者の予想は裏切られ、第三部では、おそらくワットがノット氏邸を離れたあとの別の「パビリオン」においてノット氏邸での出来事が回想されている。すなわち、第三部と第四部は時間的には順序が入れ違っているのである。ただ、その「パビリオン」がどこであるのかは、不明である。多くの英米系研究者はパビリオンを精神病棟の意味と理解している[16]。パビリオンと外部の境には有刺鉄線が張り巡らされており、それも精神病棟のイメージを増強するようにも思える。実際、英語のパビリオンには精神病棟の意味もあり、また狂気を暗示させる言及、描写もある。

だが、このパビリオンは本当に精神病棟を意味しているのだろうか。

精神病院説の根拠として多くの研究者が挙げるのは次の箇所である。しかし、ここを根拠としての精神病院説には、説得力が不足するように思える。ワットのノット氏邸での真面目な仕事ぶりを考えると、そこから精神病棟に収容させることを読者に納得させるにはより説得力のある記述が必要なのではないだろうか。

Being now so near the fence, that I could have touched it with a stick, if I had wished, and so looking about me, *like a mad creature*, I perceived, beyond all possibility of error, that I was in the presence of one of those channels or straits described above, where the limit of my garden and that of another, at so short a remove, the one from the other, and for so considerable a distance, *that it was impossible for doubts not to arise*, *in a reasonable mind*, *regarding the sanity of the person responsible for the layout.* (E 156 emphasis added)

ワットの言動は確かに自閉的とも受け取れるし、またその奇妙な外見は精神的に問題があるからとも思える。さらにいえば前作『マーフィー』の舞台が精神病院ということも、ベケットの周囲に精神障害者が幾人もいたという事実もこの説を補強する要素のようにも思える。しかし、ワットの一階での行動、さらには第四部での新たなる旅立ちの一部始終には精神的に異常を感じさせるような場面の描写もそれを象徴するような事実も存在しない。彼は正常に行動し、ノット氏邸を去っている。果たして、その後、彼の精神に大きな異常が存在する余地があるのだろうか。ベケットと親交のあったビュトナーをはじめ、「精神病院説」に異議を唱える研究者も多い。[17]また、ここでパビリオンという言葉の解釈が問題になってくる。というのは「フランス語版のパビリオンという言葉の使い方が相当に広義であり、英語における精神病棟とは明らかに違う意味で用いられているのである。またパビリオンを病棟の意味で用いるのは主として米語である。英語版では pavilion は mansion と言い換えられている。さらにいえばベケットの生家も mansion である。[18]

しかしフランス語では一貫して pavillion が用いられている。フランス語のパビリオンでは、例えば金閣寺を *pavillion d'or* というように「あずまや」、あるいは「一戸建ての家」といったニュアンスが強くなる。*pavillion japonaise* といえば「万博の日本館」で、二〇世紀前半が万博全盛の時代でもあったことを合わせて考えると、フランス語のパビリオンを精神病棟の意味に断定して読むことはできない。

また、フランス語には *amener son pavillion*（降伏する）、*baisser pavillion devant*（屈服する）といった表現もある。[19]先の原注に見られるようにノット氏邸が隠れ家的な意味合いを持つならば、同様なべつの避難所に移動したワットがノット氏邸での出来事を振り返っているようにも読める。またルシア・ジョイスが精神に異常をきたし、その治療を受けた療養先は、*maison de santé*[20]であり、フランス語ではpavillionといわない。ベケットは、ここでもラシーヌ劇に見られる*lieu vague*の概念を用いて作品を構成しているのであって、特に精神病院におけるストーリー展開が行なわれているわけではないのだろう。以下、英語版でpavilionとmansionが対比的に現れている箇所を引用する。同箇所の高橋康成訳による日本語訳も合わせて参照されたい。[21]

It was about this time that Watt was transferred to another *pavilion*, leaving me behind in the old *pavilion*. We consequently met, and conversed, less than formerly. Not that at any time we had met, or conversed, very much, for we had not. For we seldom left *mansions*, Watt seldom left his *mansion* and I seldom left mine. (E 148 emphasis added)

ワットが別の病棟に移され、わたしがいままで同じ病棟に残されていたのは、このころのことだった。したがってわたしたちは会ったり、話をしたりすることが、以前よりも少なかった。いや、以前にしても、そうたくさん会ったり、話をしていたというわけではない。実際そうではなかったのだから。わたしたちはめいめいの病室から外に出ることがめったになかった。つまりワットは彼の病室からわたしがわたしの病室からだ。（傍点筆者）

次にpavillionだけが使われているフランス版を引用する。英語版でpavilionとmansionが対比的に現れている箇所はフランス語では統一されている。しかし、このフランス語のpavillionには日本語訳で使われている「病室」、「病棟」のニュアンスは見かけられない。

C'est vers cette époque que Watt fut transféré dans un autre *pavillion,* me laissant seul dans *l'ancien.* En consequence de quoi il nous arrivait moins souvent que par le passé de nous rencontrer, et de converser. Non que cela nous fût jamais arrivé souvent, de nous recontrer, et de converser, loin de là. Mais maintenant moins que jamais. Car nous quittons rarement nos *pavillions,* ...à quitter nos *pavillions,* ... (F 155 emphasis added)

また、「パビリオン」の庭について、以下のような描写がある。ただし、ここでも英語版では mansions でフランス語では pavillions となっている。

Not that the garden was so little, for it was not, being of ten or fifteen acres in extent. But it seemed little to us, after *our mansions.* (E 151 emphasis added)

Non que le parc fût si petit, loin de là, puisqu'il s'étendait sur cinq ou sept hectares. Mais à nous il semblait petit, après *nos pavillions.* (F 158 emphasis added)

ところで庭には有刺鉄線が張り巡らされているが、ナチスドイツがユダヤ人を強制収容したアウシュビッツ収容所、ビルケナウ収容所、ベゥジェツ収容所などの写真を見ると、同様に有刺鉄線が四方に張り巡らされていることがわかる。(22) 無論、それぞれの収容所には多くの pavillion があるわけだ。マイケル・ベーレンバウムはアウシュビッツについて次のように書いている。(23)

一九四一年の夏にはすでに、アウシュビッツに課せられた任務は、収容所の能力を超えたものになっていた。そのため、第二収容所（ビルナケウ）が、美しいカバの木に囲まれた農村に建てられた。ビルナケウは九カ所に分かれ、それぞれ電流の通った有刺鉄線で区切られていた。

そして強制収容所の光景は『ワット』における庭の描写と重なる点が多い。庭に張り巡らされた有刺鉄線は精神病棟よりも強制収容所を連想させる。

This garden was surrounded by a high barbed wire fence, greatly in need of repair, of new wire, of fresh barbs. Through this fence, where it was not overgrown by briars and giant nettles, similar gardens, similarly enclosed, each with its pavilion, were on all sides distinctly to be seen. Now converging, now diverging, these fences presented a striking irregularity of contour. No fence was party, nor any part of any fence. But their adjacence was such, at certain places, that a broad-shouldered or broad-basined man, threading these narrow straits, would have done so with greater ease, and with less jeopardy to his coat, and perhaps to his trousers, sideways than frontways. (E 154)

加えていえば、フランス語のrefugeは英語以上にはっきりと「逃亡先の避難所」、「隠れ家」の意味合いが強い。例えばフランス語には*Camp de refuge*（難民キャンプ）という表現もある。第二部の原注で使用されているrefugeという語はゲシュタポに追われる逃亡者のイメージを『ワット』に付与しているとも読める。

Watt, unlike Arsene, had never supposed that Mr. Knott's house would be his last refuge. Was it his first? In a sense it was, but it was not the kind of first refuge that promised to be the last. It occurred to him, of course, towards the end of his stay, that it might have been, that he might have made it, this transitory refuge, the last, if he had been more adroit, or less in need of rest. But Watt was very subject to fancies, towards the end of his stay under Mr. Knott's roof. And it was also under the pressure of a similar eleventh hour vision, of what might have been, that Arsene expressed himself on this subject, in the way he did, on the night of his departure. For it is scarcely credible that a man of Arsene's experience could have supposed, in advance, of any given halt, that it was to be the last halt. (E 79)

同箇所のフランス語版は以下のようになって、refugeから「避難所」、あるいは「隠れ家」のニュアンスが強く感じ取れる。フランス語版のニュアンスを尊重する限り、精神病棟をイメージすることは、むしろ困難とさえ思える。

Watt, à l'enconrte, d'Arsene, n'avait jamais supposé que la maison de Monsieur Knott serait son dernier *refuge*. Etait-elle son premier? En un sens elle l'etait, mais pas le genre de premier *refuge* à s'annoncer comme le dernier. (F 82 emphasis added)

八　ノット氏の正体

第三部ではノット氏の存在が多様であったことが繰り返し述べられている。

The clothes that Mr. Knott wore, in his room, about the house, amid his garden, were very various, very very various. (E 199)

For daily changed, as well as these, in carriage, expression, shape and size, the feet, the legs, the hands, the arms, the mouth, the nose, the eyes, the ears, to mention only the feet, the legs, the hands, the arms, the mouth, the nose, the eyes, the ears, and their carriage, expression, shape and size. (E 211)

ノット氏とは何者なのだろうか。多くの研究者はそれを現代における神の位置付けと重ねて考える。すなわちノット氏は存在するように思えながらもその名前（ノット）のように存在しない。『ゴドーを待ちながら』でゴドーが来ないようにノット氏も存在しないというわけである。しかしただ神の登場を待つゴドーの登場人物と異なり、ワットはノット氏の正体に興味を持つ。彼はノット氏を求めてさまよい、ノット氏邸に到着し、ノット氏に仕えることを望む。そしてノット氏の正体がついにわからないまま、ワットは二階での仕事の時を終え、次の避難所へと去っていく。第四部は第一部と類似した駅とその周辺の描写が行なわれている。第一部と対をなす形で第四部が書かれているともいえる。到着した時と同様に夜、ワットはノット氏邸を去るわけである。放浪を繰り返すワットは『ユリシーズ』のブルーム氏のように自宅に帰還するということはない。以下はワットが駅に到着する場面である。

When Watt reached the railway-station, it was shut. It had indeed been shut for some time, before Watt reached it, and it was so still, when he did. (E 223)

だが、ワットは一階はもとより二階でも何も特別なことはしなかったようである。第四部に続く補遺には次にようにある。ちなみに補遺には一、二行の文章の断片が脈略なく、書かれている。だがその補遺の中でワットが二階にいたときに何も起こらなかったことが次のように述べられている。

Watt cannot speak of what happened on first floor, because for the greater part of the time nothing happened, without his protesting. (E 248)

九 むすび

ベケットは、ヒトラーが政権を掌握していたその全盛期にあたる一九三六年から三七年にかけてドイツを訪れている。また『わが闘争』も読み、そのユダヤ差別的な発想に大きなショックを受けている。そしてヒトラーの危険性についてジョイスにも話している。しかし、ジョイスはユダヤ人への迫害には否定的であったものの、ヒトラーの存在をある程度認める態度を示していたという。ベケットの多くのユダヤ人の友人たちはナチスに捕らえられ、ベケット自身も自らのユダヤ起源を考え、常に恐怖を感じていたのである[24]。彼が同様な立場にあったカフカに深く共感したことも当然としてうなずけることである。

こうした点も踏まえて考えると、第三部が精神病棟ではなく、べつの避難所、あるいはワットたちがナチスに捕らえられたあとの「強制収容所」を連想させるのも当然のことといえよう。加えていえば、ベケットの親友のアルフレッド・ペロンはスイスの強制収容所に収容され、戦後、そこで起こした体調不良が原因で死亡している[25]。

ベケットは、一九四二年から四五年までのドイツ軍占領下の南フランスで『ワット』を執筆した。ゲシュタポに追われ、南仏アビニオン地方の小村ルションでベケットは一軒家を借り、農作業をしながら『ワット』を書き上げた。『ワット』を書き上げるためにベケットが置かれた環境はそのまま、彼に強制収容所への連行という恐怖を喚起させるに十分の条件を備えていたといえるのである。

（1） Anthony Cronin, *Samuel Beckett The Last Modernist*, Da Capo Press, 1997, pp. 1-38.
（2） *Ibid.*, pp. 60-61.
（3） Ruby Cohn, “The Play That Was Rewritten : *Fin de partie*,” *Samuel Beckett's Endgame*, ed. Harold Bloom, Chelsea House, 1988, pp. 111-121.
（4） Ruby Cohn., *op.cit.*, p. 111.
（5） *Ibid.*, p. 116.
（6） *Ibid.*, p. 113.
（7） *Ibid.*, p. 117, p. 119.
（8） 高橋康成編『ベケット大全』白水社、一九九九年、一八七頁。

（9）英仏両語版のテクストは次のものを使用した。なお、引用頁の前に英語はE、フランス語はFをそれぞれ付した。Samuel Beckett, *Endgame*, Vintage, 1958 及び、Samuel Beckett, *Fin de partie*, Edition de Minuit, 1957.

（10）朝倉季雄『フランス語文法事典』白水社、一九八四年、三七〇頁。朝倉はtuの用法について六つの用法を挙げている。

（11）Ruby Cohn, *op.cit.*, p. 117.

（12）テクストは、英語版としてSamuel Beckett, *Watt*, John Calder, 1963、フランス語版としてSamuel Beckett, *Watt*, Les Editions de Minuit, 1968を使用した。なお、引用の末尾の括弧内に記したテクスト頁数の前に英語版にはEを、フランス語版にはFを書き記した。

（13）例えば、John Fletcher, *The Novels of Samuel Beckett*, Chatto & Windus, 1964, p. 59.

（14）Jean-Pierre Collinet, *Racine Théâtre complet I*, Gallimard, 1982, pp. 44-50.

（15）Anthony Cronin, *op.cit.*, p. 34.

（16）例えば、Gottfried Büttner, *Samuel Beckett's Novel Watt*, Philadelphia : University of Pennsylvania Press, 1984, pp. 58-59.

（17）*Ibid.*, pp. 58-59.

（18）Ruby Cohn, *op.cit.*, pp. 11-12.

（19）*Larousse de la langue française*, Librairie Larousse, 1978.

（20）Ruby Cohn, *op.cit.*, p. 286.

（21）日本語版は、サミュエル・ベケット『ワット』高橋康成訳、白水社、一九七一年を使用。

（22）マイケル・ベーレンバウム『ホロコースト全史』芝健介訳、創元社、一九九六年、二六八―二六九頁。

（23）前掲書、二八六頁。

（24）Ruby Cohn, *op.cit.*, pp. 304-305.

(25) *Ibid.*, pp. 301-305.

参考文献

Samuel Beckett, *Endgame*, New York : Vintage, 1958.

Samuel Beckett, *Fin de partie*, Paris : Edition de Minuit, 1957.

Gottfried Büttner, *Samuel Beckett's Novel Watt*, Philadelphia : University of Pennsylvania Press, 1984.

Ruby Cohn, "The Play That Was Rewritten : Fin de partie," *Samuel Beckett's Endgame*, ed. Harold Bloom, New York : Chelsea House, 1988.

Jean-Pierre Collinet, Racine *Théâtre complet I*, Paris : Gallimard, 1982.

Anthony Cronin, *Samuel Beckett The Last Modernist*, New York : Da Capo Press, 1997.

John Fletcher, *The Novels of Samuel Beckett*, London : Chatto & Windus, 1964.

Larousse de la langue française, Paris, Librairie Larousse, 1978.

朝倉季雄『フランス語文法事典』白水社、一九八四年。

サミュエル・ベケット『ワット』高橋康成訳、白水社、一九七一年。

高橋康成編『ベケット大全』、白水社、一九九九年。

マイケル・ベーレンバウム『ホロコースト全史』芝健介訳、創元社、一九九六年。

索　引

ア　行

アドラー，アルフレッド
Alfred Adler　*111*
『神経質性格について』 *Über den nervösen Charakter*　*111*
アーノルド
Matthew Arnold　*151*
アプレイウス
Lucius Apuleius　*179*
『黄金の驢馬』 *Asinus aureus*　*179*
イネス，クリストファー
Christopher Innes　*208*
井野瀬久美恵　*189*
『黒人王，白人王に謁見す』　*189*
イプセン
Henrik Ibsen　*210*
ヴァーグナー
Richard Wagner　*9, 21*
「パルシファル」 *Parsifal*　*21*
ウェルド
Annette Weld　*159*
ウォーナー，シルヴィア・タウンゼンド
Sylvia Townsend Warner　*24-25, 179-202*
「エリナー・バーリ」 'Eleanor Barley'　*186*
『まことの心』 *The True Heart*　*179-202*
『ロリー・ウィロウズ』 *Lolly Willowes*　*185*
ウルフ，ヴァージニア
Virginia Woolf　*3-7, 10, 12-13, 14, 18, 19, 21-24, 26, 31, 47, 75-101, 180, 181-184, 187*
『オーランドー』 *Orlando*　*24, 181-182*
「現代小説論」 'Modern Fiction'　*4, 6*
『歳月』 *The Years*　*21*
『ジェイコブの部屋』 *Jacob's Room*　*6*
『ダロウェイ夫人』 *Mrs Dalloway*　*6, 12, 75-101*
「伝記という芸術」 'The Art of Biography'　*183*
『燈台へ』 *To the Lighthouse*　*6, 21, 24*
『波』 *The Waves*　*6, 12, 21, 26*
『フラッシュ』 *Flush*　*184*
「ベネット氏とブラウン夫人」 'Mr Bennett and Mrs Brown'　*79*
『幕間』 *Between the Acts*　*21-22, 24, 181, 182-183*
エイガット，ジェイムズ
James Agate　*228*
エリオット，T. S.
T. S. Eliot　*8, 23, 24, 69, 128*
『荒地』 *The Waste Land*　*8*
「プルーフロックの恋歌」 *Prufrock and Other Observations*　*128*
オーウェル，ジョージ
George Orwell　*27*
『一九八四年』 *Nineteen Eighty-Four*　*27*
オケーシー
Sean O'Casey　*207*
オースティン，ジェイン
Jane Austen　*4-5, 86, 130, 132, 142, 154*
『エマ』 *Emma*　*142, 144*
『自負と偏見』 *Pride and Prejudice*　*86, 132*
『分別と感性』 *Sense and Sensibility*　*130*
オスティーン，マーク
Mark Osteen　*59, 69*
『オデュッセイア』 *Odusseía*　*8, 23*
『オブザーヴァ』 *The Observer*　*20, 229*

カ　行

カイバード，デクラン
Declan Kiberd　*68*
カモード，フランク
Frank Kermode　*5*
カワード，ノエル
Noël Coward　*25, 207-230*
『安易な道徳』 *Easy Virtue*　*208, 212,*

218–219, 229
『今のところ大笑い』 *Present Laughter* *211, 214, 226–228*
『ヴァイオリンを持つ裸婦』 *Nude With Violin* *230*
『渦』 *The Vortex* *212, 214–216, 218, 227, 228*
『花粉熱』 *Hay Fever* *25, 208–209, 212, 216–218, 219, 229*
『今夜八時』 *Tonight at 8:30* *214*
『私生活』 *Private Lives* *25, 211, 219–222, 225, 229*
『生活の設計』 *Design for Living* *211, 214, 222–224, 229*
『黄昏の歌』 'A Song at Twilight'（*Suite in Three Keys*） *214*
『陽気な幽霊』 *Blithe Spirit* *214, 224–226, 229*
『ルルの世話を頼む』 *Look After Lulu!* *230*
キーツ
John Keats *141*
ギブソン，アンドルー
Andrew Gibson *68*
キャロル，ルイス
Lewis Carroll *190*
キュリー夫妻
Pierre Curie, Maria Sklodowska-Curie *117*
ギルム，ヘルマン・フォン
Hermann von Gilm *91*
「万霊節」 'Allerseelen' *91*
クライスト
Karl Kleist *104*
クローニン
Anthony Cronin *235*
クーン，トマス
Thomas Samuel Kuhn *117*
『科学革命』 *The Structure of Scientific Revolutions* *117*
ケナー，ヒュー
Hugh Kenner *52, 56*
コック，ポール・ド
Paul de Kock *54*
『サーカスの花ルービー』 *Ruby: The Pride of the Ring* *54*
コットセル
Michael Cotsell *176*
コーン
Ruby Cohn *235–239*
コンラッド
Joseph Conrad *32*

サ　行

サッカレー
William Makepeace Thackeray *34*
サルトル
Jean-Paul Sartre *26*
『サンデイ・タイムズ』 *The Sunday Times* *228, 229*
シェイクスピア
William Shakespeare *114*
『ハムレット』 *Hamlet* *216*
『リア王』 *King Lear* *139*
ジェイムズ，ヘンリー
Henry James *10, 31–47*
『黄金の盃』 *The Golden Bowl* *31*
「小説芸術」 'The Art of Fiction' *32–47*
シェリー
Percy Bysshe Shelley *151*
シェリダン
Richard Brinsley Sheridan *209*
『醜聞学校』 *The School for Scandal* *209*
シェーンベルク
Arnold Schönberg *8*
ジャネ，ピエール
Pierre Janet *110*
シュトラウス，リヒャルト
Richard Strauss *91*
ショー，バーナード
Bernard Shaw *25, 207, 208, 210*
『人と超人』 *Man and Superman* *25, 208*
ジョイス，ジェイムズ
James Joyce *6, 7–8, 11, 12, 15, 22–24, 31, 47, 49–71, 186, 234*
『ダブリンの市民』 *Dubliners* *49–50*
『フィネガンズ・ウェイク』 *Finnegans Wake* *24, 234*
『ユリシーズ』 *Ulysses* *6, 7–8, 12, 23, 50–71, 257*
『若き日の芸術家の肖像』 *A Portrait of the Artist as a Young Man* *11, 15*
ジョイス，ルシア
Lucia Anna Joyce *251*

スウィフト，ジョナサン
Jonathan Swift　*23*
スウィンバーン
Algernon Charles Swinburne　*171*
スコット，ウォルター
Walter Scott　*12*
スタンダール
Stendhal　*234*
ストレイチー，リットン
Lytton Strachey　*183-184, 187*
『ヴィクトリア女王』 *Queen Victoria* *183*
『エリザベスとエセックス』 *Elizabeth and Essex*　*184*
スペンダー，スティーヴン
Stephen Spender　*12*
セザンヌ
Paul Cézanne　*7, 8*
ソシュール
Ferdinand de Saussure　*64*
ゾラ
Émile Zola　*47*

タ　行

『タイムズ』 *The Times*　*229*
ダーウィン，チャールズ
Charles Darwin　*104*
『種の起源』 *On the Origin of Species by Natural Selection*　*104*
『宝島』 *Treasure Island*　*45*
ディケンズ
Charles Dickens　*11, 34*
『骨董店』 *The Old Curiosity Shop*　*11*
デフォー
Daniel Defoe　*11*
トゥルゲーネフ
Ivan Turgenev　*44*
ドストイェフスキー
Feodor Mikhailovich Dostoevski　*151*
ドラブル，マーガレット
Margaret Drabble　*18*
トレウィン
J. C. Trewin　*207*

ナ　行

永川玲二　*23*
ニーチェ
Friedrich W. Nietzsche　*9*
『ニューヨーク・タイムズ』 *The New York Times*　*208, 229*
ニールセン
Rasmus Nielsen　*104*

ハ　行

ハイゼンベルグ
Werner Karl Heisenberg　*117*
ハウスマン
A. E. Housman　*150*
パヴロフ
Ivan Petrovich Pavlov　*104*
パウンド，エズラ
Ezra Pound　*10*
バーカー，トマス・ジョーンズ
Thomas Jones Barker　*189*
『イングランドの偉大さの秘密』 *The Secret of England's Greatness*　*189*
ハクスリー，オールダス
Aldous Huxley　*19, 26, 31, 103-119, 124-131, 152, 153*
「仮装服を着込んだ若者たち」 'Young Men in Fancy Dress'　*124*
『クローム・イェロウ』 *Crome Yellow* *124-131, 137*
『諸君は現状をどうするつもりか』 *What are you going to do about it?*　*19*
『すばらしい新世界』 *Brave New World* *26, 103-119*
『反古と化したる書籍類』 *Those Barren Leaves*　*125-126*
『恋愛対位法』 *Point Counter Point*　*26, 105*
バージェス，アントニー
Anthony Burgess　*31-32*
『バージェスの文学史』 *They Wrote in English*　*31*
バジョット，ウォルター
Walter Bagehot　*190*
バッハ
Johann Sebastian Bach　*22*
ハーディ，トマス
Thomas Hardy　*3-5, 14, 134, 151, 171*
「彼は多くを期待しなかった」 'He Never Expected Much'　*151*
『ダーバヴィル家のテス』 *Tess of the*

d'Urbervilles 9
『覇王』 *The Dynasts* 3
『日陰者ジュード』 *Jude the Obscure* 5, 14, 22, 134
「息子の肖像」 'The Son's Portrait' 134
ピカソ
Pablo Picasso 8
『アヴィニョンの娘たち』 *Les Demoiselles d'Avignon* 8
ヒトラー
Adolf Hitler 9, 10, 19, 257
『わが闘争』 *Mein Kampf* 257
ピム，バーバラ
Barbara Mary Crampton Pym 27, 123-176
『愛の甘い報酬は虚し』 *No Fond Return of Love* 127, 159-164
『愛らしい鳩は死んだ』 *The Sweet Dove Died* 126
『秋の四重奏』 *Quartet in Autumn* 27, 123, 147, 161
『ある学術的問題』 *An Academic Question* 172-176
『異国の人にも親切に』 *Civil to Strangers* 127
『クランプトン・ホドネット』 *Crampton Hodnet* 124
『ジェーンとプルーデンス』 *Jane and Prudence* 135, 142-149
『誰か優しい羚羊でも』 *Some Tame Gazelle* 124
『天使には及ばずながら』 *Less Than Angels* 125, 128, 149-156, 171
『なお残る緑の葉たち』 *A Few Green Leaves* 126, 130
『不釣り合いな慕情』 *An Unsuitable Attachment* 127, 128, 129, 159, 165-172
『満杯の幸せ』 *A Glass of Blessings* 156-159
『優秀な女たち』 *Excellent Women* 132-142
ビュトナー
Gottfried Büttner 251
フォースター，E. M.
E. M. Forster 17-21, 26, 31, 165
『眺めのいい部屋』 *A Room with a View* 17, 20, 26
『ハワーズ・エンド』 *Howards End* 18-19, 26
「部屋のない眺め」 'A View without a Room' 20, 22
『ロンゲスト・ジャーニー』 *The Longest Journey* 17-18
フォード
Ford Madox Ford 32
ブッカー，M.キース
M. Keith Booker 69
フライ，ロジャー
Roger Fry 7
ブラウニング，エリザベス・バレット
Elizabeth Barrett Browning 184
ブラウン，アイヴァ
Ivor Brown 229
『ブラースト』 *Blast* 10
プランケット，ジョン
John Plunkett 194-195, 198
プルースト
Marcel Proust 219
『ソドムとゴモラ』 *Sodome et Gomorrhe* 219
フレッチャー
John Fletcher 242-243
フレンチ，マリリン
Marilyn French 54
フロイト，ジークムント
Sigmund Freud 111
ブローカ
Pierre Paul Broca 104
フロトー，フリードリッヒ・フォン
Friedrich von Flotow 56
『マルタ』 *Martha* 56-57, 63
ベケット，サミュエル
Samuel Beckett 25-26, 233-258
『エンドゲーム』 *Endgame* 234, 235-241
『ゴドーを待ちながら』 *En attendant Godot* 25-26, 234, 242, 256
『マーフィー』 *Murphy* 234, 251
『モロイ』 *Molloy* 234
『ワット』 *Watt* 26, 233-258
ベザント，ウォルター
Walter Besant 33-47
ベッリーニ，ヴィンチェンツォ
Vincenzo Bellini 56

『夢遊病の女』 *La sonnambula* 56
ベートーヴェン
Ludwig van Beethoven 20, 21, 26
ベネット，アーノルド
Arnold Bennett 14, 18
ベーレンバウム，マイケル
Michael Berenbaum 253-254
ペロン，アルフレッド
Alfred Péron 234, 258
ヘンシェン
Falke Henschen 104
ボッチョーニ
Umberto Boccioni 13
ホーマンズ，マーガレット
Margaret Homans 189-190

マ　行

マッケイブ，コリン
Colin MacCabe 60, 64
マリネッティ
Filippo T. Marinetti 9
マルコーニ
Guglielmo Marconi 117
ミラー，ヒリス
J. Hillis Miller 91
ムッソリーニ
Benito Mussolini 9
ムーニー，スーザン
Susan Mooney 52
メレディス，ジョージ
George Meredith 59
メンデル
Gregor Mendel 117
モーガン，トマス
Thomas Hunt Morgan 117
『遺伝子説』 *The Theory of the Gene* 117
モーツァルト
Wolfgang Amadeus Mozart 22, 25
『ドン・ジョヴァンニ』 *Don Giovanni* 25, 65
モーレイ，シェリダン
Sheridan Morley 209
モレッティ，フランコ
Franco Moretti 69-70

ヤ　行

「ヨブ記」 *The Book of Job* 5

ラ　行

ラーキン，フィリップ
Philip Larkin 126
ラスキン
John Ruskin 190
リチャードソン
Samuel Richardson 11
ルイス，ウィンダム
Wyndham Lewis 10, 12-13
ルカーチ
György Lukács 9
『ルバイヤート』 *Rubáiyát of Omar Khayyám* 150
レノルズ，サー・ジョシュア
Sir Joshua Reynolds 96
レントゲン
Wilhelm Conrad Röntgen 117
ロレンス，D. H.
D. H. Lawrence 13, 18, 19, 23, 31
『アロンの杖』 *Aaron's Rod* 15
『恋する女たち』 *Women in Love* 15
『チャタレー夫人の恋人』 *Lady Chatterley's Lover* 15-17
「トマス・ハーデイ研究」 'Study of Thomas Hardy' 14
『息子と恋人』 *Sons and Lovers* 15
ローレンス，カレン
Karen Lawrence 68

ワ　行

ワイルド，オスカー
Oscar Wilde 4, 209, 229
『誠が肝心』 *The Importance of Being Earnest* 209, 229
ワーズワス
William Wordsworth 127, 160
ワトソン
John Broadus Watson 104, 117

執筆者紹介（執筆順）

深《ふか》澤《さわ》　俊《すぐる》	客員研究員	中央大学名誉教授
野《の》呂《ろ》　正《ただし》	研究員	中央大学理工学部教授
丹《たん》治《じ》竜《たつ》郎《ろう》	研究員	中央大学文学部教授
船《ふな》水《みず》直《なお》子《こ》	客員研究員	中央大学法学部兼任講師
戸《と》嶋《しま》真《ま》弓《ゆみ》	客員研究員	中央大学法学部兼任講師
森《もり》松《まつ》健《けん》介《すけ》	客員研究員	中央大学名誉教授
中《なか》和《わ》彩《あや》子《こ》	客員研究員	法政大学国際文化学部助教授
塚《つか》野《の》千《ち》晶《あき》	客員研究員	日本女子大学名誉教授
鈴《すず》木《き》邦《くに》成《のり》	客員研究員	文化ファッション大学院大学ファッションビジネス研究科助教授

モダニズム時代再考

中央大学人文科学研究所研究叢書　41

2007年2月20日　第1刷発行

編　者　中央大学人文科学研究所
発行者　中央大学出版部
代表者　福田孝志

〒192-0393　東京都八王子市東中野742-1
発行所　中央大学出版部
電話　042(674)2351　FAX　042(674)2354
http://www2.chuo-u.ac.jp/up/

奥村印刷㈱

ISBN978-4-8057-5330-9

30　埋もれた風景たちの発見
ヴィクトリア朝の文芸と文化

A５判 660頁
定価 7,665円

ヴィクトリア朝の時代に大きな役割と影響力をもちながら，その後顧みられることの少なくなった文学作品と芸術思潮を掘り起こし，新たな照明を当てる．

31　近代作家論

A５判 432頁
定価 4,935円

鴎外・茂吉・『荒地』等，近代日本文学を代表する作家や詩人，文学集団といった多彩な対象を懇到に検討，その実相に迫る．

32　ハプスブルク帝国のビーダーマイヤー

A５判 448頁
定価 5,250円

ハプスブルク神話の核であるビーダーマイヤー文化を多方面からあぶり出し，そこに生きたウィーン市民の日常生活を通して，彼らのしたたかな生き様に迫る．

33　芸術のイノヴェーション
モード，アイロニー，パロディ

A５判 528頁
定価 6,090円

技術革新が芸術におよぼす影響を，産業革命時代から現代まで，文学，絵画，音楽など，さまざまな角度から研究・追求している．

34　剣と愛と
中世ロマニアの文学

A５判 288頁
定価 3,255円

12世紀，南仏に叙情詩，十字軍から叙情詩，ケルトの森からロマンスが誕生．ヨーロッパ文学の揺籃期をロマニアという視点から再構築する．

35　民国後期中国国民党政権の研究

A５判 656頁
定価 7,350円

中華民国後期(1928-49)に中国を統治した国民党政権の支配構造，統治理念，国民統合，地域社会の対応，そして対外関係・辺疆問題を実証的に解明する．

36　現代中国文化の軌跡

A５判 344頁
定価 3,990円

文学や語学といった単一の領域にとどまらず，時間的にも領域的にも相互に隣接する複数の視点から，変貌著しい現代中国文化の混沌とした諸相を捉える．

23　アジア史における法と国家

A５判 444頁
定価 5,355円

中国・朝鮮・チベット・インド・イスラム等アジア各地域における古代から近代に至る政治・法律・軍事などの諸制度を多角的に分析し，「国家」システムを検証解明した共同研究の成果．

24　イデオロギーとアメリカン・テクスト

A５判 320頁
定価 3,885円

アメリカン・イデオロギーないしその方法を剔抉，検証，批判することによって，多様なアメリカン・テクストに新しい読みを与える試み．

25　ケルト復興

A５判 576頁
定価 6,930円

19世紀後半から20世紀前半にかけての「ケルト復興」に社会史的観点と文学史的観点の双方からメスを入れ，その複雑多様な実相と歴史的な意味を考察する．

26　近代劇の変貌

「モダン」から「ポストモダン」へ

A５判 424頁
定価 4,935円

ポストモダンの演劇とは？ その関心と表現法は？ 英米，ドイツ，ロシア，中国の近代劇の成立を論じた論者たちが，再度，近代劇以降の演劇状況を鋭く論じる．

27　喪失と覚醒

19世紀後半から20世紀への英文学

A５判 480頁
定価 5,565円

伝統的価値の喪失を真摯に受けとめ，新たな価値の創造に目覚めた，文学活動の軌跡を探る．

28　民族問題とアイデンティティ

A５判 348頁
定価 4,410円

冷戦の終結，ソ連社会主義体制の解体後に，再び歴史の表舞台に登場した民族の問題を，歴史・理論・現象等さまざまな側面から考察する．

29　ツァロートの道

ユダヤ歴史・文化研究

A５判 496頁
定価 5,985円

18世紀ユダヤ解放令以降，ユダヤ人社会は西欧への同化と伝統の保持の間で動揺する．その葛藤の諸相を思想や歴史，文学や芸術の中に追究する．

16　ケルト　生と死の変容

A５判　368頁
定価　3,885円

ケルトの死生観を，アイルランド古代／中世の航海・冒険譚や修道院文化，またウェールズの『マビノーギ』などから浮び上がらせる.

17　ヴィジョンと現実
十九世紀英国の詩と批評

A５判　688頁
定価　7,140円

ロマン派詩人たちによって創出された生のヴィジョンはヴィクトリア時代の文化の中で多様な変貌を遂げる．英国19世紀文学精神の全体像に迫る試み.

18　英国ルネサンスの演劇と文化

A５判　466頁
定価　5,250円

演劇を中心とする英国ルネサンスの豊饒な文化を，当時の思想・宗教・政治・市民生活その他の諸相において多角的に捉えた論文集.

19　ツェラーン研究の現在
詩集『息の転回』　第１部注釈

A５判　448頁
定価　4,935円

20世紀ヨーロッパを代表する詩人の一人パウル・ツェラーンの詩の，最新の研究成果に基づいた注釈の試み，研究史，研究・書簡紹介，年譜を含む.

20　近代ヨーロッパ芸術思想

A５判　320頁
定価　3,990円

価値転換の荒波にさらされた近代ヨーロッパの社会現象を文化・芸術面から読み解き，その内的構造を様々なカテゴリーへのアプローチを通して，多面的に解明.

21　民国前期中国と東アジアの変動

A５判　600頁
定価　6,930円

近代国家形成への様々な模索が展開された中華民国前期(1912～28)を，日・中・台・韓の専門家が，未発掘の資料を駆使し検討した国際共同研究の成果.

22　ウィーン　その知られざる諸相
もうひとつのオーストリア

A５判　424頁
定価　5,040円

20世紀全般に亙るウィーン文化に，文学，哲学，民俗音楽，映画，歴史など多彩な面から新たな光を照射し,世紀末ウィーンと全く異質の文化世界を開示する.

9　近代日本の形成と宗教問題〔改訂版〕　　A５判 330頁　定価 3,150円

外圧の中で，国家の統一と独立を目指して西欧化をはかる近代日本と，宗教とのかかわりを，多方面から模索し，問題を提示する．

10　日中戦争　日本・中国・アメリカ　　A５判 488頁　定価 4,410円

日中戦争の真実を上海事変・三光作戦・毒ガス・七三一細菌部隊・占領地経済・国民党訓政・パナイ号撃沈事件などについて検討する．

11　陽気な黙示録　オーストリア文化研究　　A５判 596頁　定価 5,985円

世紀転換期の華麗なるウイーン文化を中心に20世紀末までのオーストリア文化の根底に新たな光を照射し，その特質を探る．巻末に詳細な文化史年表を付す．

12　批評理論とアメリカ文学　検証と読解　　A５判 288頁　定価 3,045円

1970年代以降の批評理論の隆盛を踏まえた方法・問題意識によって，アメリカ文学のテキストと批評理論を多彩に読み解き，かつ犀利に検証する．

13　風習喜劇の変容　王政復古期からジェイン・オースティンまで　　A５判 268頁　定価 2,835円

王政復古期のイギリス風習喜劇の発生から，18世紀感傷喜劇との相克を経て，ジェイン・オースティンの小説に一つの集約を見る，もう一つのイギリス文学史．

14　演劇の「近代」　近代劇の成立と展開　　A５判 536頁　定価 5,670円

イプセンから始まる近代劇は世界各国でどのように受容展開されていったか，イプセン，チェーホフの近代性を論じ，仏，独，英米，中国，日本の近代劇を検討する．

15　現代ヨーロッパ文学の動向　中心と周縁　　A５判 396頁　定価 4,200円

際立って変貌しようとする20世紀末ヨーロッパ文学は，中心と周縁という視座を据えることで，特色が鮮明に浮かび上がってくる．

中央大学人文科学研究所研究叢書

1　五・四運動史像の再検討　　A５判 564頁（品切）

2　希望と幻滅の軌跡　　A５判 434頁　定価 3,675円
反ファシズム文化運動
様々な軌跡を描き，歴史の壁に刻み込まれた抵抗運動の中から新たな抵抗と創造の可能性を探る．

3　英国十八世紀の詩人と文化　　A５判 368頁（品切）

4　イギリス・ルネサンスの諸相　　A５判 514頁（品切）
演劇・文化・思想の展開

5　民衆文化の構成と展開　　A５判 434頁　定価 3,670円
遠野物語から民衆的イベントへ
全国にわたって民衆社会のイベントを分析し，その源流を辿って遠野に至る．巻末に子息が語る柳田國男像を紹介．

6　二〇世紀後半のヨーロッパ文学　　A５判 478頁　定価 3,990円
第二次大戦直後から80年代に至る現代ヨーロッパ文学の個別作家と作品を論考しつつ，その全体像を探り今後の動向をも展望する．

7　近代日本文学論　大正から昭和へ　　A５判 360頁　定価 2,940円
時代の潮流の中でわが国の文学はいかに変容したか，詩歌論・作品論・作家論の視点から近代文学の実相に迫る．

8　ケルト　伝統と民俗の想像力　　A５判 496頁　定価 4,200円
古代のドイツから現代のシングにいたるまで，ケルト文化とその稟質を，文学・宗教・芸術などのさまざまな視野から説き語る．